菊水江戸日記

< 横溝正史　時代小説コレクション 2>

横溝正史

目次

菊水江戸日記

日蝕の歌

囚人護送《しゅうじんごそう》

その日の日蝕はあらかじめ暦《こよみ》のうえでわかっていたのである。

未（午後二時）の下刻から日輪がかけはじめて、いまの時間でいえば数分間、世間がたそがれの幽闇《ゆうあん》につつまれるであろうことは、いかにその当時の智識でも、だいたい算出されていたのである。

それにも拘《かかわ》らず、そういう日蝕時を瞬時《しゅんじ》の後にひかえて、幕府の重罪犯人を、ほかにうつそうとしたのが、そもそも評定所《ひょうじょうしょ》役人の失態といえば失態だった。

「な、よいか。そういう次第であるから、必ずともに抜かるまいぞ」

と、いましも評定所から退いて来た、町奉行小栗豊後守《おぐりぶんごのかみ》の懇篤な委嘱をうけて、

「は、委細承知いたしました。わたくし身にかえてお引きうけいたしましたからには、どうぞ心易く思召し下さりませ」

と、若い与力《よりき》の三枝伊織《さえぐさいおり》は、身にあまる光栄と、燃えるような功名心に、白晳《はくせき》のおもてをほんのりと紅に染めていた。全身に闘志をたぎらせていた。

小栗豊後守はそれでもなお不安そうに、

「ふむ、その方の事だから、よもや抜かりはあろうとは思わぬが、何をいうにも相手は神算鬼謀《しんさんきぼう》をもってきこゆる曲者《くせもの》だ。途中いかなる術をもって囚人《しゅうじん》を奪い去ろうと試みるやも計らぬ。必ずともに心を許して、敵の術中におちいるな」

「仰せまでもございませぬ。たとい相手に鬼神のごとき謀《はかりごと》あるとも、この三枝伊織が身にかえて、お引きうけ致しましたからには、本日の囚人、きっと諏訪伊勢守殿お屋敷まで、送りとどけてお眼にかけます。くれぐれも御心配無用に下さりませ」

「おお、その意気組ならばよもや縮尻《しくじ》ることはあるまい。それに途中と申しても、木挽《こびき》町の勢州殿のお屋敷までだ。しかもこの白昼いかに相手が地団駄を踏むとも、とうてい手出しをいたすことは叶うまいな」

自ら慰めるように言いながら、豊後守のおもてからは、なおかつ、一沫の危懼のいろが拭いきれなかった。

かえって伊織のほうが歯がゆげに、

「決して……決して御懸念《ごけねん》下さりますな。わたくしにとりましても、一世一代のこの大役、いのちにかえても、やり遂げずにはおきませぬ。したが……その曲者というのは、囚人を狙う相手はたしか菊水と申しましたな」

「いかにも」

「菊水兵馬と申すのでござりますな」

「さようじゃ。菊水兵馬。……よくその名を憶えておいたがよい。さよう、年齢《とし》のころはその方と、あまりかわりはあるまいが、何しろ思慮分別にたけた奴、相手としてはよほど手強い人物だから、しかと心得ておいたがよいぞ」

豊後守が相手を恐れれば恐れるほど、伊織の身のうちには闘志がわいて来るのである。

彼は自信にみちた高笑いをあげ、

「はははは、これはお奉行様のお言葉とも覚えませぬ。たとい相手が菊水であろうとも、楠木であろうとも、たかが知れた素浪人《すろうにん》に、何程のことがござりましょう。今度ちょっかいを出したが最後、きっとひっとらえて御覧に入れまする。いや、ひとつめぐりあいたいものでござりますな」

大言といえば大言だった。壮語といえば壮語だった。

しかし、日頃からこの若い与力の、かみそりのような鋭さを知っている小栗豊後守には、かえってその大言壮語が快くひびいたらしい。いくらか愁眉《しゅうび》をひらいて、

「ふむ、その意気ならば間違いはあるまい。ほかに老巧の者も数あるが、俺の頼みに思うはその方ひとりじゃによってそちを推挙した手前もあれば、必ずとも縮尻ってくれまいぞ。もしその方が縮尻ったとあれば、俺もその責を負わねばならぬ。よいか、わかっているな」

「はっ、その御懸念にはおよびませせぬ。きっと御意に……」

「添うてくれるか。いや、しっかりやれい。その代り、見事この大役をやり遂げたうえ、もしその方の言葉どおり、菊水兵馬をとらえたら、それこそ莫大な恩賞もの、悪くははからぬ故、そのつもりでな」

「はっ、有難き仕合せ」

と、三枝伊織はわかい頬をふるわせたが、これで万事はきまった。

諏訪藩へお預けときまったその囚人は、その日、辰の口の評定所から、木挽町の諏訪伊勢守のお屋敷まで、この若いかみそり与力の監督のもとに、送りとどけられる事に

なったのである。

しかし伊織も、この囚人に関しては、あまり詳しいことは知っていなかった。ただわかっているのは、有名な国学者で、京都の公卿《くげ》や西国のいわゆる勤王浪士などのあいだに、多くの崇拝者をもった人物——という事だけである。

囚人の名は岩瀬丹下《たんげ》という。

妻恋坂のほとりに塾をひらいて、垂加神道《すいかしんとう》の流れを汲んだ、丹下一流の神道を説いていたところを、幕府の忌避《きひ》にふれて、捕えられたのが去年の暮である。

ところが、捕えたものの、幕府でもこの岩瀬丹下の処分には困ってしまった。斬ってしまえばそれまでのようなものの、あまり過激な処分は、かえって幕府にとって不為であることを、このごろようやく、要路の役人たちも悟りはじめていた。

井伊大老の安政の大獄。——あの辛辣《しんらつ》なやりかたが、かえって京都下の浪士どもを憤激せしめて、いっそう事を紛糾《ふんきゅう》させた、あの轍《てつ》を踏みたくなかったのである。

そこで辰の口の評定所で、連日協議の結果が、ともかく諏訪藩へお預けということにきまった。諏訪藩ではこれを受取ると、ただちに郷里の上諏訪へ、護送する手筈になっている。

そして今日。

評定所から引出された岩瀬丹下は、ひそかに木挽町の諏訪伊勢守の屋敷まで、送りとどけられることになったのだが、その護送の大役がわかい与力の三枝伊織にあたったわけだ。

伊織がこの大役に感激したのも無理はない。

かみそり与力

さて、この三枝伊織だが、当時かみそり与力の三枝といえば、江戸でも知らぬ者はなかった。鬼のように恐れられていたものである。

年齢はまだ三十まえだった。見たところ、色白の優男《やさおとこ》だった。それでいて沈着明敏、事にあたって冷徹な判断と、物に動ぜぬ果断とは、早くより上司の注目するところとなっていた。

唯《ただ》惜しむらくはこの男、あまりに鋭すぎる自己を過信するくせがある。自信がありすぎる結果ひとをひと臭いとも思わぬ。同僚を同僚とも思わず、先輩を先輩とも思わぬ傍《ぼう》若無人《じやくぶじん》の行動が、上司には気受けがよいかわりに、仲間からは常に反感をもって迎えられていた。

だが、公平にいって当時の町奉行所つきの役人で、これほどの才物はほかになかった。まったくうまれながらの警吏《けいり》といってもよいほどの資格を、この男はあますところなく備えていた。掟のまえには義理も人情もなかった。幕府の法のためには、親兄弟でも平気でしばる責任感をもっていた。

小栗豊後守がこのたびの大役に、この男を抜擢《ばつてき》したのも無理はなかった。

さて。

岩瀬丹下をのせた乗物が、辰の口の評定所をでたのは未（午後二時）の下刻。

警固の武士は三枝伊織を頭として、都合七人。乗物をわざと囚人駕籠《かご》をさけて、ふつうの塗物《ぬりもの》駕籠にしたのは、少しでもひとの注意をさけるためだったろう。

一行は粛々として壕端《ほりばた》づたいに呉服橋のほうへ向っていた。

由来この男は、幕府のお膝下をさわがす浪人どもを、蛇蝎《だかつ》の如く憎んでいた。徳川幕府の基礎を信じて、疑うことを知らぬかれの眼から見れば、いわゆる勤王浪士どもの行動が、笑止としかおもえなかった。徒《いたずら》に平地に波乱をまき起す、小児病患者としかうつらなかった。

二百余年うけた幕府の恩顧《おんこ》のためには、それら不逞の輩《やから》の葉をむしり、根を苅らねばならぬと意気込んでいた。そういう意味では、三枝伊織も一個の人物だった。

わけてもこの伊織が憎んだのは、菊水兵馬という人物である。

楠公の子孫と称して、勤王派のために絶大の気を吐いている菊水兵馬の働きについては、これまで幾度か述べて来たが、そういう働きを聞きつたえるにつけ、三枝伊織はいつも切歯扼腕《せつしやくわん》、血のたぎりたつのを覚えていた。

その兵馬と、いよいよ一騎がけの勝負をすることになったのである。伊織が闘志をたぎらせたのは無理もないが、兵馬としては恐ろしい敵をむかえたわけである。

「その方と同じくらいの年輩だが……」

と、小栗豊後守が眉根をくもらせながら、

「何をいうにも神算鬼謀《しんさんきぼう》、端倪《たんげい》すべからざる人物だから、くれぐれも鼻毛を抜かれぬよう、気をつけたがよいぞ」

と、いかにも不安そうだったのが自分を信じることあつい三枝伊織にとっては、このうえもなく不快だった。あたかも鼎《かなえ》の軽重を問われたように屈辱をかんじた。

「フフン、お奉行様らしくもない。相手もやはり人間ではないか。しかもたかが知れた瘦浪人《やせろうにん》、いままでそいつに翻弄されていたのは、役人どもがぼんくらだからだ。出てみろ。捕えてみせる。きっと捕えてみせるぞ」

鬱憤を晴らすように、もやもやとした胸の中のものを、噛んで吐出した時である。

警固の武士のあいだから、俄《にわ》かにザワザワと不安そうな囁きが起った。

あたかもその時、幽然として日輪の一角がかけはじめたのだった。

「おお、三枝殿、日蝕でござりますぞ」

「なに、日蝕とは」

「まだ、お気付きになりませぬか」

「あれあれ、御覧あれ。日輪がしだいにかけて参りましたぞ。いまに下界は一刻の、幽《ゆう》冥界《めいかい》にとざされましょう」

口々に叫ぶ言葉に、

「おお！」

伊織もはっと胸をとどろかせた。

この日蝕が自分の役目に、どういう影響をおよぼすだろうと、咄嗟《とっさ》のあいだに考えた。折も折とて、この日蝕が、何かしら不吉な出来事の前兆のように思われた。

伊織は秀麗なおもてに、さっと紫電《しでん》を走らせると、

「かたがた、騒がれるな。何んでもない。何事も起らぬ。いまにもと通りになるであろう」

と、自分で自分にいいきかせるように、

「だが……さりとて油断はならぬ。ともかく一刻も早くこの駕籠を……」

駕籠さえ届けてしまえば役目はすむのである。そこで足下から鳥が立つように、お陸尺《ろくしゃく》をせき立てたが、呉服橋御門から外へ出た頃には、日輪はいよいよかけ進んで、あたりは黄昏《たそがれ》時のほの暗さに包まれていた。

「日蝕だ、日蝕だ」

「おてんとう様がかけるぞ」

「それ、家へかえっておはらいをしろ」

呉服橋御門の外では、町人どもが口々に叫びながら馳せちがっている。なかには往来ばたに佇《たたず》んで、珍しそうに空を仰いでいる者もあった。女や子供は泣き喧《わめ》きながら駆けちがっていた。

やがてお濠端の松の木のうえで、群鳥どもが俄かの異変に騒がしく啼きはじめた。

ざあーっと吹きおろして来た風が、どす黒くお濠の水を波立たせて、いかさま不吉なかんじだった。

「あれあれ、日輪が半分かけたぞ」

「おお、星が見ゆる、星が見ゆる」

「昼日中星が見えますぞ」

いかさま、黄昏のうすやみから、さらに色濃く暗黒に、染め出されていく空には、その時、ひとつふたつと、星の光がまたたきはじめた。

「ええい、邪魔だ、そこ退《ど》け退《ど》け」

夢中になって馳せちがう町人どもを叱りつけながら、お濠沿いに一行が、数寄屋橋まで来た時には、日輪はすっかりかけてしまった。

満天墨汁をながしたような空には、一面の星だった。

どこかで時刻を間違えたのだろう。ときをつくる鶏の声がきこえた。

伊織も気が気でなくなった。

「それ、急げ急げ。何もおそるる事はない。仔細はござらぬ。すぐ元通りになる。いまにもとの明るさになるわさ」

自ら慰めるように声を励ました。

警固の武士と互いに声をかけあいながら、お陸尺を急がせた。そして、やがて南町奉行所のまえまでやって来た時である。

だしぬけに、バラバラと暗闇の中からとび出した曲者がある。曲者はいきなり駕籠の棒鼻に手をかけた。

駕籠の中

「わっ、出た!」

それと見るより、さきほどからおっかなびっくりだったお陸尺は、駕籠をその場に投げ出してはや二、三間、バラバラとすっとんでいる。

「おのれ、曲者！」

伊織は刀の柄《つか》に手をかけた。

「何用あってこの棒鼻に手をかけた。無礼をすると許さぬぞ」

だが、曲者は無言である。そのまま駕籠の戸に手をかけようとしたから、こうなっては容赦は出来ない。

「それ、曲者でござるぞ。かたがた油断なさるな」

「おお」

と、叫んで刀を抜いたひとりの武士が、闇をけってさっと斬りおろしたとたん、

「わっ！」

と、ひと声、のけぞったものがある。

「やあ、見事しとめられたか」

闇をすかして声をかけると、

「いえ、逆にしとめられました」

「なに？」

「だしぬけに股倉を蹴りあげられて、ああ、痛い、お助けえ」

ひっくり返っているのは、意外にも警固の武士のひとりだった。いや、だらしのない事おびただしい。

驚いたのは伊織である。

「それ、曲者は手強い奴と見えますぞ。油断して不覚をとられるな」

伊織の注意に一同は、すっかり怖気《おじけ》づいてしまった。何しろいまの手練だから、うっかり斬りつけていくわけにはいかない。男のいのちの股間《こかん》の一物を、蹴りつぶされては玉なしである。

それにこの際、黒白もわからぬ暗闇で、相手の姿が皆目見えないのが、いっそう一同を尻ごみさせる。曲者はその間に悠々と、駕籠の戸に手をかけた。

それと見るより、地団駄ふんで口惜しがったのは三枝伊織だ。

「ええい、言いがいなき人々かな」

自ら刀を抜いて、だあっと振りかぶった時である。思いがけない事がそこに起った。

曲者が駕籠の戸をひらくと同時に、なかからぬっと半身乗り出したのは一人の武家、見ると手に、ちかごろ外国から渡来したばかりの、ふところ鉄砲を持っている。

その筒口《つつぐち》をピタリと曲者の胸につけると、

「ズドン！」

と、一発、闇夜の鉄砲とはまったくこの事だった。ふいを喰って曲者は、

「あっ！」

と、叫んでひっくり返った。

まったくそれは間髪をいれぬ出来事だった。

驚いたのは曲者ばかりではない。三枝伊織をはじめとして、警固の武士も一様に、自分のまなこを疑った。呆然としてその場に立ちすくんでしまった。

無理もない。

お駕籠の囚人がふところ鉄砲をもっているさえ奇怪だのに、その囚人が同類とも見られる曲者を、一発のもとに仕止めたのだから、何が何やらさっぱりわからない。

武士はしかし、悠然と駕籠から出ると、

「何を致しておる。ほかにまだ余類のものがひそんでおろうも知れぬ。そのへんを探して見よ」

その声を聞いたとたん、伊織は棒をのんだように、その場に立ちすくんでしまった。

まさしくそれは、町奉行小栗豊後守であった。

さきほど辰の口の評定所でわかれた筈の豊後守が、いつの間に、またどうして、この駕籠に乗っているのか、伊織にはさっぱりわけがわからなかった。ただわかっているのは、まんまといっぱい喰わされたという事である。

伊織はそれを覚ると屈辱のために蒼くなった。口惜しさで、心中ぎりぎりと歯軋《はぎし》りをかんでいた。

豊後守は微笑をふくみながら、

「はははははは、許せ、ゆるせ」

と、手にしたふところ鉄砲をしまうと、

「敵を欺くにはまず味方よりということもある。おかげで首尾よく曲者をしとめたではないか。はははははは」

伊織はまた蒼くなった。さきほどの得意が得意であっただけに、屈辱はいっそう激しかった。かれはただ、ぎらぎらと眼を光らせるばかりで、挨拶をすることさえ忘れていた。

豊後守はしかし、わざとさあらぬ態で、小気味よげな微笑をふくみながら、曲者のそばへ寄って、唇に手をあてた。

「ふむ、死んでいるのではない」

と、呟くように、

「弾丸は肩をかすめただけだ。驚きのあまり気を失っているのであろう」

伊織にはそういう豊後守の得意そうな様子が、ぎりぎり歯軋りをしたくなるほど面憎《つらにく》かった。


折しも日蝕もようやく終って、あたりはまたしだいに明るさを取り戻してくる。

銃声に驚いた町人どもは足をとめて、遠くのほうから呆《あき》れたように、この場の様子を眺めていた。

豊後守は曲者を抱き起すと、

「おお、菊水の紋所」

と、驚いたように、

「すると、こやつが菊水兵馬という人物かな。だが、それにしても……」

と、豊後守もいまさらのように、あまり簡単にとらえ得たこの場の仕儀に、いささか不安を催した。

「これこれ」

と、警固の武士を振りかえって、

「曲者はこの男一名であったか」

「はっ、そやつひとりのようでございました」

「なにか余類の者はなかったか」

「はい、別に怪しい者は見えませんでした」

「はてな」

豊後守はなんとなく腑に落ちかねる面持ちだった。腑に落ちないから不安だった。なんだか不吉な胸騒ぎを感じた。

と、その時、うしろから声をかけたのは三枝伊織だ。伊織の声には包みきれぬ不満と不快の表情があった。

「お奉行様、これはいったいどうしたのでございまする。囚人はいかが致しました」

「おお、その事ならば気遣《きづか》いはないぞ。岩瀬丹下はいまごろ、伊勢守殿のお屋敷へ、送りとどけられている筈だ」

「えっ？」

「ははははは、許せ、許せ、その方たちを欺《あざむ》いたのは悪かったが、これも敵を計る計略だから悪く思うな。この一行が出ると間もなく、岩瀬丹下は別の乗物にて、ひそかに諏訪殿のお屋敷まで送らせた」

そうだったのか。すると自分は結局木偶《でく》だったのだ。町奉行のおめがねに叶って、この大役を申しつけられたと思っていたのは、とんだ自分の買いかぶりだったのか。伊織は腹のなかが煮えくり返るようだった。

「ははははは、まあ、そう憤《おこ》るな。その方に致したわけではないからな。これみよ、おかげでまんまと曲者はとらえたではないか。しかし……」

と、豊後守は小首をかしげて、

「これが菊水兵馬とすると……」

あまりにも造作なく片附いたのが不審だった。

豊後守がおもわず唇をかみしめた時である。群集をかきわけて、この場に駆けつけて来た者がある。

豊後守はその男の顔色を見ると、はっとばかりに不吉な予感が胸をかすめた。

「おお、そちは柳井数馬《やないかずま》ではないか。血相かえて如何《いかが》いたした」

柳井数馬というのは豊後守のふところ刀、唯一無二の腹心の部下だった。その数馬はわなわなと唇をふるわせながら、

「はっ申上げます。さきほどの日蝕の闇にまぎれて、大切な囚人を……」

と、みなまで聞かぬうちに、豊後守の顔色は、はや真蒼になっていた。

小身の與之助

「――と、そういうわけで、大切なる囚人は、評定所から木挽町の諏訪伊勢守殿お屋敷まで、参る途中、日蝕の闇に乗じて、まんまと奪い去られてしまったそうじゃ」

と、三枝伊織はいま、腹のなかにわだかまっている不快のかたまりを、吐きすてるような口調だった。

「へへえ」

それを聞いて眼を丸くしたのは、小猿の與之助といって、ちかごろ伊織の腹心となっている手先だった。

柄は小さいが、気が利いて、小とりまわしの利く男で、まだ浅い馴染みながら、伊織はちかごろ眼をかけて、この男を可愛がっていた。

「すると、何んですかい。それほど企んだかいもなく、囚人はまんまと奪い去られたとおっしゃるんで」

「いかにも」

「すると相手は、裏の裏ゆくその計略を、ちゃんと知っていやがったので」

「どうもそうらしい。何しろ相手のほうがお奉行様より、二、三枚がた役者がうえであったようだ。はははははは」

伊織はそこで溜飲《りゅういん》をさげたように笑った。

「だから言わねえこっちゃねえ。そりゃお奉行様はお偉い方かも知れねえが、捕物にかけちゃ旦那のほうが一枚上手だ。その旦那をペテンにかけて、つまらねえ小刀細工をするもんだから、こんなつまらねえことになるんだ」

伊織も至極同感だが、まさかそうとは口に出せない。

「これこれ。お奉行様の悪口を申してはならぬ」

「だって口惜しいじゃありませんか。旦那を信用するように見せかけて、その実、おもちゃにしていたんだ。そうですとも、木偶《でく》にしていなすったのだ。こんな事になるのも自業自得、ヘン、態《ざま》ァ見ろといいたいくらいのもんでさあね」

「ひかえろ。そのような事を申すものではない。豊後守様もそれについてはいたく御心痛になっておらるる。何しろそういう細工に出たのも、すべて豊後守様の御一存だから、その裏をかかれて、大切な囚人を奪われたとあっては、お上に対しても申しわけがない。されば何んとかして、岩瀬丹下を取戻してはくれまいかと、身共《みども》にむかってくれぐれもお頼みであった」

「ヘン、今になっていくら頭をさげてもおそいやな。しかし、それにしても相手のやりくちが憎うございますね」

「ふむ、傍若無人のやりくちだな」

「おまけに、お奉行様のふところ鉄砲に驚いて、ひっくり返った男というのも、実はまっかな贋物《にせもの》だったとおっしゃるんで」

「それよ」

と、伊織もその時の、豊後守の狼狽《ろうばい》を思い出すと、思わずにやりと笑い出した。

豊後守のふところ鉄砲におどろいて、ひっくり返った男は、ただ気絶しただけだったから、それから間もなく息を吹きかえした。そしてその男の話したところによるとこうなのである。

かれは本所へんに巣喰っているならず者で、名は牛松といった。日頃から弱きを助け強きを挫く侠客をもって自任している男だが、それが今度の一件にとびこんで来たのは、つぎのようないきさつからだった。

昨夜かれは、いつもいきつけの賭場《とば》でひとりの浪人にあった、その浪人はいままで一度も見た事もなく、賭場へもはじめての客だったが、それから次ぎのような事を頼まれたのである。

浪人の妹というのが、さる大身《たいしん》の武家に見染められて、無理矢理につれていかれたが、それが明日、日蝕の最中に、呉服橋へんを通る筈だから、そこを何んとかして助け出してはくれまいかというのである。

自称侠客の牛松は、何しろこんな事が三度の飯よりも好きなのである。それにかりそめにも武士から、男と見込んで頼むといわれちゃ、あとへ退いては男がすたる。牛松は一も二もなく引きうけたが、するとその浪人が重ねていうのに、その風態では悪いから、ひとつ自分の着物を着ていってくれ、そうすれば妹も自分と思い、いちいち貴殿の差図に従うであろうからと、その場で着物を脱ぎあたえたというのである。

「あ、なあるほど」

與之助は感にたえたように横手を打つと、

「よくも企みやがったもんですねえ。それで牛松の野郎、何も知らずに大それた、菊水兵馬とかいうお尋ね者の、身替りをつとめたというわけでございますかえ」

「さよう、それにしても恐るべきは菊水兵馬と申す人物、いつどうして探ったのか、あらかじめ豊後守様の計略を知っていたと見える。そして裏の裏ゆく計略で、自分は本物の囚人の行手に待ちうけ、まんまとこれを奪っていきおったのじゃ」

「なるほどねえ」

と、小猿の與之助、じっと伊織の顔を見ていたが、やがてにやりと笑うと、

「旦那はそれで御本望でございましょう」

「なに、なんと申す」

「いえさ、相手がそれほどの奴とあれば、ちったあ歯ごたえも致しますさあ。それに、お

奉行様を手玉にとった男を、おまえさんの手でひっ捕えてごらんなさい。それこそ大した手柄でございますもの」

「はははは、いやわしも今度は少し手ごたえのする相手に出会ったわけだ」

「そうでございますとも。こそ泥やかっさらいを追いかけているばかりじゃ、あんまり能がありませんからねえ。旦那のお考えは、相手がそれほど利巧な奴なら、とてもこの取戻しは、難しうございますぜ。それとも……」

と、相手の顔色をうかがいながら、

「いや、旦那のこったから、何かまたお考えがあるのでございましょうねえ。ねえ、そうでございましょう」

「フン、ないこともないな」

と、自信ありげな伊織の顔色に、

「豪《えら》い、さすがは旦那だ。計略がたちどころに湧いて出るんですからね。そして、その旦那の御計画とおっしゃるのは？」

「さればじゃ」

と、伊織は俄かに声をひそめると、

「その方だから洩らすのだが、必ず余人にしゃべるまいぞ。計略というのはほかでもない。岩瀬丹下には、雪野と申す娘がひとりある」

「へえへえ、その娘をどう致しますので」

「まあ、よく聞け。その娘は、丹下がとらえられると間もなく、妻恋坂の塾を閉して、忠助という老僕《ろうぼく》とともに、三股《みつまた》のほとりへ引込んで、いまでもそこに住んでいる筈だ」

「へえへえ、それで……?」

「菊水兵馬も岩瀬丹下を救ったうえは、必ず雪野に手を出すにちがいない。娘をそのままにしておいちゃ、仏造って魂入れずだからな。されば雪野の周囲を見張っておれば、必ず兵馬を誘《おび》き寄せることが出来ると思う」

　皆まで聞かずに小猿の與之助、雀躍《こおどり》せんばかりに喜んだ。

「しめた、そういう囮《おとり》があるなら、兵馬はもう袋の中の鼠も同然でさ。いや、さすがは旦那だ。そして雪野という娘は、たしかに三股にいるんですねえ」

　と、與之助はもはや、ソワソワと立ちあがっている。

波紋

月の名所として知られた深川の三股は、小名木川《おなきがわ》が大川へ落ちるところ。晴れた日は富士と筑波を一望のうちにおさめ、おぼろの月のかすむ頃には、夜ごと白魚をあさる篝火《かがりび》が美しい。

その三股のかたほとりに、丹下の娘雪野は、老僕の忠助とともに、今日このごろの不安な日を送っていた。

雪野にとってはこのごろのその日その日が、まるで夢のようだった。思いがけなくどやどやと踏みこんで来た捕吏《ほり》の恐ろしさ、そして一言の弁解もなく、父をひっとらえていった、あの時の悲しさ、雪野はそれきり父のたよりを聞かない。

父はまだ生きていられるのであろうか。お仕置きをうけたという噂を聞かぬところを見ると、父はまだ牢獄にとらえられているのであろう。ああ、牢獄！　何んという恐ろしいことであろう。

雪野は人から話に聞き、絵で見た牢獄の恐ろしさを思いうかべると、魂も消えるような悲しさに押しつぶされた。

　いやいや、恐ろしいのはまだそれだけではない。素直に恐れ入らぬ罪人にはいろいろ恐ろしい折檻があるとの事、石抱き、海老責め、ああ、そんな恐ろしい拷問に、父は果して耐えていく事が出来るであろうか。

　そうでなくてもお年を召したお父様、なおそのうえに、常日頃から、あまり丈夫でないお体とて、そんな恐ろしい責め折檻《せっかん》をおうけなされたら、ひとたまりもなく参ってしまわれるのではあるまいか。

　恐ろしい。地獄だ。

　しかも、その地獄の責め折檻、辛さ悲しさをつぶさになめているのは、父の岩瀬丹下ばかりではなかった。娘の雪野も、同じ労苦を味わっているのである。

　はかないのは浮世だった、頼りにならぬのは人の心だった。あれほど沢山あった門人衆も、父が捕えられたその日から、誰ひとりとして寄りつかなくなった。奉公人も怖気をふるって逃げてしまった。

　ああ、謀反人《むほんにん》。

　何もかも滅茶滅茶になった。その恐ろしい名のために、雪野は世間から見捨てられてしまった。父が世に時めいていた頃には何やかと親切らしく言い寄って来る若者も少なくなかったが、いまでは掌をかえしたように鼻もひっかけぬ。

あまりの悲しさ、浅間しさに、雪野は父が捕えられてから間もなく、世間の眼をはばかって、この茅屋《ぼうおく》へひきこもったが、頼る者なき淋しさが、この頃しみじみ身にしみる。

唯ひとり最後まで踏みとどまって、自分をこの家へかくまってくれた老僕の忠助も、寄る年波か、それとも境遇の激変のせいか、ちかごろ俄かに老い込んで、終日口を利かぬ日さえある。

そして、終始黙々として、三股の洲に投網《とあみ》を打っているうちはまだよかったが、ちかごろではいささか気が変になったのか、髯も剃らず、髪もくしけずらず、ほほけた銀髪が、よもぎのように乱れているのが、何となく気味悪かった。

さりとて、一歩外へ出たが最後、警吏の眼がそのあたりに光っているようで……今年十七になったばかりの雪野にとっては、それはあまりにも大きな試練だった。胸も潰《つい》えるばかりの心細さに、千々に思い乱れたのも無理ではなかった。

ところがあの日蝕の日からかぞえて三日目のこと。

きょうもきょうとて、父を想い、わが身の行末を案じ煩《わずら》っていた雪野が、ふと何気なく、丸窓から外を見ていると、蘆《あし》の浮洲《うきす》のかげで、例によって老僕の忠助が、投網に余念のない様子だった。

麗《うら》かな日のなかに、網が霞《かすみ》のようにひろがって、おりおりその網のなかに、銀鱗のおどるのが見えることもあった。

風はまだ冷かったが、日だまりはほんのりと暖い。ああして投網に夢中になれたら、どれほどか幸福なことであろう。

「ああ、ほんとに忠助は暢気《のんき》でいい」

恨んではならぬと思いながらも、この頃いよいよ変人になった老僕がつい怨めしく……いっそ自分もひと思いに、気が狂ったらどんなにかよかろうと、取りとめもない事も考えられるのである。

ところが。

そうして何気なく、老僕のうしろ姿を見ているうちに、雪野はふと妙なことを発見した。

　静かな水の面に、思いがけない波紋が起ったかと思うと、忠助の乗っている舟の下から、むっくり人の顔が覗いたのである。

「あら!」

　雪野は思わず窓から身を乗り出したが、頭はすぐに水中に没して見えなくなった。それにしても忠助は、あれに気がつかなかったのであろうか。依然として網を打ちつづけている。

「まあ!　それじゃいまのは、あたしの気のせいだったのだろうか」

　だが、そんな筈はなかった。

　水の面には、まだかすかな波紋が輪をひろげていて、誰かがそこに潜っていることを語っている。この寒空に水泳ぎでもあるまいし、ひょっとしたら、あれは恐ろしい捕吏ではあるまいか。

　そう考えると雪野はきゅっと、胸をしめつけられるような恐ろしさをかんじた。もうそうとしか考えられなくなった。

忠助を呼ぼう。……忠助を呼んで注意をしよう……。

そう考えた雪野がふらりと立ちあがった時である。忠助は何を思ったのか、俄かに網を打つ手をやめ、舟底から竿を取りあげた。

こちらへかえって来るのであろうか……そう思って待っていると、案外にも忠助は、舟を逆にまわして、浮洲の向うへ漕ぎはじめた。間もなく舟の影は、高い蘆《あし》のしげみにかくれて見えなくなった。

あとはしいんとした真昼の静けさ、おりおり思い出したように行々子《よしきり》が鳴いた。

やがてまた、蘆の向うに、パッと投網のひらくのが見えた。忠助が網を打ちはじめたらしい。

「まあ。それじゃ、やっぱり何事もなかったのかしら。忠助が舟をうつしたのは、網場をかえるためだったのかしら」

しかし、雪野の眼には、さっき水中から浮きあがった男の顔が、はっきりとのこっている。濡れた髪がべっとりと頬にからみついていたのでよくわからなかったけれど、色白の、まだ若い男のようであった……。

その日いちにち、蘆の向うに、パッとひろがる投網の影が見えていて、忠助が舟を漕ぎ戻して来たのは、日がかげってからのことだった。

「忠助、おさかなとれて？」

「うんにゃ、きょうも不漁《しけ》でさ」

「でも、だいぶとれてるじゃないの」

「なあに、こんなもの、雑魚《ざこ》ばかりでさ」

雪野はさっき見たことを、よっぽど口に出そうかと思ったが、忠助の不機嫌らしいのがふいと悲しく……。

「忠助や、御飯の仕度が出来ているからおあがり」

「いいや、有難うございますが、おいらまだ欲しくはねえで」

何が気に入らぬのか、老僕はいつもよりいっそう不機嫌で、網をしまうと顔をそむけるようにして、もぞもぞと次ぎの間にさがったあとでは雪野が、身も世もあらぬ思いだったが、やがて涙にうるんだ瞳を、何気なく、丸窓の外になげてみて、思わずあっと息をのんだ。

さっき忠助が網を打っていた浮洲のうえに、ぼんやり黒い人影が見えた。

「あれ！」

雪野は不吉な胸騒ぎをかんじて、

「忠助、忠助」

と、あわただしく呼びかけると、

「お嬢さん、何んでございます」

次ぎの部屋から無精らしい生返事。

「向うに誰か立っているよ」

「放っておきなさいまし」

「だって……」

「夜釣りの客でさ。何も怖い事はありません。おいらは腰が痛えから、おさきへ御免蒙ります」

これでは雪野も取りつくしまがなく……。

影法師

それから間もなく。

こちらは三枝伊織の宅である。

「なに、なんと申す。それではいよいよ雪野のまわりに、菊水兵馬が姿をあらわしたと申すのか」

いまやって来たばかりの伊織は火のつくような調子だった。

「いや、その姿を見たというわけじゃございません。しかし、たしかにそれと思われる節《ふし》がございますので」

「と、いうのは？」

「これでございます。旦那、まあひとつ、これを御覧下さいまし」

と、小猿の與之助が鼻高々と、ひらいて見せた風呂敷の中には、まだ生乾きの着物がいちまい。

「旦那、ひとつ、この紋所を御覧下さいまし」

「やっ、菊水の紋だな」

伊織は俄かにせきこんだ。

「さようでございます。こういうものがあったからにゃ、兵馬の奴があのへんを、うろついているというのは、もう間違いのないことでございましょうねえ」

「おお、しかし與之助、その方この着物は、いったいどこから見付けて来たのだ」

「へえ、それがおかしいんです。旦那もあの忠助という老爺《じじい》を御存じでございましょう」

「ふむ、知っている。気狂いのように髯もじゃの老爺だ」

「さようで。ところであの老爺ときたら、日がな一日投網を打ってくらしていやがるんです。いかに気狂いでも、これにゃ何かわけがあるにちがいねえと、そこで老爺がひきあげたあと、浮洲のなかをそっと探ってみると、案の定、この風呂敷包みなんで」

さてはさきほど、雪野がおびやかされたあの影は、小猿の與之助だったらしい。

「ねえ、旦那、油断がなりませんぜ。あの老爺、気狂いみてえなふりをしているが、なかなかどうして、一筋縄《ひとすじなわ》でいくやつじゃねえ。てっきり兵馬と、気脈を通じていやがるにちがいございませんぜ」

「ふうむ」

伊織は眉をひそめて、

「しかし、あの老爺はまったく気がふれているように見受けられたがなあ」

「そこが向うの魂胆でさ。ああして髪や髯をながく伸ばしているのも曰《いわ》くがありそうです。旦那油断をなすっちゃいけません」

「よし、そういう事なら與之助、ご苦労ながらその方は、これから直ちに三股へ引きかえしてこのうえともに油断なく見張りをしてくれ」

「へえ、それはようがすが旦那はえ」

「もちろん拙者もあとから参る。與之助、必ずともに抜かるまいぞ」

三枝伊織はもう菊水兵馬を捕えたように、すっかり有頂天になっていた。

「しかし、旦那え」

小猿の與之助はなんとなく不安そうに、

「相手は何しろ名うての男です。またどういう計略をかまえているやも知れません。旦那とあっしの二人だけじゃ、些《いささ》か心細くはございませんかえ」

「馬鹿な事を申すな。たかが知れた素浪人だ。たとい相手にいかなる計略があろうとも、俺には俺だけの考えがある」

「へえ、それはそうでございましょうが、ここはなんとか人手をお借りなすったら」

「ええ、くどくは申すな。がやがやと役にも立たぬ者をひきつれて参ったら、それこそ相手に用心させるも同じことだ。二人でよい。いや、わし一人でも沢山だ」

　伊織は自信満々だった。

「そうですか。そんなに旦那がおっしゃるなら、そういう事に致しましょうが……」

「それがよい、それでよい。俺がひかえているからには、親舟に乗った気でいろ。と申して、必ずともに油断いたすでないぞ」

「合点です。それじゃ一足さきに参っておりますから、おまえさんもすぐあとから来ておくんなさい」

　と、小猿の與之助がかいがいしく、飛び出していったあとで、黒装束に身をあらためた三枝伊織が、人眼をしのんで八丁堀を出たのは、もうすっぽり夜の帳《とばり》がおりたのちだった。

　伊織が何故、このように用心するかというと、兵馬も兵馬だが、同僚にこの大きな獲物をさとられたくないからだった。

まえにもいったとおり、伊織は日頃から、ひどく同僚の気受けが悪い。それだけに伊織の方でも、同僚の鼻を明かして、手柄を独占したいという、功名心に燃えていた。

それにまた、なに、あんな馬鹿者どもの手を借りずとも……と、いう自負心も手伝っていた。どちらにしても、今宵の捕物は、自分ひとりの手でやってのけるつもりだったが、もしこの時、かれに同僚に手柄をわかつ宏量《こうりよう》と、用心深さがあったなら、それから間もなくあのような、失敗に煮湯を呑まずともよかったであろう。

それはさておき、華々しい黒装束に身をかためた伊織が、それから間もなく、人眼をしのんでやって来たのは、三股のかたほとり、雪野のかくれ家のちかくだった。

軽く口笛を吹いて合図をすると、すぐ、草叢《くさむら》の中から與之助が現れた。與之助というとまだ若い男らしくきこえるが、実際は四十あまりの、それでいて、綽名《あだな》のとおり、小猿のように小柄ですばしこい男だった。

「どうだ、與之助、何かかわったことはないか」

「へえ、いままでのところ、別に不審のかどもねえようでございます」

「雪野はうちにいるだろうな」

「います。さっき覗いたときにゃ、たしかにいました。そろそろ寝るところらしゅうございました」

「老爺は」

「へえ、老爺もどうやら寝ているらしゅうございます」

「ふむ、万事好都合だな。これで兵馬の奴がやって来たら袋の中の鼠も同然だ」

「まったくそのとおりで。それにしても、来るなら、もうそろそろやって来てもいい刻限でございますがね」

「油断をするな」

「合点です」

ふたりは枯草のあいだに身をひそめた。

空にはほんのりほの三日月がかかって、水面を渡って来る風も、それほど冷くはなかった。

雪野はすでに寝たらしく、茅屋《あばらや》のなかは灯のいろもなく、おぼろ月を背に負って、ほの暗くうきあがっている。

伊織は歯ぎしりの出るような昂奮をおさえながら、瞳をころして、じっとこの暗い茅屋を睨んでいる。

来るだろうか。——今夜、果して兵馬の奴が、ここへ忍んで来るだろうか。——だが、いまのところ別にかわった事も起らない。

折々、五位鷺《ごいさぎ》が啼きながら空を渡った。

こうして待つ事一刻（三十分）ばかり。

伊織はようやく、苦い失望を味わいはじめたが、その時だった。

ふいに茅屋のなかから、ボーッと薔薇色の灯が洩れて来た。

おや、雪野だろうか、それとも老爺が起きたのであろうか。

——と、そんな事を考えている伊織の眼のまえに、雨戸がいちまいするすると繰りあけられた。そして煤《すす》けた窓障子のうえにくっきりと映ったのは、おお、まぎれもない武士の影法師。

天晴《あっぱ》れ兵馬

「あっ、旦那！　いつの間にやら忍びこんでおりますぜ」

「うぬ。素速い奴だ。與之助、油断するな」

まったく、いつの間に忍びこんだのか見当もつかなかった。

しかし、いまはそんな事を考えている暇もない。

伊織は宙を蹴って茅屋の表へかけつけた。もとより草葺《くさぶき》のあばらやである。厳重な締まりがあるわけではない。

一撃のもとに戸を打ち破り、土間へ躍りこむと、そのとたん眼前にヌーッと浮きあがったのは蝋燭片手に立った白面の美丈夫。

伊織には初見参だったが、言わずと知れた菊水兵馬だ。

「菊水兵馬、神妙にしろ」

叫んだが、相手は平然として笑っている。相手があまり落着きはらっているので、伊織のほうが却《かえ》って度を失った。

何かそこに罠があるのではなかろうか。無闇にすすんでいって、敵の術中《じゅっちゅう》におちいってはならぬ。

伊織ははげしい闘志にもえながら、しかも、相手に圧迫される焦燥に身をもんだ。敵意にもえる眼であたりを見廻した。

と、その時、かれの目についたのは、かたわらの柱にかけてある、投網である。とたんに伊織の決心はついた。

とっさの機転にその投網を取りあげた伊織が、パッと小手を振ると、網は見事に宙にひらいて……兵馬は網の中に跳ねる魚だった。

これにはいかなる兵馬も度を失った。それはそうであろう。まさか魚と間違えられようとは思っていない。きりきりと体に巻きつく網の目に、あっと叫んでひっくり返ったが、その拍子に、手にした蝋燭が風に消えて、あたりは漆のような真っ暗がり。

「捕ったぞ、捕ったぞ、それ、與之助、油断するな」

伊織は網を手繰《たぐ》り寄せる。闇の中で大魚の跳ねる手ごたえが、伊織にとっては世にも快いもののように、体のしんまでしみ透った。

「與之助、何を致しておるのだ、早く魚を押えぬか、これ、與之助！」

だが、その與之助は何をしているのか、闇の中に体をしずめて、こそとの気配もない。

「ええ、言いがいのない奴！」

こうなったうえは自分一人で……と、勢い立った伊織が、きりきりとひきしぼる網の先から、しまった、その時とつぜん力が抜けた。……と、思うと、どどどどと床を踏み鳴らす音、つづいて背戸の戸を蹴破《けやぶ》る音、背戸の外は川である。ドボーンと水の音が聞えたのは、誰かが川へ飛びこんだ証拠だ。

ああ、ついに大魚は逸したか。

「ああ、しまった。これ、與之助、何を致しておる。灯を持て、早く灯を持たぬか」

闇の中で地団駄踏んでいる伊織の鼻先で、

「へえ」

と、間の抜けた返事がして、やがて、かちかちと燧石《ひうちいし》を打つ音。與之助がまごまごしながら行燈《あんどん》に灯を入れると、網は無惨に切りさかれ、むろん、兵馬の姿はどこにも見えない。

「旦那、取り逃がしましたね」

その言葉の調子が、どことなく伊織の気に喰わなかった。

「與之助、その方はなにをまごまごしていたのだ。早く裏へ出てみろ。さっきたしかに水の音がしたではないか」

　怒鳴りつけられて、

「へっ」

と、首をちぢめた與之助が、裏木戸から外へ飛び出してみると、暗い水の面に波紋がゆれて、たしかにたった今、だれかが飛び込んだらしく思われる。

「あっ、旦那！　向うへ泳いでいきますぜ」

「なに、どこだ、どこだ」

「ああ、それ、蘆の浮洲の方へ……あっ、見えなくなっちまった」

「よし」

　伊織の眼には、何者の影もうつらなかったが、

「與之助、その辺に舟はないか。舟だ、舟だ」

　幸い、おあつらえ向きに一艘の舟がつないであった。

「へえ、旦那、舟ならそこにございますぜ」

「よし、こちらへ廻せ。これ、早く致せと申すに」

「おっと、合点で」

與之助が舟を漕いで来るのを待ちかねて、伊織はひらりと飛びうつったが、折りからそこへ騒ぎを聞きつけ、まごまごしながら出て来たのは、雪野と老僕の忠助だ。

「旦那、兵馬も兵馬ですが、この二人をどう致しましょう、このままに放っておいてもよろしいのでございますかえ」

「おお、そうだ。雪野は大事な人質故、取り逃がしてはならぬ。二人とも一緒につれて参ろう」

「おっと、それがようございましょう」

おろおろしている雪野と忠助を舟のなかへ追いこんだ小猿の與之助が、竿をとれば、はや舟は岸をはなれて、折からの朧《おぼろ》月夜を、河心目差して……。

「してして、與之助、その方がいま兵馬の影を見たというのはどのへんだ」

「へえ、たしかこの辺だと思いましたが」

「見えぬではないか」

「そんな筈はございませぬ。きっと水に潜っていやがるんでございましょう。いや、そうだ、旦那あっしが今日、風呂敷包みを見つけたのは、たしかその浮洲でございました。ひょっとしたら兵馬の奴、あの蘆の茂みのなかに……」

「よし、それじゃ浮洲へ舟をつけろ」

「おっと、合点だ」

艑《みよし》がどーんと浮洲につくと、伊織はもう前後の分別もなく、舷《ふなべり》をのりこえていた。

その浮洲というのは、広さにして三十坪あまり、一面に蘆が生えしげっていて、いかさま、隠れ場所として屈竟《くっきょう》だった。刀の柄《つか》にきっと手をやった三枝伊織は、手探り、足探りで蘆の繁みをわけていく。

泥がぬかるんで、ともすれば草履《ぞうり》が吸いとられそうになる。蘆の枯枝が、髪や袖にからまって難渋なこと夥《おびただ》しい。

伊織はぐるりとひとまわり、浮洲のうえをまわってみたが、怪しい影はどこにも見えない。

「はてな」

と、小首をかしげた伊織は、

「與之助、與之助、どこにも隠れている様子はないぞ」

声をかけたが、與之助の返事はなかった。どこかで、ギー、ギーと櫂《かい》を漕ぐ音がする、なんとはなしに、はっと不吉な予感をおぼえた伊織は、急いで蘆の茂みから飛び出したが、と、見ればなんと與之助を乗せた舟は、下流の方へ流れていくではないか。

「これこれ、與之助、どうしたものだ。拙者をおいてどこへ参るのだ」

與之助は依然として返事もしない。鼻唄まじりに、舟はしだいに浮洲をはなれていく。

伊織は勃然として怒りにふるえた。

「おのれ、與之助、その方気でも狂ったか」

伊織は地団駄を踏んで叫んだが、その時だ。

さっきから舷に顔を伏せていた老僕の忠助が、ひょいとばかりに頭をもたげた。折からの月明りにその顔をひとめ見た伊織は、そのとたん浮洲のうえで棒立ちになってしまったのである。

「おお、その方は菊水兵馬」

「ははははは、いかにも拙者は菊水兵馬だ。雪野はたしかに貰いうけましたぞ」

「おのれ」

と、歯軋《はぎし》りしたが、舟と浮洲のあいだは、はや十間とはなれている。

「與之助、これ、どうしたのだ。何故そいつをひっ捕えぬのだ」

「へへへへ」

與之助は薄笑いをうかべて、

「まあ、御免蒙りましょう」

「何を！」

「旦那、勘弁して下さいまし。小猿の與之助などというのはまっかないつわり。あっしはかまいたちの小平といって、菊水の旦那にゃ、いろいろ世話になっているもんでさ」

「おお！」


計られた！　伊織はそのとたん、足下の土が崩れていくような感じにうたれた。朧月夜の空がどっとうえからのしかかって来るような混迷によろめいた。

「旦那、三枝の旦那、おまえさんはまあそこで、ひと晩風に吹かれて逆上《のぼせ》でもおさましなさいまし。お嬢さま、何も心配なさる事はございませんや。親旦那も忠助も、みんな御無事で、おまえさんのおいでになるのをまってござります。さあ、ボツボツ参りましょうか」

朧月夜に櫓《ろ》の音をきしらせ、舟はしだいに遠ざかっていく。

蘆の浮洲で、呆然として立ちすくんだ三枝伊織の頭のうえを、あざけるように五位鷺が啼いて渡って……夜風はしだいに冷えて来た。

江戸城秘図

淡雪の女

大きな淡雪がぼたぼたと、綿をちぎったように落ちて来る。土のうえに落ちても、すぐぼやっと消えてしまう淡雪。柳の芽はもうだいぶ膨らんでいるのに夜をこめて降りしきる淡雪に、江戸の町はしとどに濡れていた。

この淡雪のなかをさっきから、傘をつぼめて歩きまわっているのは、八丁堀の手先、鯰《なまず》の権兵衛という男である。

おいおい物騒がしくなって来た時代とて、夜も五ツ（午後八時）をすぎると、どの家もぴたりと大戸をおろして、町中がまっくらになってしまう。しかも今宵のこの淡雪、犬ころさえも滅多に道をよぎらない。

しかし、お上《かみ》の御用を承る鯰の権兵衛にとっては、こういう晩こそ屈竟《くっきょう》の獲物がある筈だった。世間の悪党どもが蠢動《しゅんどう》するのは、とかくこういう静かな晩が多いことを、長年の経験で、権兵衛はよく知っているのである。

風が出たのか、淡雪がくるくるとくるめいて、襟元にぞっと冷たいものが浸みわたる。あたりいちめんは真っ白な壁だった。

権兵衛はふと立ちどまった。

気がつくと、ここは浅草の並木町である。向うにくろぐろと聳《そび》えているのは、伝法院の甍《いらか》だろう。くるめく雪のなかに、巨大な影絵をつくっている。

権兵衛はそれらを正面に睨みながら、茶屋町をとおって、智光院の角へ出ると、さて、西へいこうか東へいったものかと思案をしていたが、その時だった。

田原町のほうから来た一挺の辻駕籠《つじかご》が、すうと淡雪のなかを通りすぎた。棒鼻の提灯《ちょうちん》の灯が、くるめく雪をかき乱して……。

唯《ただ》これだけのことならば、権兵衛とても別に気にはとめなかったろう。雪の夜にいきちがった辻駕籠を、疑う理由はなかったのである。

ところが。

その駕籠が権兵衛のうしろを通りすぎた時である。

「駕籠屋さん、急いで下さいね。約束は五ツ（午後八時）なのだから、あまりおそくなっては困ってしまう」

駕籠の中から女の声だった。そして垂れをはぐってひょいと顔を出したが、そこに立っている権兵衛の姿をみると、はっとしたようにあわてて垂れをおろしてしまった。

その動作が妙に権兵衛の好奇心をそそったのみならず、ちらといま見た女の風態が、なんとなく権兵衛の疑いを誘い出した。

女は御守殿《ごしゅでん》ふうをしていた。お城の女中か諸侯の奥勤めか、いずれにしてもそういう女が、いま時分、なんだって辻駕籠を走らせているのだろう。

約束は五ツなのだから、あまり遅くなると困ってしまう……。

たしかにそう言ったようだった。してみると誰かに会いにいくのだろうが、相手はいったいどういう男なのだろう。

こうなると鯰の権兵衛は、ぴいんと全身がひきしまって来る。一見なんでもない出来事が、重大事件に発展した例を、権兵衛はいままでに幾度となく経験していた。それにいま見た女の狼狽《ろうばい》が、妙に心にかかるのである。

「よし、なんでもいいからつけてみてやれ」

そしてそのうえで、何んでもない事だったら、引上げても別に損のあるわけではない。

そこで権兵衛はくるりと尻をはしおると、傘をすぼめて右手に持ち、見えがくれに駕籠のあとをつけ出した。

むろん、そんな事を知ろう筈がない。

駕籠はすたすたと淡雪のぬかるみを踏んで、夜の町を急いでいく。

智光院の横を通りすぎると、間もなく左へそれて、花川戸へはいった。淡雪はいよいよはげしく駕籠の棒鼻を躍り狂っている。

駕籠はやがて花川戸河岸へ出ると、細い横町を二度三度曲り曲ったが、間もなくすうっと、一軒のお屋敷の中へのみこまれた。

権兵衛は急いで門前まで駆けつける。

立派なお屋敷だった。大名門かと思われるような、金鋲《きんびょう》うった門の左右には、海鼠《なまこ》壁《かべ》がながくつづいて、塀のうちには三層楼もあろうかと思われるような、高い甍がそびえていた。

「はてな、ここは何様のお屋敷だったかな」

権兵衛が小首をかしげている時である。門のなかから空駕籠をかついださっきの駕籠屋が、妙におびえたような顔をして出て来た。

「兄哥《あにき》」

「なんだえ」

「妙じゃねえか、このお屋敷にゃ誰か住んでいる人があるのだろうか」

「それよ」

と、相棒もふうっと声を落して、

「俺もなんだか変に思っていたところだ。どうもここは空屋敷らしいぜ」

「それそれ、その空屋敷へ若い娘が、いまごろ何んの用事があるのだろう。兄哥、もしやいまのは……」

「えっ、何？　何んだっていうんだ」

「いやさ、ゆ、幽霊じゃねえかと……」

「ば、馬鹿なことをいうもんじゃねえ。だが、やっぱり変だねえ」

と、ふっと顔を見合わせた二人の駕籠屋は、俄《にわ》かに首をちぢめると、

「ともかく、勘太、こんな気味悪いところにゃ、一刻も愚図愚図しちゃいられねえ。

さ、早くいこうじゃねえか」

「おっと合点だ」

と、駕籠をかついで、逃げるように行きすぎようとするうしろから、

「これこれ」

と、声をかけたのは権兵衛である。

「待ちねえ、待ちねえ。おい、駕籠屋」

「ひえっ！」

と、叫んだ二人の駕籠屋は、幽霊にうしろ髪をひっつかまれたように度肝を抜かれた。

権兵衛は笑いながら、

「ははははは、何もそうびくびくする事はねえ。俺はこういうものだ」

と、ふところに呑んだ十手をみせると、駕籠屋は改めて顔を見合せながら、

「おお、これは親分でしたか、いや、どうも、すっかりお見外《みそ》れいたしまして……」

「はははは、お見外れじゃあるめえ。怖くて俺の顔も見られなかったのだろう。ははははは、だがまあそんな事はどうでもいい。呼びとめたのはほかでもねえが、いまの娘

だ。あれやおめえ、どこから送って来たのだ」

「へえへえ、いまの娘なら、湯島から送って参りましたので」

「湯島のなんという家だ」

「いえ、それが、天神下のみちばたに立っておりましたので。へえ、あっしは切通しのへっつい長屋に住んでいる勘太という者で。ここにいるのは相棒の佐市という野郎でございますが、どうせ今夜のようなこの雪じゃ、仕事もあるまいと、空駕籠をかついで天神下までかえって来たところを、あの御守殿に出会いましたので」

「へえ、勘太兄哥《あにい》の申すとおりで、あの娘にどういう御不審があるのか存じませんが、あっしどもは全くなんの関わりあいもございませんので」

「よしよし、切通しへっつい長屋の勘太に佐市だな。いつか呼出すことがあるかも知れねえ。そのつもりでいて貰おう。今夜のところはいいから早く行きねえ」

「へえ」

と、答えて二人の駕籠屋が、泡をくって行きすぎたあと、権兵衛はしばらく雪のなかに佇《たたず》んで塀のうちをうかがっていたが、やがてきっと唇をかむと、傘をすぼめて、そのまま屋敷のなかへ忍びこんだ。

影の人

なるほど、勘太と佐市が、空屋敷ではないかと疑ったのも無理はない。

淡雪に包まれた屋敷全体が、火の気もなく、妙にひっそりと静まっている。同じく灯の色はなくとも、人の住んでいる家といない家とでは、おのずからちがった匂いをもっているものだが、このお屋敷はまさしく空屋敷の匂いを放っていた。

それにしても、これが空家だとすれば、いよいよ合点のいかないのはさっきの女である。

五ツという約束だから……と、さきほど駕籠のなかから洩らした言葉からみると、たしかに誰かと逢う約束が出来ていると思われる。その約束の場所というのがこの空家とは……撰《えり》にえってこういう場所を、会見の場と定めたその相手は、いったいどういう男なのであろう。

権兵衛の胸はしだいに躍って来る。

猟犬が素晴しい獲物を嗅ぎあてた時のように、鋭い神経がぴんと緊張して来た。玄関まえまで来ると、娘はどうやらそこで駕籠をおりたらしい。ようやく積りかけた雪のうえに、ひとところ掻き乱された場所がある。

娘はここで駕籠をおりて、玄関へあがっていったのだろうか。――いや、そうではなかったらしい。

よくみると、玄関から右の方へ、うっすらと下駄の跡がついている。どうやら娘は玄関へあがらずに、そのまま庭づたいに奥のほうへいったらしい。権兵衛は犬のようにひくひくと鼻を鳴らした。それから下駄の跡をつけていった。

それにしてもこの家はどういう家なのだろう。ずいぶん贅《ぜい》をこらした建物らしいが、むろん大名屋敷ではない。と、いってふつうの町人の寮らしくも見えなかった。もしこれが町人の寮とすれば、よほど裕福な大町人にちがいない。

下駄の跡はそういう風変りな建物をめぐって、庭づたいに、ずっと奥のほうまでつづいている。その庭の向うからは、ひたひたと岸に打寄せる波の音が聞える。このお屋敷は川沿いに建っているらしく、塀のすぐ外側を大川の流れが洗っている様子である。

権兵衛はふいにはっとして立ちどまった。雪に埋もれた奥庭の一画に、ちんまりとした八角堂が見えて来たからだ。それはちょうど、持仏堂のような恰好で、そりかえった屋根の八つの隅には、八つの風鐸《ふうたく》が下がっていた。

それでいて、普通の持仏堂とも思えないのである。

窓という窓には、ひし形に組んだ鉄の格子がはめてあって、そのうち側に白い障子がはまっている。気がつくと、下駄の跡はその持仏堂のそばで消えていた。

約束の場所。――娘はこの奇妙なお堂のなかで、何人かと逢う約束が出来ていたのだ。

権兵衛はそこまで見届けると、急に犬のように四つん這いになった。ひくひく鼻をならしながら、物影をえらんで、静かに、しかし胸をどきどきさせながら、八角堂のほうへ近づいていった。と、そのとたん、お堂のなかがボーッと明るくなったかと思うと、それと同時に、くっきりと障子にうつし出されたのは、向いあった二つの影。ひとつのほうはたしかにさっきの娘だが、もうひとつは下髪《さげがみ》にした武士の横顔だった。

権兵衛はそれをみると、ぎょっと呼吸《いき》をのんだが、またするすると雪のうえを這って、窓の下まで近づいた。幸いそこにはこんもりとした植込みが、雪をかぶって暗い影をつくっている。

権兵衛はこれ屈竟《くっきょう》と、その植込みのしたへ這い込んだが、それと同時に、八角堂のなかから聞こえて来た男の声に、ぴんと耳をそばだてた。

「それじゃ、今夜は駄目だったのですね」

爽やかな、気持ちのいい声だった。

「はい、まことに申訳ございませぬ。今夜是非にと思ったのでございますけれど、どうにも都合が悪くて……ほんに、この雪のなかを無駄足をお踏ませして、申訳ございません」

娘の声である。

話の模様では、どうやら今宵、娘がここへ何か持参する手筈になっていたのが、都合が悪くていけなくなったらしい。娘がなおもくどくどと低い声であやまるのを、

「なあに、そんなに気にする事はありませんよ」

と、男はこともなげに笑って、

「この仕事はどうもあなたには荷が勝ちすぎるようだ。誰かほかの者にかわって貰ってもいいのです」

「あら、そんな事はありませんわ。折角やりかけた仕事ですもの、わたくし、是非やら

せて戴きたいと思っております」

「そうですか。それほどあなたが仰有《おつしや》るのなら、まあ、やって戴いてもいいが……なにしろ江戸城の秘図を手に入れようというのだから、うまくいけば大した手柄になりますよ」


権兵衛はそれを聞いたとたん、全身の毛が逆立つほどの驚きにうたれた。

江戸城秘図――？

果せる哉《かな》、これは大物も大物、たいした掘出し物にちがいなかった。するとこいつらはちかごろ世間でやかましい、勤王浪士とやらの一味であろうか。

権兵衛は胸をわくわくさせながら、狼のようにぴたぴたと舌なめずりをした。

「そんなに仰有られると、わたくしかえってお怨みに存じます。女の身でこそあれ、いったんお誓いしたからには、きっとこの仕事はやりとげてごらんに入れましょう。ねえ、もう三日お待ち下さいまし。いまから四日目の晩までには、きっとお約束の秘図を手に入れて、お渡しいたしますわ」

「いまから四日目といえば、二十五日の晩ですね」

「はい、どうぞそれまでお待ち下さいまし」

「よろしい。それではもう一度、二十五日の晩ここで会いましょう。時刻も今夜と同じでいいでしょう」

「あの……ここでよろしいのでしょうか」

「どうして？　ここじゃ都合が悪いのですか」

「いえ、そうじゃございませんけれど、さっきも申上げましたとおり、わたくし、さきほど変な男に会いました。その男があとをつけて来たような気がして、心配でたまりませんの」

「大丈夫ですよ。誰がつけて来たって、われわれをつかまえる事は出来ませんよ」

はははははと、男は爽やかに笑って、

「それでは二十五日の夜五ツ半（午後九時）、またここで会う事に約束いたしましたよ」

「はい、それでは菊水様」

菊水様——その名前は雷のように権兵衛の耳をつらぬいた。われにもなく、ぎょっとして伸びあがった拍子に、植込みの雪がどさりと落ちて、首筋へ入ったから耐まらない。

「わっ！」

と、思わず声を立てたが、そのとたん、八角堂の中ではふっと灯が消えて、話声はふっつり途絶えた。あとは物音ひとつしないのである。

こうなれば、権兵衛も破れかぶれだ。

いま女が菊水様といったところを見ると、男は菊水兵馬にちがいない。菊水兵馬といえば、いま御公儀で血眼《ちまなこ》になって探している男である。

権兵衛は前後も忘れて、堂の入口へとびついた。入口には観音開きの扉がぴたりとしまっている。

権兵衛はやけにそれを叩きながら、

「開けろ、開けろ、神妙にここを開けろ」

叫んでみたが返事はなかった。

堂のうちはしいんと静まりかえっている。

その静けさが、ふいと権兵衛の胸に一抹の不安を与えた。ほかに出口とてないこの八角堂、いわば相手は袋の中の鼠も同然だが、それだけに死にもの狂いにちがいない。

いっそ誰かを呼びにいこうか。いやいや、そんな事をしていたら、その隙に二人は逃げてしまうだろう。

「ええい、何も思いきりが肝腎だ。男は度胸よ、たとい相手に鬼神の勇ありとも、こっちも江戸の御用聞き、そうだ」

と、満身の力をこめて扉にからだをぶっつけると、とたんに権兵衛、鞠のように床のうえに投げ出された。案外容易《たやす》く扉がひらいたのである。

「はてな」

権兵衛は床に投げ出されたまま、眼をぱちくりさせながら、あたりの様子を見廻したが、そのとたん、狐につままれたように顔を長くしたのである。

堂のなかには、人気のない冷たい闇が、しいんと澱んでいるばかり、男も女も、煙のように消えていた。

伊織と深雪

「伊織様、もし、伊織様、どうしてきょうはそんなにお機嫌が悪いのでしょう。何かわたしがお気にさわった事を申上げたのでございましょうか。それだったら、どうぞ堪忍して下さいまし」

深雪は細い指で髪の毛をかきあげながら、怨《えん》ずるような眼で男の顔を見上げた。

昨夜の雪も嘘のように霽《は》れてしまって、雪霽れの空が眩しいくらい明るかった。庭先にはまだ昨夜の雪がむら消えに残っているが、縁側には春の陽があたたかい陽溜まりをつくっている。

その縁側に膝をかかえて、むっつりと浮かぬ顔を、膝のうえに乗せているのは、若い与力の三枝伊織だった。

眉根《まゆね》に蒼い皺をきざんで、伊織はちかごろとかく顔色がすぐれないのである。

「いいや、別に……あなたが気にさわった事を言ったわけじゃない」

「そう、それなら安心だけど……」

と、深雪は男の顔を覗きこむようにして、

「それじゃ、やっぱりこの間のことを気にしていらっしゃるのね」

「私は不快でならんのです」

伊織はボソリと、吐き出すように言った。

「ええ……」

深雪は長いまつげを伏せて、膝のうえで長い袂《たもと》をいじっている。この気難しい男の気分を、どういうふうにしてほぐらかしたものかと考えながら……。

伊織はわれとわが言葉に激昂《げきこう》して来て、

「そりゃあ……なるほど菊水兵馬を取り逃したのは私の手落ちだった。また、あいつにああいう風に愚弄された私の姿は、じつに惨《みじ》めきわまるものだった。しかし、それだからといって、同僚が私を嘲弄したり、侮辱したりする権利があるでしょうか」

この間の三股の夜の大失敗を思い出すと、伊織の胸はきりきりと締め木にかけられるような苦しさだった。だがそれにもまして伊織を苦しめるのは、それから後の同僚の嘲笑と冷罵《れいば》とである。

「三枝の奴、抜け駆けの功名をしようとしたばっかりに、兵馬に手玉にとられおった。いい業晒《ごうさ》らしだ」

そんな言葉が耳に入ると、自尊心の強い伊織の胸は、煮え湯を飲まされたようにうずくのである。

「朋輩の方がなにかおっしゃいますの」

「私をよい弄《なぶ》り物にするのです。あいつらと来たら実に下等な人間ですから、他人の失敗が、嬉しくて耐まらないのです、おのれの無能を棚にあげて、ひとが何か縮尻《しくじ》ると、手をうって喜ぶのです」

深雪はほっと悲しそうな溜息をついた。

深雪というのは作事奉行川路作左衛門の娘で、若い与力の三枝伊織とは許婚者《いいなずけ》になっていた。

深雪はこの伊織を愛している。江戸末期の頽廃した幕臣の中にあっては、伊織はたしかに気骨のある若者だった。才識ともに衆にぬきんでた。

ただ、それだけに、あまりにも自分を信ずる事あついこの男を、深雪は日頃からはらはらする思いでみつめているのである。あまりにも他人に譲ることを知らぬ狷介《けんかい》な性質を、情なくも思い何んとかもう少し朋輩と折合ってくれればと願うのである。

しかし、こんな事はいえばいうだけ、相手を苛立たせるばかりである。

深雪は気をかえて、

「ほほほほほ、いいではありませんか、そんな事。ひとが何んといったって、気になさることはないじゃございませんの」

「そうはいかない」

　伊織は吐き出すように、

「いかに虫けらのような奴でも、勤めのうえで同僚とあれば、やっぱりそいつらの吐く言葉が気にもなるのです」

「いいえ、もうそんな事は忘れておしまいなさいませ。それより、菊水とやら、兵馬とやらいうその男を、あなたの手でお捕えになったらいいじゃございませんの」

「無論です。菊水兵馬はきっと私がとらえて見せます」

「そうなさいまし。そうすれば朋輩の方だって、もう何もいう事は出来なくなりますわ、わたしだって……」

　と、深雪ははじらいがちに、

「わたしだって及ばずながらお手伝いいたしますわ。あら、どうしてそんな顔をなさいますの。わたしにそんな事が出来るものかと思っていらっしゃるの。ひどいわ。覚えてらっしゃい。わたしだって、わたしだって、いつかあなたの奥様になるんですもの」

　深雪は無邪気に笑ったが、そこへ同じ年頃の綺麗な娘が、遠慮勝ちに入って来た。

「あら、紅梅《こうばい》さん、何か御用？」

深雪がうすく頬をそめながら訊ねると、紅梅は敷居のそばに手をつかえて、

「はい、あの……三枝様に御用の方が参っておられます」

「わたしに用事の者が……」

「はい、権兵衛様とおっしゃる方でございます」

「おお、鯰の権兵衛か。よし、それじゃすぐ帰るから、待っていてくれるようにと伝えて下さい」

「はい」

紅梅はつぎの間にさがったが、その顔色は何故か真蒼で、いまにも倒れそうな恰好だった。

しかし、深雪はもとよりそんな事には気もつかず、

「あら、もうお帰りになりますの」

「はい、帰りましょう。権兵衛が来たからには、何かまた火急《かきゅう》の用事かもしれない」

「詰まらないの。いつだってゆっくり出来ないのね」

深雪は怨めしそうに鼻を鳴らしたが、すぐ気をかえて、

「でも、御用じゃ仕方がないわね。では、いってらっしゃい。その代り、またお近いうちに来て下さいね。そうそう、父が一度お眼にかかりたいと申していました」

「お父上には、いつもかけちがってお眼にかかりませぬ。どうぞよろしくお伝え下さい」

伊織は袴のひだを直しながら立上がった。

従姉妹《いとこ》同志

「権兵衛、権兵衛、何をそのようにぼんやりと考えこんでいるのだ。その方がそう首をふっていると、とんと張子《はりこ》の虎のようだ」

伊織はいつになく冗談をいった。気が軽くなっている証拠だ。

いつも感ずることだが、深雪は不思議な力を持っている。どんな不快な場合でも、深雪にあって来ると、さらりと心が洗われたような気がするのである、心の垢をさらりと洗い落したすがすがしさだった。

伊織はそのことが嬉しくて、つい冗談も口に出るのだが、権兵衛はしかし、依然として小首をふりふり、

「旦那、どうも不思議な事があるんです」

「何んだ、何が不思議だ。奥山にろくろ首の娘でも出たというのか」

「そんな事じゃねえんで。真面目な話でさ。ねえ、旦那、いま川路様のお屋敷で、玄関へ出たお女中ですがねえ。あれはどういうお方ですえ」

「ああ、紅梅か」

「へえ、紅梅様とおっしゃるので。するとあの方は川路様のお屋敷と、何か深い関係がおありなのでございますか」

「あれはたしか深雪殿の従妹とかきいている。先年両親を失くされたので、あの屋敷に寄食しているのだ。しかし、権兵衛、あの紅梅殿がどうかしたのか」

「へえ、あっしゃたしか昨夜、あの娘さんに会いましたので」

「その方が紅梅殿に？」

と、伊織は眉をひそめて、

「どこで会ったと申すのだ」

「へえ、それがどうも不思議なところで……たしかにあの娘にちがいなかったがな。駕籠のなかで、ちらと見ただけだったが……はてな」

意味ありげな権兵衛の様子に、伊織はしだいに苛立って来た。

「これこれ、権兵衛、何を申しておるのだ。駕籠の中がどうしたというのだ」

「へえ、それがまことに妙なんで。……いや、あれがあの娘であろうがなかろうが構うことはねえ。旦那、実は一大事で」

「はて、一大事とは?」

「菊水兵馬の尻尾をおさえました」

「なに、菊水兵馬?」

その名は伊織にとって落雷にもひとしかった。思わず声を立ててから、伊織は気がついたようにあたりを見廻した。

「これこれ、権兵衛、その方も迂闊《うかつ》な奴ではある。そのような大事なことを往来ばたで申す奴があるものか。身共《みども》の屋敷まで参るがよい」

と、そこから八丁堀まで権兵衛をともなってかえった伊織は、権兵衛の口から逐一昨

夜の話をきくと、半信半疑の面持ちで、

「なんと申す、それでは兵馬が花川戸河岸の空屋敷へ現れたと申すのか」

「へえ、そうなので」

「間違いじゃあるまいな」

「間違いじゃございません。たしかに女が、菊水様と申しました」

「ふうむ」

と、腕拱《うでこまね》いた伊織は、じっと権兵衛の顔を見ながら、

「そして、その娘というのがあの紅梅殿であったと申すのだな」

「いえ、それは……」

と、権兵衛は頭をかきながら、

「あっしの間違いかも知れません。何んにしろ雪のなかでちらと見ただけでございますし……まさか川路様のお屋敷に、そんな大それた奴がいようとは思われませんからねえ」

「いや、そうとばかりは言えぬ」

伊織の瞳が俄《にわ》かに鋭くなった。

「川路の屋敷だから、その方の話が真実ではないかと思われるのだ。川路作左衛門殿は作事奉行、さればあのお屋敷ならば、江戸城秘図などもありそうな事じゃ」

「へへえ、するとやっぱりあの娘が……」

「ふむ、拙者もよくは知らぬが、それについて思い出すことがある。あの紅梅殿というのは、深雪どのにとっては母方の従妹《いとこ》にあたるが、父御《てご》というのは長らく大坂勤番をしておられた。その節紅梅殿も大坂にいたが、性質のわるい浪人といい交わしたとか交わさぬとか、それで悶着を起したという話をきいている。ひょっとすると、そういうところから糸をひいていまいものでもない」

「なるほど、そう承れば、やっぱりあの娘かとも思われます。それにしても太い阿魔だ。現在厄介になっている家の、大事な品を盗み出そうなどとは、なんという人非人《ひとでなし》でございましょう」

「いや、かれらにはかれらの考えがあってな。大義親《たいぎしん》を滅すという奴だろう」

伊織は苦い微笑を吐き出しながら、

「しかし、権兵衛、花川戸のその屋敷だが、たしかに空屋敷にちがいないな」

「へえ、それはもう、あとから調べてみたんですが、その屋敷の主《あるじ》というのは、先年亡くなりましたそうで、それ以来、無住になっているという事でございます」

「何人《なにびと》だな。その主というのは」

「たしか山城屋糸平とか申しました。随分、太っ腹な大町人だったそうで、それが贅《ぜい》をつくして建てた家ですから、それはもう立派なものでございます」

「なに、山城屋糸平と申すか」

伊織ははっと思いあたるところがあった。

山城屋糸平に会ったことはないが、町奉行小栗豊後守《おぐりぶんごのかみ》から、名前はいくども聞いている。幕府のために軍用金を、大坂へ運んでいった男――そして、それきり行方がわからなくなった人物である。兵馬とは深讐綿々《しんしゅうめんめん》たる好敵手だったから、おそらくかれの手にかかって殺されたのだろうと想像されている。

なるほど、糸平の屋敷が花川戸にあるということは聞いていた。

そして、その男なら、いかにも西洋かぶれのした家を、建てそうな人物だったし、また、兵馬が、その仇敵の留守宅を、自分の用に利用するというのも、幕府の眼をくらますためには、いかにも賢明なやりかただった。

「よしよし、それで何もかもわかった。だが、権兵衛、その方、この事を誰にも洩らしは致すまいな」

「へえ、それはもう」

と、権兵衛は呑込みがおに、

「旦那のほかにゃ、誰にだって洩らすことじゃございません。で、旦那、どうしましょう。紅梅の奴を挙げちまいましょうか」

「いや、待て、待て。紅梅を挙げてしまえば、兵馬はどうなる。紅梅などはどうでもよい。覘《ねら》う相手は兵馬ひとりだ」

「へえ、しかし、川路様にはお耳に入れておいたほうがよくはございませんか。もしものことがあった場合に……」

「いや、それは以ってのほかじゃ、川路殿にこのようなことを申してみろ。あの一徹な老人のこと故、たちまち紅梅の命はない。そうなっては元も子もない話だ。権兵衛、さきほどもいうとおり、紅梅などは末の末だ。目当ては唯一人菊水兵馬。よいか。わかったか。それまでは紅梅は大事な囮《おとり》、二十五日の晩までは、このまま放し飼いにしておくのじゃ」

今度こそ菊水兵馬、きっと捕えてみせるとばかり、伊織は唇をかんでいた。

お高祖頭巾《こそずきん》

「あの、駕籠屋さん」

と、やさしい声で呼びとめられて、勘太と佐市は素速く眼を見交わせた。

「へえ、へえ、駕籠に御用でございますか」

場所は湯島の天神下、梅が香のほのかに匂って来る暗闇のなかだった。

「はい、あたしを乗せていって下さい」

「へえ、それゃもうお安い御用でございますが、して、どちらまで参りますので」

「はい、あの、花川戸まで……」

と、聞いて勘太と佐市は、また眼と眼を見交わしていた。

「花川戸まででございますか」

「ええ、そうなの。では、乗せていってくれますね」

そういいながら闇の中から、すうっとまえ出て来た娘をみると、すっぽりとお高祖頭巾で面を包んでいる。長い振袖を、胸のまえで抱くようにして……梅の精の抜け出て来たかと思われるばかりの姿だった。

勘太はその眼を覗きこむようにして、

「おや、そういうおまえさんは、この間お送りした娘さんじゃありませんか」

「え？」

娘はどきりとした様子で、お高祖頭巾のなかから、警戒するような眼を光らせる。瞳がいくらか不安に曇っていた。

「そうだ、そうだ、ほら、あの雪の晩に、花川戸までお送りしました。なあ、佐市たしかにこの姐《ねえ》さんにちがいねえなあ」

「そうそう、そういうことがあったけ。それじゃ姐さん、おまえさんまた、この間の空屋敷……いえさ、あのお屋敷へおいでになるんで」

娘はちょっと思案するふうだったが、すぐに心を決めたらしく、

「はい。そこへ参りたいと思います」

「ようがす。それじゃ早速お乗りなさいまし」

「あの、では連れていって下さいますかえ」

心を決めたとは言っても、お高祖頭巾の娘の眼は、まだなんとなく不安らしく、二人の駕籠屋を見較べている。

「へえへえ、お乗り下さいまし。客を乗せるのがあっしらの商売でございます」

「それではお願いいたします」

と、娘が思いきったように駕籠へ入ると、勘太と佐市は顔を見合せて舌をペロリ。

よいしょと息杖をあげると、うしろを向いて手を振った。

と、それが合図だったのだろう。天神の境内からぬっと出て来たのは三枝伊織だ。どうやらあらかじめ、駕籠屋とのあいだに打合せがしてあったらしい。うまくいったと北《ほく》叟笑《そえ》みながら、駕籠のあとを見えがくれにつけていく。

やがて駕籠はこのあいだのとおりの道をとおって、やって来たのは花川戸。あの空屋敷の玄関のまえにどんと息杖をおろすと、

「はい、参りました」

「御苦労さま」

駕籠から出た娘は、あたりの様子を見ると何んとはなく細い肩をふるわせた。

「はい、これがお駄賃」

「へえへえ、これは有難うございます。佐市多分に酒代を頂戴したぜ。お礼を申上げろ」

「へえ、お新造さま、有難うございます。それではどうぞ御ゆるりと……」

と、娘ひとりを残して門の外へ出て来ると、伊織もおくれずやって来ていた。

「旦那」

と、駕籠屋が寄って来るのを、

「これ、静かに致せ。娘はたしかにこの中だな」

「へえへえ、おっしゃったとおりに致しましたが、何んだか今夜は、ばかにびくびくしているようでございましたぜ」

「まさか、覚《さと》られやしないだろうな」

「いえ、それは大丈夫でございます」

「よし」

「それじゃもう御用はございませんか」

「ふむ、大儀であった。行け、行け」

伊織が鳥目《ちょうもく》を投げてやると、駕籠屋があわててそれを拾った。

「それじゃ旦那、御免蒙ります」

駕籠屋がペコペコお辞儀をしながら、立去るのと入れちがいに、闇の中からぬっと顔をつき出したのは、いうまでもなく鯰の権兵衛。

「旦那、うまく行きましたな」

「ふむ。どうやらここまでは追いこんで来たが、これからあとが大切なところだ。権兵衛手筈《てはず》はととのっているだろうな」

「へえ、そこは如才《じょさい》はございませぬ。要所要所にゃ捕手を伏せてございます。いざといえば旦那の呼笛《よびこ》の音ひとつで……」

「御苦労、御苦労」

伊織はうなずきながら、

「しかし、肝腎の兵馬だが、まだ姿を見せぬか」

「へえ、いままでのところ、やって来た模様もございませんが、あいつひょっとしたら川のほうから……」

「大丈夫か、川のほうも抜からず見張ってあるだろうな」

「へえ、それゃもう蟻一匹抜け出すすきだってあるものじゃございません。だが、こんなところで立話もなんですから、ひとつ庭へ踏込んでみようじゃありませんか。目差すは例の八角堂、あいつをひとつ見張っていようじゃございませんか」

「よし、案内いたせ」

門の中へ入ってみると、さっきの娘の姿はむろんどこにも見られなかった。

「旦那、ひょっとすると兵馬の奴、もうやって来ているんじゃございますまいか」

「ふむ、ともかく油断致すな」

権兵衛のあとについていくと、向うに八角堂がほんのりと、闇の中に浮きあがっている。どの窓にも灯火の影は見えなかった。

「まだ、来ておらぬと見えますぜ」

「叱《し》っ、口を利いてはならぬ」

闇のなかを這いながら、八角堂のそばまで近付いて来ると、中からさやさやと衣摺《きぬず》れの音が聞えて来る。紅梅なのだ。おりおり遣瀬《やるせ》なげな溜息が洩れるかと思うと、ごとごとその辺を歩き廻る物音は、人を待つ身の苛立たしさを、強いて押し殺すためだろう。

外に待っている二人にしても、その苛立たしさは同様だった。

伊織は緊張のために、舌がからからに乾いて、咽喉《のど》が煎りつくように燃えていた。

兵馬は果して来るだろうか。来るとしても、この厳重な警戒の目をくぐって、無事にこの八角堂まで辿りつく事が出来るだろうか。もしも今宵の警戒に気がついて、途中から引返してしまったら……。

このまえの失敗にこりて、今宵はかなり沢山の手先を動員してある。それだのに、いままた失敗したら、それらの事はすぐに同僚のあいだに知れ渡るだろう、それを考えると、伊織は危懼と功名心のために、身内が炎えるようだった。


——と、この時。

権兵衛がふいに伊織の腕をぎゅっと握った。合図なのである。伊織がはっと気を取り直すと、その時、八角堂の中でかすかな物音が聞えた。と、思うと、

「あれえ！」

と、押し殺したような女の叫び。それにつづいて、

「これ、静かに致されい。拙者だ、菊水兵馬だ。約束どおり参りました」

と、いつに変らぬ爽かな声なのである。

「そして、紅梅殿、約束の物は手に入りましたか」

「は、はい、あのそれが……」

「はははは、いや、これは私が悪かった。灯火もつけずに急ぎ立てて……いや、御免下されい。只今灯をつけましょう」

かちかちと燧石《ひうちいし》の鳴る音がしたかと思うと、堂内がボーッと明るくなって、白い障子にありありと映ったのは、おお、まぎれもなく兵馬の横顔ではないか。

とたんに、伊織の血はさあっと沸《たぎ》り立った。

おお、深讐綿々たる菊水兵馬。いまこそ貴様は袋の中の鼠も同然なのだ……。

だが、そういううちにも、伊織は一種名状することの出来ない不安に駆り立てられた。兵馬はいったい、いつ、どこから堂内に入ったのだろう。

だが。

いまはそんな事を考えている遑《いとま》もなかった。伊織は用意の呼笛を口にあてがって、いままさに吹こうとしたが、その時である。八角堂の中でちょっと妙な事が起ったのである。

しばらくひそひそと囁き交わしているうちに、何を思ったのか、いきなり男の影が女に飛びついた。

「あれ」

と、低い声を立ててたじろぐ女の頭から、お高祖頭巾をむしり取った男は、

「おお、そなたは……」

驚きの声とともに、二、三度うしろへ飛びさがった。それにつづいて、女が何やら早口に喋舌《しゃべ》っている。

何事が起ったのか。――それは伊織にもわからなかった。しかし、いまはもう猶予をしているべき場合ではない。いきなりぴりぴりと呼笛を吹き鳴らすと、観音開きの扉を蹴って、

「兵馬、神妙にしろ」

と、飛鳥の如く飛びこんだが、そのとたん、さすがの伊織も、石になったようにその場に立ちすくんでしまったのである。

おお、何んという事だ。お高祖頭巾をむしり取られて、凝然とそこに立っているの

は、紅梅ならで我が許婚者、深雪ではないか。

弱き者

「あれ、あなたは伊織さま」

伊織も驚いたが、深雪の驚きはそれよりもひどかった。

「あなたはまあ、どうしてここへ」

「深雪殿」

伊織は蒼白い頬にぴりぴりと、紫色の稲妻を走らせると、

「そういうそなたこそ、何用あってここへ参られた。いやさ、この男にいったいどういう用事があるのです」

「でも、でも、あたし……」

「言って御覧なさい。言えないのですか。あなたはこの男に……この菊水兵馬になんの用事があるのです。ああ、あなたもこの男の同類なのですか」

「まあ、菊水兵馬——? 伊織様、それはなんのことですの」

深雪は呆《あき》れたように眼を瞠《みは》っている。それをみると伊織は、もちまえの疳癖《かんぺき》と猜疑《さいぎ》が、いよいよ頭をもたげて来る。

「ええい、そんなに白ばくれても駄目だ。とぼけてもいけません。そこにいるのが拙者の敵、いつかお話しした菊水兵馬ですぞ」

「まあ」

深雪は無邪気な眼に、驚きのいろを湛《たた》えて兵馬のほうを振りかえった。

「あなたが……あなたが、それはほんとうですの」

さきほどから伊織と深雪の押問答を、面白そうに聞いていた兵馬は、白い歯を出してにっこりと笑った。人懐っこい笑顔だ。

「まあ」

深雪が思わずうしろによろめくのを、兵馬はなだめるように、

「はははは、何もそんなに驚くことはありませんよ。菊水兵馬、決して婦女子に危害を加えようとは言わない。それにしてもお嬢さん、さっきの話の続きを承ろうじゃありませんか。紅梅殿はどうしたのです。そしてどうしてあなたが、紅梅殿の身替りになって来られたのですか」

相手があまり落着きはらっているので、伊織も深雪もすっかり圧倒されてしまった。わけても深雪の驚きは大きかった。常日頃、伊織が蛇蝎《だかつ》の如く忌み憎む、菊水兵馬とはどのように恐ろしい男かと思っていたのに、案に相違のやさしい態度、あたたかい言葉。

深雪はふかい惑乱をかんじながら、二、三歩あとずさりしたが、その拍子に、彼女の手からどさりと落ちたものがある。

伊織は素速く取りあげると、

「あっ、これは女の黒髪……」

それを聞くと、深雪ははっと横から奪いとり、

「いいえ、いけません、いけません。これはあなたの手にするものではありません」

「何を！」

伊織の蒼白んだ額に、またさっと嶮《けわ》しい稲妻が走った。深雪はそれにもかまわず、

「もし、兵馬さま」

と、深い、優しい声で兵馬を呼びかけた。

「なんですか」

「わたくしがここへ参りましたのは、紅梅様に頼まれたからでございます。はい、紅梅様の御遺言を果すためでございます」

「なに、遺言――？　そ、それでは紅梅殿は死んだのですか」

「はい」

深雪は悲しげにまつげを伏せて、

「紅梅様はさきほど御生害なさいました。どういう深い事情があるのか。どういう悲しい仔細があるのか、わたくしは少しも存じません。でも、でも……」

と、涙をふきながら、

「その御最後のとき、この黒髪と、この手紙を、ここまで届けてくれるようにとのお頼みでございました。わたくしはそれを果すがために、ここへ参ったのでございます」

ふところから取り出した手紙を見ると、伊織は俄かに疑いぶかい眼を光らせた。

「深雪殿、その手紙はこちらへ寄越しなさい」

「いいえ、いけません」

「なに、いけない？」

伊織が急《せ》きこむのを、深雪は悲しげな眼でおさえながら、

「はい、いけません。これればかりはあなたが何んとおっしゃってもお渡しする事は出来ません。これは女が命にかえて書いた大事な書置き、ほかの人にお渡しする事は出来ません」

深雪の強い態度には、それ以上、押していう事の出来ぬ、一種の厳しい力があった。さすがの伊織も鼻白んだようにたじろいだ。

「いや、お嬢さん、あなたのお志は有難いが、それでは伊織殿の疑いは晴れないでしょう、それではこういう事に致しましょう。お嬢さん、そこでひとつ、その遺言というのを読んでみて下さい」

「えっ、わたくしが読むのでございますか」

「はい、お願いいたします。あなたのような優しい方に読んでいただければ、紅梅殿もきっと本望でしょう」

「さようでございますか。それならば……」

深雪は悪びれずに封を切ると、涼やかな声をあげて読み出した。

――一筆しめし参らせ候。お約束のこと果すこと叶わず、それのみ申訳なく存じ候。さ候えども、叔父上様の御親切、二つには深雪様の身にあまるお優しきお心遣いを思うにつけ、つい心もにぶり、決心も挫け、千々に思い惑い候揚句《あげく》、わが身を殺す破目に相成り申し候。おんまえ様とちがって女の身には、恩と義理とを捨てること叶わず、所詮は弱きものに候いし。何卒何卒この腑甲斐《ふがい》なさ、お蔑《さげすみ》なさるまじく、それのみお願い申上げ参らせ候。


深雪が読みあげるのを、兵馬はしいんと頭《こうべ》をたれて聞いていたが、やがて粛然として深雪のほうへ向き直ると、

「いや、有難うございました。よくわかりました。それでいいのです。あなたのような優しい方を、裏切ることの出来なかったのは、女の身として無理はありません。それに……」

「はい」

「それに、紅梅殿に頼んであったことは、さほど大事なことでもないのです。歴史はうつる、時代はかわっていく。地図などあってもなくても、所詮はうつりゆく流れを堰《せ》きとめることは出来ないでしょう」

兵馬はにっこり笑った。それからつかつかと扉のほうへ足を向けた。

と、その時、伊織が夢からさめたように、兵馬のまえに立ちはだかったのである。

長蛇を逸す

「兵馬、どこへ参るのだ」

「そこを退《ど》いて下さい。私にはもうここに用はない。帰りたいのですから、そこをあけて下さい」

「帰る、ここを出ていく？」

伊織の唇のはしには残酷な微笑が浮んだ。勝利と圧倒の欣びを、声にたてて笑った。

「はははは、貴様、ここから出ていけると思うのか。この俺が、みすみす貴様をかえすと思っているのか」

「三枝さん、あなたは何か思いちがいをしているらしい。むろん、私は出ていきますよ。用事のすんだところに、いつまでもまごまごしている私じゃない」

「うふふふふ。やりやがるな。それが貴様のいつもの手なのだ。いやに落着きはらってみせて敵に不安を起させようというのだろう。そして、その敵の動揺の虚につけこんで、巧みにペテンにかけようというのだ。だが、そうはいかない。きょうばかりは貴様のその術中には陥らぬぞ。はははは、貴様はもう袋の中の鼠も同然なのだ」

「袋の中の鼠？　この私が？　そいつは少々困った。私はまだここで捕えられたくないのだ。どうしてもここを抜出さねばならないのだが」

兵馬は真実困ったように眉をひそめた。しかも、側からみている深雪の眼には、兵馬が少しも困っていないことがよくわかる。それにしてもこの場合、兵馬はどうしてここを抜出すつもりなのだろう。

むろん、兵馬は憎い男である。自分の良人《おっと》ともなるべき人にとって、不倶戴天《ふぐたいてん》の仇敵である。しかし……深雪はなんともえたいの知れない心苦しさをかんじた。ここで、この人が捕えられるのを見るのはいやだ。紅梅が命をかけて愛した人を、この場で捕えさせたくはない。

深雪はわれ知らず、一歩まえへ進み出た。

「伊織様」

「なんです」

「お願いです。今日のところはひとまず、この人を見遁《みのが》して下さいまし。それでないと、それでないと、わたくし紅梅様に申訳がないような気がします」

「なに、それではあなたはこの男を遁《に》がしてやりたいと仰有《おつしや》るのか」

「はい。たとえいったん遁がしたとて、いずれはあなたの手に捕えられるでしょう。後生ですから今日のところは……」

「いけない！」

「え？」

「いけません。そ、そんな事が出来るものか。深雪さん、あなたはまさかこの男に……」

「ええ？」

深雪は不思議そうに男の言葉を訊きかえしたが、つぎの瞬間、相手の語の意味がのみこめるとさっと顔色をかえた。怒りと屈辱のために、瞳が炎のように炎《も》えあがった。

「伊織様、そ、それはあんまりです、あなたは……あなたは……」

伊織は冷くせせら笑って、

「いや、その問題ならあとで片付けることにしよう。それより、さしあたってはこの兵馬だ。兵馬、神妙にしろ」

「神妙にしろ？　ははははは、それじゃ三枝さん、あんたはほんとうに私を捕らえる気でいられるのか。そいつは少々無謀じゃないかな」

「何を！」

「まあ、お聞きなさい。私だとて、みすみすおとなしくあなたの手に捕えられるような男じゃない。必要とあらば刀も抜きます。そうなると、どういう結果になりましょうなあ。失礼ながらあんたは私の敵ではないようだ」

　伊織は歯ぎしりの出るような怒りにふるえた。愛する女のまえであるだけに、かれの屈辱はいっそう激しかった。しかし、いまは激昂している場合ではない。勝利はすでにわが手中にあるのだ。

「ふふふふふ、大した自信だな。よし、貴様の言うとおり、一騎がけでは叶わぬとしてやろう。しかし、俺はひとりじゃないぞ。この扉の外には、捕手のめんめんがひしひしと取り巻いているのだ。蟻の這い出る隙間もないほど、十重《とえ》二十重《はたえ》に取りまいているのだ。どうした。それでも貴様、ここから出ていくつもりか」

「おやおや、それは困ったな」

兵馬はわざと渋面をつくって、

「そんなに大勢つめかけていちゃ、とても遁れっこはないかな。しかし、三枝さん、そりゃ本当ですか。その扉のまえに、そんなに大勢つめかけているのは事実ですかな」

「何を！」

「まあまあ、黙って耳をすましてごらんなさい。何も聞えないじゃありませんか。人の気配は少しもしないじゃありませんか。それでもあんたは、手先が大勢つめ寄せているというんですか」


伊織はふいと胸騒ぎをかんじた。なるほど、外はしいんと静まりかえって、咳ひとつ聞えない。息を殺して待機しているといえばいえたが、なんだかそうらしくもなかった。伊織の顔に現れた動揺を、素速く兵馬は見てとると、

「はははは、どうです。何んならその扉をあけてごらんになったら」

と、おだやかに笑った。

伊織は突然、名状することの出来ない恐怖にとらえられた。つかつかと扉のそばへ

寄って、さっとそれを左右にひらいた。

——と、同時に、

「や、や、や！」

と、のけぞるようにうしろへ飛びさがったのである。

扉の外はさきほどの庭ではなかった。そこには黒暗たる地底の隧道が、黒い口をひらいているのである。むろん、権兵衛の姿もなければ捕手もいなかった。伊織も深雪も、一瞬にして世界がかわったような驚きにうたれた。

兵馬は高《たか》らかに笑うと、

「はははは、山城屋糸平という奴は、大仕掛けなからくりをしたものじゃありませんか。この八角堂の中には、同じこしらえの部屋が上下二重になっていて、自由自在にうえへも下へも動かせるようになっているのです。三枝さん、さっきあんたが飛びこんで来たとたん、私はその扉をしめると、部屋を地下へずらせておきました。そしてこの上にはまた、この部屋とそっくり同じこしらえの部屋が、ちゃんと鎮座しているのですよ。ほら、お聞きなさい。上でばたばたと足音がしているのは、三枝さんの部下が踏みこんで、われわれの姿が見えないので、大騒ぎをしている足音ですよ。はははは」

笑ったかと思うと、あっという間もない。兵馬がひらりと外へ出ると、とたんに扉はぴたりとしまってしまった。

あとには伊織が追いかける気力もなく……呆然と立ちすくんでいる。

深雪の眼には、何やら白いものが光っていた。

からす凧

黒い凧

「おや、旦那」

と、からっ凧の吹くみちばたで足をとめ、

「どうしたんでしょう。橋のうえに妙に人だかりがしておりますぜ」

そういって、うしろを振りかえったのは、八丁堀の手先、鯰《なまず》の権兵衛という男である。それを聞いて、若い与力《よりき》の三枝伊織も、ふと顔をあげて、空っ凧のなかで向うを見た。

なるほど、永代橋のうえに、大勢人がむらがって、河下のほうを指さしながら口々に何か騒いでいる。

お十夜《じゅうや》もすみ、寒念仏《かんねんぶつ》の鉦《かね》の音もきかなくなり、寒行僧のすがたが町から消えると、江戸は日増しに春めいて来る。しかし、そういう時分になっても、海を真近にひかえたこの永代橋のあたりはまだ寒い。空《から》っ風の強い日など、まともに顔をあげては渡りきれない。

その永代橋のうえに、大勢人が立ちどまっているのだから、権兵衛はいうに及ばず、伊織がはてなと小首をかしげたのも無理ではなかった。


「ふむ、何かあったらしいな。ともかく行って見よう」

どんな些細《ささい》な事柄でも、そのまま見逍《みのが》すことの出来ないのがこの男の性分だ。氷のような河風に、顔をそむけながら、いそぎあしで橋の袂《たもと》までやって来た伊織と権兵衛、そこでふと河下に眼をやると、思わずおやと足をとめた。

永代橋から下のほう、ちょうど佃《つくだ》の空のあたりに、糸の切れた凧がひとつ、折からの空っ風にあおられながら、ふわりふわりと飛んでいる。もっとも、唯それだけの事なら、別に人が騒ぐほどの事でもないが、その凧というのが些《いささ》かかわっているのである。つまり尋常ではないのだ。大きさから言えば畳半畳ぐらいだが、これが墨黒々とまっくろに塗ったからす凧。

それが河風に舞いながら、ブーン、ブーンと唸りをあげて、佃島から海のほうへ流されていくところは、色が色だけに、些か気味が悪い。不吉なかんじがするのである。

見物のひとりが水洟《みずばな》をすすりながら、

「どうも妙ですね。今年になってから、ああいうからす凧がとんで来るのは、きょうがはじめてじゃない。たしか三度目だと思いますよ」

と、眉をひそめた。

「そうでしたね。しかも、いつも糸を切られて、フラフラとこのへんへ飛んで来る」

「このまえのはたしか、佃の寄場《よせば》へ落ちましたが、それにしてもどこから飛んで来るのだろう」

「あの方角じゃ、明石町か湊町、いずれその辺であげているんでしょうが、それにしても何んだってああ真っ黒に塗ったくってあるんでしょう。それに、いつもいつも糸を切られて……何んだかこう、いやな気味合いのものじゃありませんか」

そんな事を囁きながら、人々は唾をのんで凧の行方を見守っていたが、すると、誰かが知ったか振りに口をはさんだ。

「おや、それじゃおまえさんは、あのからす凧の謂《いわ》れを御存じじゃありませんので」

そういう男を誰かと見ると、このへんを流して歩く蜆売《しじみう》りらしい。継ぎはぎだらけの股引《ももひき》をはいた四十男で、肩にかついだ笊《ざる》のなかには蜆の殻が白く乾いていた。それにしても不思議なのはそのかおかたちで、顔を見ると十分四十の坂は越えてるように思われるのに、背丈を見るとまるで十二、三の子供だ。それでいて、よく動く眼が、どこか猟師などとちがった垢抜けたいろを見せている。

声をかけられた男は不思議そうに、

「へえ、するとあの凧に、何か曰《いわ》くがありますか」

と、この妙な小男をふりかえったが、その時ひとびとのうしろから、この小男の姿に眼をやった伊織と権兵衛、思わずあっと顔見合せた。

「あっ、旦那、あいつはたしかにかまいたちの小平」

「叱《し》っ、黙って様子を見ていろ」

二人が驚いたのも無理はない。まぎれもなくその小男はかまいたちの小平だった。いつぞや小猿の與之助と名乗って、何食わぬ顔で伊織の手先をつとめていた男、そして揚句《あげく》の果に、伊織にまんまと煮湯をのませた不敵の怪盗。――その時の心の傷手は、いまだ生々しく伊織の想いに残っている。

それにしても、ここでかまいたちの小平を見かけたのは百年目である。影の形の添うごとく、始終はなれぬ兵馬と小平。――その小平からたぐっていけば、兵馬の居所も知れる道理だ。

「権兵衛、相手に気どられるな。そしてしっかりあいつに眼をつけていろよ」

「おっと合点です」

と、群衆のかげにかくれた伊織と権兵衛、蛇のように眼を光らせているとは知るや知らずや、かまいたちの小平は得意の鼻をうごめかし、

「あの凧に何か曰くがあるかって？　それが大ありよ。大きな声じゃいえねえが、あの凧が最初にここへ飛んで来たのは、いったい何日だか覚えていなさるかえ」

「こうっと、ありゃたしか一月十七日だと覚えているが」

と、なかに記憶のよいのが、

「しかし、それがどうかしたのかえ。日付けが何かあの凧と関りあいがあるのか」

「はははは、おまえさんは物憶えがいい。そうよ、あの凧がはじめてこの空に飛んで来たのはおまえさんのいうとおり、一月十七日のことだったが、その晩、江戸でどんな騒動が起ったか、おまえさん憶えちゃいないかえ」

「はて、その晩の騒動というと？」

「おや、それを忘れてちゃ何んにもならねえ。ほらよ、伝馬町の牢屋に火をつけて、からす組の連中が囚人を奪い去ったのがその晩さ」

「なるほどそういえばそうだった」

「そればかりじゃねえ。二度目に凧がとんだのが、二月八日のことだったが、その晩に本石町から室町へかけて、質屋両替屋が、からす組のためにかたっぱしからあらされている」

「なるほど、なるほど、すると、あのからす凧はどういう事になりますな」

「おや、まだわからねえのか。おまえさんもよっぽど血の巡りが悪いね。つまりあの凧はからす組の合図の凧にちがいねえのさ」

「へへえ」

と、気味悪そうに顔見合せた群集は、しばしまじまじと凧の行方を見詰めていたが、やがて、なかのひとりがごくりと唾をのみこんで、

「すると、おまえさん、どういう事になります。きょうまたああして、からす凧が揚がったからにゃ……」

「そんな事は聞くまでもねえ。いずれ今夜になってみりゃわかることよ。今夜あたりはからす組があばれるにゃ、もって来いの晩かも知れねえが、それに気がつかねえとは。奉行所もよっぽどぼんくら揃いじゃねえか」

小平の毒舌に、一同は思わずあっと顔色を失ったが、こちらで聞いている伊織と権兵衛も、ぎょっとばかりに顔見合せていた。

兇盗《きょうとう》からす組

それにしても、いま小平の口走ったからす組の一件というのは、ちかごろ御公儀がいちばん手を焼いている問題だった。

三百年の泰平の夢破れて、徳川幕府の屋台骨も、しだいに怪しくなってきたきょうこのごろ。江戸には浪士の押借脅迫《おしがりゆすり》が横行して、市中は騒然たるありさまだったが、そういう不逞《ふてい》な浪人仲間でも、いちばん大がかりなのが、このからす組の一味だった。

いまも小平が語ったとおり、一月の十七日の夜には、伝馬町の牢屋へ火を放って、囚人を奪って逃げたばかりか、行きがけの駄賃とばかりに、附近いったいの資産家をあらしていった。

越えて二月八日の晩には、本石町、室町へんの質屋と両替屋が襲われている。なにしろ町奉行所と眼と鼻のあいだの出来事だけに、その傍若無人《ぼうじやくぶじん》な活躍は、江戸町人の肝をふるえあがらせた。

一味はすぐれた統率者をいただいていると見えて、その進退掛引がまことに鮮かで、さんざん盗みを働いたあとには、塵一本の証拠も残さない。むろん、奉行所でも躍起《やっき》となって、一味検挙に狂奔しているのだが、いままでのところ片割れひとり捕まえることが出来なかった。いったいあれだけの人数が、どこから押し出して来るのか、ふだんはどこに潜んでいるのか、それさえもとんと見当がつかないのである。

きょうもきょうとて伊織が権兵衛をひきつれて、深川のほうへ出向いていったというのも、その探索のためだったが、犬も歩けば棒にあたるとやら、計らずもここで聞いた耳よりな話に、伊織は胸を躍らせた。――なるほど、そのあいだに一脈の関係があるのかも知れない。

からす凧とからす組。

それにしても合点のいかないのは、いまその謎解きを得意になって、弁じ立てた男である。まえにもいったとおりこの男は、かまいたちの小平といって、菊水兵馬の腰巾着なのである。しかも伊織がかねて疑っているところではこの菊水兵馬こそ、からす組の首領ではなかろうか。と――、そう思っているのである。

しかし、もしそれだとすれば、小平は何んだって、わざわざ仲間の秘密を打明けるのだろう。

「こいつは油断がならぬ」

兵馬のためには幾度か、煮湯をのまされて来た三枝伊織だ。用心ぶかく相手の言葉に耳をかたむけていたが、そのうち群集はしだいに散りはじめる。

「ほい、しまった。うかうかおしゃべりをしているうちに、すっかり御用がおくれてしまった。それじゃボツボツ出掛けようか」

小平も天秤棒をかつぎなおして、橋を渡って新堀のほうへ歩いていく。それをやり過しておいて伊織と権兵衛。

「旦那、どうします。つけてみましょうか」

「ふむ、このまま見遁しもならぬ。ともかくどこへ参るか突止めて見よう」

小平のいくところには、きっと兵馬がひそんでいるにちがいない。——そう考えている伊織なのである。ふたりは蛇のように執念ぶかい眼を光らせながら、小平のあとをつけはじめた。

こういう尾行者があると知るや知らずや、小平は鼻唄まじりで至極のんきそうだ。ときどき行きあう子供と冗談を応酬したりする。店先に立っているおかみさんをつかまえて、蜆の押売りを試みたりした。そういう様子を見ると、これが人眼を忍ぶ人間とはどうしても見えない。伊織はその大胆さに感服するより、むしろ憎悪をかんじるのである。

「畜生、いやに手間を取らせやがる。旦那、いっそひと思いに、ここでふん縛っちまったらいかがでございますえ」

権兵衛があせるのを、

「まあいいから、もう少しあとを尾《つ》けていけ」

伊織はあくまで行先きを突きとめる気である。かれにとっては、小平の如き鼠賊《そぞく》は眼中になかった。目差す相手は唯一人、菊水兵馬あるのみなのだ。

北新堀から河を渡ると南新堀。

その辺は小さな河筋や堀割の多いところだ。海がちかいので潮の香が強い。河の中にはこの寒いのに、脛から下泥まみれになって、蜆を掬《すく》っている男が見える。

南新堀からまたひとつ川を渡ると越前堀。

そのへんへ来ると土地はいよいよ低くなって、ところどころに葭《よし》がすがれている。霜解け路はぬかるんで、ともすれば足駄《あしだ》が吸いとられそうだ。

「畜生、どこまで連れていくつもりだろう。これじゃまるで江戸のはずれまで行くようなものだ」

権兵衛が舌打ちするのも無理ではない。

江戸もこの辺まで来るとまったく淋しい。家の構え、住人の姿も、町に住む人間とは思えない。佃島へ流れついた江戸っ児《こ》が、異国へ吹き流されたことと信じて、住民に手真似で話しかけたという話があるが、ここもその佃島と大差はなかった。

なるほど、世を忍んで住むには屈竟《くっきょう》の場所だった。

やがて家並みが切れると、海の風が強くなった。日は暖く照っているが、風は冷くて、川口にちかい川のうえには、いちめんに縮緬皺《ちりめんじわ》が立っている。あたりが展《ひら》けて来たので、尾行はしだいに困難になって来る。

しかし、幸い小平はいちどもうしろを振り向かなかった。あいかわらず蜆の入った笊をブラブラさせながら、慣れた歩調で歩いていく。

やがて向うに寺が見えて来た。古瓦のうえに鳩の糞がしろく光って、蒼味をおびた草が、屋根いちめんに生えているところを見ると、あまり工面《くめん》のいい寺ではなさそうだ。

小平はその寺の中へ蜆の笊を担ぎこんだ。

「旦那、旦那」

権兵衛は息をはずませて、

「あそこが小平の隠れ家ですぜ。まさか寺で蜆を買やあしますめえ」

「ふむ、どういうものかひとつ様子を探ってみよう」

寺はどうやら無住らしかった。石畳もあれはてて、そこにも鳩の糞がいちめんにこびりついている。雨ざらしになった本堂の階《きざはし》も、板がくさって蒼い苔がついていた。いかさま、兵馬や小平が世を忍ぶには、屈竟の場所とうなずけた。

あたりを見廻すと、小平のすがたはもうどこにも見えなかったが、庫裡《くり》のまえに見覚えのある蜆の笊が放り出してあった。その庫裡なども軒は傾き、腰障子などあますところなく紙が破れて、骨ばかりがむざむざと汐風に鳴っている。

唯一本《ただ》、その庫裡の外に立っている椿だけが、紅い花をつけているのが妙に心をそそった。

伊織と権兵衛は頷きながら、その方へ近寄っていって利耳《ききみみ》を立てた。

寺の中はしいんと静まりかえって、物音ひとつ聞えない。しかし、尻切れ草履《ぞうり》が脱捨ててあるところを見ると、小平はたしかにそこにいる筈である。

ふいに権兵衛がぎょっとしてとびあがった。椿の花が一輪、ポタリと石畳のうえに落ちたのだった。それほどあたりは静かだった。

——と、その時、庫裡のなかから咳の声が聞えたと思うと、

「小平、小平、どうしたものだ。お客人を御案内して来なかったのか」

その声をきくと、伊織の蒼白い顔にさっと血の気がのぼった。全身がさっと疼《うず》くように炎《も》え立った。まぎれもなく菊水兵馬。

「いえ、たしかにそこまで御案内いたしましたが、おおかたなんでしょう、その障子の外で尻込みをしていらっしゃるのでございましょう」

おやと伊織と権兵衛が顔を見合せた時、

「はははは、さようか」

と、兵馬の傍若無人の笑い声が聞えると、

「三枝氏、三枝氏、御遠慮には及びませぬぞ。先程から待ちかね申した。穢苦《むさくる》しいところだが、ずっとお通り下されい」

友情敵同志

あっ。——と、伊織は鼻白んだ。

煮湯をまともから浴せかけられたような心地だった。いまさらながら、うろうろと障子の外をうろついているわが恰好の、間抜けさ加減に愛想がつきた。

もうこうなっては退《ひ》くにも退けない。いきなりがらりと障子をひらいて、庫裡のなかへ躍りこんだが、と、見れば兵馬は胡座《あぐら》をかいて、例によってにこにこと笑っている。

だが、その時伊織の眼についたのは、兵馬がいま手にしている代物である。

それはまぎれもなく凧の糸巻き。気がつくと、開けはなった窓の外には、ひろい川越しに佃島が光っている。

「菊水兵馬、御用だ、神妙にしろ」

伊織は怒鳴った。だが怒鳴ってみて、さて、われながら自分の声の間抜けさ加減に気がついた。

神妙どころか、相手は平然として胡座をかいているのである。抵抗する気振りも見えず、これではかえって、拳固《げんこ》のやり場に困るのである。

側ではかまいたちの小平が、腹這いになったまま、にやにやと笑っている。伊織はまたくわっと急《せ》きこんだ。

「兵馬、小平、神妙にしろ」

「よろしい、よろしい」

まるで兄が弟をさとすような調子だった。兵馬は穏かな微笑をうかべながら、

「われわれはこのとおりに神妙にしております。だから、貴公もひとつ、お静かに願いたいものじゃな」

「何を！」

「実は貴公をここへお招きしたのは、折入ってお話いたしたいことがありましてな。ま

あそこへお坐り下されい」

相手はあまり穏かなので、伊織も多少張合抜けの感じだ。自分ばかりが躍起になっているのがこの際、大人げなくて面目なかった。


「よし。どんな話かしらないが、ともかく聞こう」

「聞いて下さるか。忝《かたじけな》い、実はこの凧のことだがな」

兵馬は手にした凧の糸巻きを見せながら、

「貴公もさきほど、向うの空にあがったからす凧を御覧になられたであろうな」

「ふむ、見た」

「あの凧を何んと見られる」

「何んと見るとは……?」

「さればさ、あの凧の謂《いわ》れを御存じかな」

「それは……」

と、伊織はじろりと小平のほうを見ると、

「いかにも存じている。さき程そこにいる男が、得意らしくしゃべっているのを耳に致した。あれはおおかた、拙者に聞かせるために喋舌《しゃべ》っていたのであろうな」

「はははは、聞かれたか。聞かれたとあらば好都合だ。あのからす凧が、からす組の合図であることは、もう疑う余地もないところじゃ」

「それで……」

「いや、ここまで言えばもうこの先は口に出すまでもござるまい。今日もまたああしてからす凧が揚った。してみると、今夜あたりひと騒動起るにちがいござるまい。善処されたがよろしかろう」

「それを貴様から俺に忠告するのか」

「さよう」

「それをいうために、俺をここまで誘いよせたのか」

「いかにも、のう、三枝氏、われわれはこうして仮りに敵味方と別れていても、うまれは同じ日本人だ。腹からの敵同志ではあるまい。それに拙者はどういうものか貴公が好きでな」

　兵馬は白い歯を見せて笑った。

「いや、こういうと貴公のお気に触るかも知れぬ。しかし、これは真実じゃ。いまの幕府の役人で、拙者の歯ごたえするのは貴公一人、それだけに拙者は貴公のことが忘れかねる。何んとなく懐しいのじゃ。不幸にも、われわれの主義の相違のために、貴公と拙者は手を携えて歩むわけには参らぬが、ほかの事では互いに助けあおうと思ってな。今日の事も拙者の寸志だ。まあ、受けて下されい」

兵馬の語りぶりには、何んの衒《てら》いもなかった。穏かな微笑をたたえながら、淡々と語るその言葉を聞いていると、われにもなく、相手の人格のなかにひきずりこまれようとする。

だが。――

そのとたん、伊織ははっと自分の心に鞭を打った。この男の言葉に動かされてはならぬ自分の立場に気がついたのだ。

伊織はわざと冷淡に、

「貴様のいうことはそれだけか」

「いかにも、これだけの事を申上げたいと思って、わざわざ御足労を願ったが、神妙にお聞きききとどけ下されて忝い。さあ、用事がすんだ上は失礼仕ろう。御免」

兵馬が悠然と立ちあがった時である。伊織の唇からは烈帛《れつぱく》の声が洩れた。

「兵馬、待て！」

「はて、まだ御用がござるかな」

「そちらの御用はすんだかも知れぬが、こちらの用事はまだすまぬ。兵馬、御用だ」

伊織が躍りかかろうとした時である。

破れ畳のうえに腹這いになっていた小平が、声を立てて笑った。

「旦那、旦那、三枝の旦那、静かにしておくんなさいまし。あまりじたばた騒ぐと、いつ何時、こいつが飛び出すか知れませんぜ」

「何を！」

振りかえってみて、伊織はさっと蒼褪《あおざ》めた。

悠々と起き直った小平の手には、その頃、まだ珍しかったふところ鉄砲が握られている。伊織はきっと唇をかみしめた。

兵馬は笑いながら、

「これこれ、小平、失礼をいたすな。お客人にそのような物をひけらかすものではないわ」

「いえね、あっしだって何も手荒なことはしたかあありませんが、向う様は十手踊りがお好きと来ている。こいつは滅多に手離せませんや」

　小平は伊織にむかってあざ嗤《わら》うように、

「旦那、まあ、勘弁しておくんなさいまし。何しろこいつと来たらとんだ悪戯者《いたずらもの》でございましてね、気に喰わねえと無闇に飛び出しやがる。お願いですから、あっしらの姿が見えなくなるまでここでおとなしくしていておくんなさい」

　兵馬と小平は悠然として土間へおり、草履《ぞうり》をはいている。伊織はそれを沸《たぎ》り立つ眼で見送っていたが、どうする事も出来ない。

　必ずしもふところ鉄砲を恐れたわけではなかった。いや、ふところ鉄砲などどうでもよいのだ。伊織の畏れるのは兵馬の態度だ。悠揚《ゆうよう》迫らぬその態度に、いつもながら圧し去られる自分の不甲斐なさを、伊織は奥歯のあいだで噛みしめていた。それは幾度となく白刃の下を潜り、死地を切り抜けて来た者のみが持つ、大きな自信と気迫の相違だった。

　兵馬は草履をはいて庫裡の入口まで来たが、そこで思い出したように振りかえった。

「そうそう、もうひとこと言うのを忘れていた。三枝氏」

「何？」

「あのからす凧が、なに故いつも永代橋の河下にあがるのか、それをよく考えてみられよ。その謎が解ければ、からす組はいながらにして、一網打尽《いちもうだじん》じゃ。小平、では、参ろう」

謎のような一言を残して、兵馬は悠々と日だまりの中へ出ていった。石畳のうえに血のかたまりを吐いたように、点々と落ちている椿の花を踏みにじって、兵馬の姿が山門から出ていくまで伊織は茫然として見送っていた。それからほっと、人知れぬ溜息を吐いたものである。

女の叡智《えいち》

「まあ、それじゃあなたは今日、あの菊水兵馬という人にお会いになりましたの」

「そうなのです」

「そしてあの方が、こんやからす組の乱暴者が、必ず御府内をあらすから、用心したがよいとおっしゃったのね」

深雪はそういって、あどけないが、しかしどこか考えぶかい眼の色になって、じっと伊織の横顔を視《み》つめている。

「そうなのです。ただそれだけの用事のために、私をわざわざ越前堀まで誘いよせたらしいのです。あいつもなかなか芝居気のある奴だ」

伊織はわざと苦っぽろく、吐き出すように言ったが、しかし心の中ではどこか、兵馬の言葉を信じたい気持ちになっていた。

いつもの癖で、伊織は何か心中にわだかまりが出来ると、この美しい許婚者《いいなずけ》のもとへやって来る。深雪というのは、作事奉行《さくじぶぎょう》川路作左衛門の娘だが、その聡明で愛くるしい性質は、どんな不快な場合でも、暖い春光が、たちまち氷を解かすように、伊織の心を解きほぐしてくれるのである。

きょうも兵馬に圧倒されて、少なからず動揺し、自己嫌悪的な憂鬱におちいっている伊織は、何もかもこの愛らしい許婚者に打ちあけることによって、辛うじて心中の不快なしこりを揉みほぐしているのだった。

「それで、伊織様、あなたはどうなさいますおつもりですの。いいえ、兵馬という人の言葉を、どうお考えでございます」

「どうもこうもあるものですか。あんな山師のいう事を、いちいち、はいさようですかと、真にうける馬鹿もないものです」

伊織はわざと、心とは反対のことを言っている。

深雪は考えぶかい眼つきをして、

「あら、それはいけませんわ」

「いけない？　どうして？」

「だって、折角、親切に注意して下すったのですもの、やっぱりあの方のおっしゃるとおり、用心していらした方がいいと思いますの」

伊織は急に妬《ねた》ましそうな眼の色になった。

「それじゃ、深雪さんはあの男のいう事を信用しろというのですか」

「はい」

「しかし、考えても御覧なさい。あいつは山師ですよ。幕府を顚覆《てんぷく》しようなどと、とんでもない夢を抱いている狂人なのですよ。それに、あいつこそからす組の首領なのです。その首領が、自分に都合の悪いようなことを、私にわざわざ教える筈がないじゃありませんか。嘘にきまっていますよ。いや、嘘でなければ、またあいつ一流の、暗い奸《かん》策《さく》にちがいないのです」

「ねえ、伊織さま」

深雪は袂のはしをいじくりながら、

「その事は間違いないことでしょうか」

「その事とは？」

「いいえ、それは伊織様のことですから、如才《じょさい》はあるまいと思いますけれど、菊水兵馬という人が、からす組の首領だなんて、わたしどうしても思えませんわ」

「どうして？」

「どうしてといって……わたし女だからよくわかりませんけれど、からす組というのは、ずいぶん悪い事をするじゃありませんか。人を殺したり、傷つけたり、非道なことを平気でやってのけるじゃございませんか。菊水兵馬ともあろう人が、そんな非道に味方するとは思われませんわ」

「おやおや」

伊織は苦い顔をした。嫉妬で額が蒼黒くなった。吐き出すように、

「ふん、こんなところに兵馬贔屓《ひいき》がいようとは知らなかった。兵馬の奴もこれを聞いたら、さぞ喜ぶ事だろうて」

「あら、あたしが兵馬贔屓だなんて……」

相手のあまり毒々しい言葉に、さすがの深雪もむっとした顔色をみせたが、すぐ思い直したように、

「そんな事はありませんわ。兵馬はわたしの敵ですわ。あなたの敵だからわたしにとっても敵じゃありませんか。でもねえ、伊織さま、諺《ことわざ》にもいうじゃありませんか。戦いに勝つためには、敵を知るが第一だと……」

伊織もさすがに自分のはしたなさを恥じた。言葉を和《やわ》らげて、

「なるほど、それじゃ深雪さんのいうとおり、兵馬はからす組の首領じゃないとしておきましょう。しかし、それならば何故きょうのようなお芝居をやるのでしょう。いわば、敵の私の手柄になるような事を、何故わざわざ報せようとするのでしょう」

「それはこうだと思います。あの人もきっとからす組を憎んでいるのです。からす組が勤王を看板にして、ああいう非道を働くのを、きっと苦々しく思っているのですわ。い

いえ、苦々しいばかりじゃすまないのでしょう。そんな事から、人の同情を失ったら、あの人たちの仕事にも差支えます。ですから、あなたの手を借りて、からす組の始末をしてしまおうと思っているのでしょう」

「なるほど、しかし、それならば何故、よりによってこの私を撰んだのかな。あいつを一番憎んでいるこの私を。——その事をあいつもよく知っている筈だのに」

深雪はそれをきくと、にっこりわらって膝を進めた。

「それはねえ、伊織さま、なるほどあなたとあの人は敵同志です。でも、あの人はあなたの智慧《ちえ》と技倆《うで》をよく知っているのです。からす組を滅ぼすのは、あなたをおいてほかにない事を、あの人はよく知っているのですわ」

「ふふん、そいつは光栄の至りだな」

伊織はわざと憎々しげに言ったが、しかし、心中かなり驚いていた。きょう兵馬自身も伊織に向って、同じような事をいったのである。

深雪はなおも膝をすすめて、

「ねえ、伊織さま、もう一度ここで兵馬のことを考えてみようじゃありませんか。あの人はからす組のことをよく知っている。しかもからす組を憎んでいる。それならば、何故からす組を自分で滅ぼそうとしないのでしょう」

「さあ、わかりませんな。だから、やっぱりあいつがからす組――」

「あら、それはちがうと話がきまったじゃありませんか」

　深雪はやさしく押えるように、

「あの人はからす組を滅ぼしたいと思っている。だけど、それが出来ないのは、からす組の一味というのが、あの人の手に届かないところに潜んでいるからにちがいございませんわ」

「ふうむ、そして私なら手が届くというのですか。そうでなければ話があわないが……」

「そうよ、そうよ」

　深雪は乗気になった。

「ここでもう一度、兵馬が最後にいった言葉を考えてみましょう。あのからす凧というのは、いつも永代橋の下手にあがるというのですね。してみると、からす組の一味は、そのへんに潜んでいるにちがいありませんわ。永代橋の下のあたり、越前堀の近所で、兵馬の手のとどかないところといえば……」

「そして、私なら手が届くというのですね。それは……」

と、伊織は考えて、

「佃島の寄場じゃありませんか」

「そうよ」

「え？」

伊織はどきりとした。あまりの驚きに呼吸がつまりそうだった。信じられないことなのだ。

「馬鹿な——馬鹿な——」

だが、だが——そういえばあの怪しい凧は、たしかに佃島の寄場のうえを飛翔していったではないか。

「どうしていけませんの。あれだけ大勢の一味が、ひとりも捕えられないというのは、悪者たちがよくよく安全な場所にかくれているからですわ。そして、罪人の寄場ほど、安全な隠れ場所があるでしょうか」

「そ、それじゃ、からす組というのは……」

「佃島にいる罪人たちですわ。それが時々脱出して、悪事を働いているのでしょう。信じられない事だけれど、いまはその信じられないような事が、平気で行われている世の中ですもの」

伊織はまだ半信半疑だった。

だが、常識の煙幕に曇らせられない女の叡智に、しだいに頭を垂れざるを得なかった。

からすの啼声

夜が更けた。

しっとりと夜霧につつまれた川の向うに、佃島がくろぐろとうずくまっている。空を仰げば、月は大きな暈《かさ》をかぶって、河面は幾筋かの銀蛇《ぎんだ》を流したように、ひそやかな光を放っていた。

その夜更け。――永代橋から河下にあたる河ぶちには、八丁堀の手先たちが、ひしひしと詰めかけていた。むろん、三枝伊織の注進によって、何はともあれ、繰出されて来た、町奉行所ならびに八丁堀のめんめんだった。

しかし、肝腎の伊織はどうかというのに、かれはまだ、からす組の一味が、佃の罪人であるとは、はっきり信じきれなかった。だから、町奉行への届けも、からす組の本拠がその辺にあるらしいというだけで、佃島の寄場の事はまだ言ってない。万一、間違った場合は切腹問題だと思ったからだ。

しかし、伊織のこの報告はすぐさま採用された。奉行所では、からす組の一件にはすっかり手を焼いているところだから、どんな些細な手懸りにも、とびついて来るのだった。

だから、今宵の捕物は、八丁堀の総動員といってもいいほど、前代未聞の大仕掛けなものになっていた。

「三枝氏、三枝氏、貴公お奉行様のまえでたいそう大言を吐いたということだが、大丈夫でござるかな。今宵からす組がこの辺に出没するというのは、しかと間違いのないことでござろうな」

またはじまった。日頃から伊織を嫉視する同僚たちは、むしろ今宵の捕物が、失敗に帰する事を望んでいるのである。これだけの大騒ぎをして、もしからす組が現れなかったら、おそらく伊織は現職にとどまっていることは出来ないだろう。狭量な同僚はそれを望んでいるような口吻《くちぶり》だ。

「はい、それは間違いのないことです。ですから、皆様も、出来るだけ油断なきよう、お見張りおき下さいまし」

伊織は心中の不安をおしかくして、わざと冷然と言い放つ。

「はてさて、これはえらい自信だが、三枝氏、それでよろしゅうござるかな。そううまく貴殿の思う壺にはまってくれればよいがのう」

「さようさよう、注文通り問屋がおろしてくれることを、三枝氏のために祈り申そう。うわはははは」

同僚は声をあわせて笑った。

「これさ、これさ、進藤氏も、永野氏もたしなまさっしゃい。そのような事を言ったとて致し方のない事じゃ。こうしてわれわれを河風のなかにさらし者にするからには、三枝氏にはそれだけの覚悟もあろう。これもお勤めだ。辛抱さっしゃい。辛抱さっしゃい」

「さよう、さよう、それにしても、これでからす組のかの字も現れぬ時には、われわれは風邪のひき損、はて、勤めは辛いが、三枝氏にもそれぐらいの事はとくと御存じであろうて。ああ、もう大分夜も更けた。現れるものなら、もうそろそろ尻尾を見せてもよい時分だがのう」

いちいち針をふくんだ言葉だった。伊織はもう、こういう同僚の嫌味をきいているのがいやになった。彼はくるりと背を向けると、黙って一同のそばを離れた。あとではどっと一同が笑っている。

月はすでに三更《こう》。

いま同僚のひとりがいったとおり、からす組が行動を起すなら、もうそろそろその時刻だった。しかし、河筋いったいは、依然として静かな眠りのうちに沈んでいる。三股《みつまた》から下手へかけて、ところどころ白魚をあさる篝火《かがりび》がもえているが、櫓《ろ》の音ひとつ聞えない。あたりには白い河霧が立ちこめている。

――どこやらで月夜鴉《つきよがらす》の啼く声がした。

「おお、あれがからす組かな」

退屈した同僚たちは、そういって伊織に当てつけがましく笑った。

しかし、さすがに夜が更けるにしたがって、かれらのそういう饒舌《じょうぜつ》もいつしかやんでしまった。饒舌《しゃべ》りくたびれたせいもあるが、それよりも、深夜の鬼気が……何かしら驚くべき事態が、いままさに起ろうとしているという予感が、ひしひしと身に迫って来たからである。

誰も彼も、伊織への反感とは別に、ある期待がしだいに湧き起って来るのをかんじはじめていた。いまはもう咳ひとつするものもない。みんな河原の草や砂のうえに身をふせて、眼ばかり闇夜の梟《ふくろう》のように光らせていた。

こうなると、伊織はいっそう責任の重大さを感ずる。かれの体は痛いまでの緊張に強《こわ》張《ば》っていた。舌がからからに乾いて、腋《わき》の下から、冷い汗があとからあとから流れた。

しかし、待っているような何事も起らなかった。さきほどから、じっと瞳をすえている佃島は依然として黒い眠りのなかにうずくまっている。

伊織はほっと深い溜息をついた。これはいよいよ切腹ものだと思った。


だが。――

その時である。伊織はふいにどきりとして瞳をすぼめた。だしぬけに心臓ががんがん鳴りはじめた。

いま、かれがうずくまっているところから、十間ほど向うに、一叢《ひとむら》の枯葭《かれよし》の浮洲《うきす》がある。その枯葭のなかから、だしぬけにむっくりとひとつの頭が浮びあがったのである。

伊織は全身の神経を瞳に集めて、じっとその枯葭を凝視していた。

頭はいったん、枯葭のなかに消えたが、やがてかすかな水の音がすると、葭のなかからひとりの男が這い出して来た。

見ると全身からボタボタと銀色の滴を垂らしている。物音が聞えなかった筈だ。その男は舟で渡って来たのではなく、水を潜《くぐ》って来たのである。

岸にあがると、男はそわそわとあたりを見廻わしながら、ぶるると犬のように身顫《みぶる》いした。よく見ると、男は褌《ふんどし》一本の赤裸だった。そしてその褌に長い刀を一本ぶちこんでいる。

男は髷《まげ》をしぼって水を切ると、やがて両手を口に当て、

「カーオ、カーオ、カーオ」

と、三声啼いた。

伊織はそれを聞くと、全身が欣びのために疼《うず》くようだった。さっき同僚のいった冗談がまこととなって現れたのだ。

からす組の合図はからすの啼声だったのだ。

その合図が届いたものか、やがて銀蛇の流れをかき乱して、あちこちから黒い頭が浮かびあがった。一つ——二つ——三つ、——四つ——五つ。その数は見る見るふえて、やがて先頭の男の周囲に集まった時には、三十を越えていただろう。しかもみんな褌一本の赤裸だ。

合言葉らしい。何やらわけのわからぬ言葉を交わしていたが、やがて三十のあらくれ男はひとかたまりになって闇の中を這って来る。

伊織が呼笛《よびこ》を口にあてて、高らかに吹き鳴らしたのは実にその瞬間だった。

ピリピリピリ——

鋭い呼笛の音が、河原の夜霧をつんざいたかと思うと、やがてそこに、前代未聞の大捕物がはじまったのである。

囮《おとり》

天源寺。——

朱の剥げた山門の額が、半分外れそうになった寺のまえへ、ひっそりとまった一挺の塗物駕籠《ぬりものかご》がある。

ちょうど、あの大捕物のはじまる少しまえのことだった。

「ご苦労さま、ここでいいのよ」

駕籠の戸をひらいて、すうっと外に出て来たのは、思いがけなくも深雪である。髪をかきあげながら、

「それじゃね、わたしはちょっとここに用事があるから、おまえたちどこかで休んでいておくれ」

「お嬢さま、大丈夫でございますかえ」

ふたりの駕籠舁《か》きは気味悪そうにあたりを見廻わしている。

「大丈夫よ」

深雪はにっこり皓《しろ》い歯を見せて、

「何も心配する事はないのよ。わたしにはちゃんと守ってくれる人がついているのだから。——さあ、心配はいらないから、どこかそこらで一休みしておくれ。ああ、駕籠はそのまま、そこへおいてって頂戴」

「さようで。それじゃお嬢様、また後程」

駕籠昇きが立ち去ると、深雪はそわそわあたりの様子を見廻した。

空には雲が出て、月影がしだいにかげりはじめた。その仄暗い光のなかに、くろぐろとうずくまっている山門の気味悪さ。昼見てさえ、あまりいい気持ちのしない古寺だ。それが深夜ともなれば、一種の鬼気を孕《はら》んでいて、深雪はいまさらのようにぞっと身顫《みぶる》いをした。

それにしても伊織様はどうあそばされたろう。——深雪は駕籠のそばに立ったまま、不安そうに薄闇のなかを覗いてみる。彼女がいま時分、こんな場所へやって来たというのも、ただそればかりが気になったからである。

ああはいったものの、もし間違っていたら、それこそ伊織の面目は丸潰れである。もしそうなった暁には、伊織の気性として、とてもおめおめ生きてはいまい。

それが気がかりで、きょう伊織から聞いた、この古寺まで様子を見に来たのである。

深雪はそっと駕籠のそばを離れた。河原のほうへ行ってみようかと思ったが、とてもその勇気は出なかった。さっきから利耳《ききみみ》を立てているのに、物音ひとつ聞えないのが、いっそう彼女の不安を掻き立てる。

ひょっとしたら、もう捕物は終ったのではなかろうか。それならばいいけれど……もしまだだったら……そして朝までこの調子がつづいたらどうしよう……。

深雪は駕籠のそばをはなれて、われにもなく山門の方へ歩いていった。——と、その時だ。暗い山門の影から、だしぬけにぬっと深雪のまえに立ちはだかった男がある。

「あれえ」

ふいをつかれて深雪が思わず、身をひるがえして逃げようとするのを、相手はすかさず袂をとらえて引き戻した。

「お女中、どこへ参られる」

凄味のある、低い声だった。

「はい、あの、用事があってちょっとそこまで」

「そこまでとはどこだな。このあたりには滅多に人家などはない筈、見ればまだ若い女性の身をもって、この夜更けにさりとは大胆な。お女中、その用事とはどのような事じゃ」

「はい、あの、それは……」

深雪はこわごわ、相手の顔を見直したが、だしぬけに嬉しそうな声をあげ、

「おお、あなたは鵜飼《うかい》甚十郎様」

思いがけなく名を呼ばれて、相手もよほど驚いたらしい。どきりとしたように瞳をすえると、

「何んじゃ、拙者の名を知っているそなたは誰じゃ」

「はい、深雪でございます。川路作左衛門が娘の深雪でございます」

「なに、深雪殿とな」

相手はいよいよ驚いたらしく、深雪の肩に手をかけて、顔を覗きこんだが、

「おお、いかにもそなたは深雪殿じゃ。しかし、その深雪殿がどうしてこのような場所へ参られたのじゃ」

「どうしてとはお情ない。お隠しになってもわたしはちゃんと知っておりまする。甚十郎様、あなたも今宵の捕物に、お手伝いにいらっしゃったのでございましょう」

「なに、今宵の捕物？」

甚十郎はびくりと肩をふるわせた。

もしこの時、深雪にもう少し落着きがあったなら、捕物にしては相手の風態が、ひどくお粗末であることに気がついたろう。

五分月代《さかやき》に紋服の着流し、長い朱鞘《しゆざや》を落しざしにしたその恰好は、どう見ても捕物の場に立ちあう人間とは見えない。

元来この鵜飼甚十郎というのは、もとは伊織と同じく八丁堀の与力だったが、身持ちのおさまらぬところから、お役御免になって、爾来《じらい》ますます身を持ち崩しているという事を、深雪もかねて知っていた筈である。

それだのに彼女は、いま甚十郎の怪しい風態を見ても、少しも怪しむ心が起らなかった。身持ち放埓《ほうらつ》とはいえ、さすがに彼もかつては与力をつとめた男である、きっと今宵の捕物に、応援にかけつけたのであろうと考えた。

「はい、今宵この辺で、からす組の大捕物があるという事ではございませんか。あなた様もひとつお手柄を立てて、もとの身分にかえって下さいまし」

甚十郎はそれをきくと、いよいよ驚いた顔付きだったが、わざとあらぬ態で、

「いや、いかにも、さようじゃ。及ばずながら拙者も御助勢いたそうと思いましてな」

「まあ、やっぱりさようでございましたか。どうぞ華々しい働きを見せて下さいませ」

「ふむ、いや、それはいうには及ばぬ。しかし、深雪殿、そなたはかよわい女の身、こんなところにいられては危い。ともかく、その駕籠の中にでもかくれていたらよろしか

ろう」

「あの、危うございましょうか」

「いうまでもない事、相手はなにしろからす組のあばれ者、ともかく、その駕籠のなかへ入っていられよ」

深雪もなるほどと思った。素直に相手の言葉にしたがって、駕籠の中へ潜りこんだ。

その戸をぴたりと外から締めた時、甚十郎の顔には、世にも凄惨な微笑がうかんだが、深雪はもとより、そんな事とは知る由《よし》もなく。——

あの呼笛の音が、けたたましく闇をつんざいたのはその瞬間だった。

兵馬颯爽《さつそう》

「ああ、鵜飼さま、あの呼笛の音は……」

駕籠の中の深雪が、驚いて出ようとするのを、

「いや、お気使いには及ばぬ。いよいよからす組が網にかかったと見ゆる」

「あのからす組が……」

駕籠のなかで深雪が息を弾ませた。これで念《おも》いは叶ったのである。伊織の面目は立派に立ったのである。

「もし、鵜飼さま、わたしはまだ出てはいけないのでございましょうか。ひとめ様子を見たいのでございますが」

「いや、それはお止しになったほうがよろしかろう。相手は名に負うあばれ者揃い、そなたのような美しい娘を見たら、またどのような危害を加えようも知れぬ。じっとしていられたがよい」

「はい」

「その代り、伊織殿の働きは、拙者がちょっと見て来て進ぜよう」

「おお、見て来て下さいますか」

「見て来よう。しかし、深雪殿。拙者が帰るまでは、必ずともこの駕籠から出てはなりませぬぞ。よろしいか」

「はい、よくわかりました。わたしはじっと駕籠のなかにかくれておりましょう。その代り、一刻も早く、向うの様子を見て来て下さいまし」

「言うには及ぶ」

じろりと駕籠の戸に眼をやった甚十郎は、ペロリと長い舌をはき出すと、肩をゆすってその場をはなれた。

あとはしいんとした墓場の静けさ、月がまた雲から出て、苔のむした寺の瓦を、水のように濡らしている。おりおり遠くの方でけたたましい叫びが聞えていたが、やがて、それも消えてしまうと、あとは底気味悪いほどの静けさとなった。

どうやら捕物も一段落ついたらしい。

――と、その時である。だしぬけにあわただしい足音が聞こえて来たかと思うと、血相かえてこの場へ駆け戻って来たのは、さっき様子を見にいった鵜飼甚十郎だ。

駕籠のまえまで来ると、刀を抜いてぴたりとそれを戸のまえにつける。見ると狡猾《こうかつ》な眼が狼のように輝いて、鬢《びん》のほつれた額のあたり、どす黒い血が滲んでいる。

――と。すぐそのあとから、ぱたぱたと足音をさせて、駆けつけて来たのは三枝伊織、甚十郎の姿をみると、ぴたりとその場に立ちどまった。

「おお、鵜飼甚十郎、そこにいたな」

「ふふふ、ここにいたがどうした」

甚十郎はふてぶてしい微笑を片頬にうかべながら、

「見れば仰々しいいでたちをして、伊織、何か拙者に用事かな」

「おお、用事とはその方に覚えがあろう。一味の者の白状でわかったぞ。佃島の役人と結託してお膝元を騒がせた人非人《にんぴにん》、からす組の張本鵜飼甚十郎、こうなったうえからは、素直にお縄を頂戴したがよいぞ」

「ふふふふふ、伊織、貴様の台詞《せりふ》はそれだけか」

「何？」

「いやさ、貴様、見事この俺を捕えてみるか」

「おお、何んでもない事だ。その方が素直にお縄を頂戴せぬとあらば……」

伊織は呼笛を取り出した。口に当てた。するといきなり甚十郎が遮《さえぎ》った。

「まあ、待て、待て、伊織」

「何か用か」

「貴様、俺の持っているこの刀が眼に入らぬのか」

「何？」

「この刀が何を覘《ねら》っているか貴様にわかるか。ははははは、貴様にゃこの駕籠が見えないのかえ」

「駕籠がどうした」

「おお、この駕籠の中に誰が乗っているか貴様は知るまい。それそれ、その戸の下からはみ出している振袖、貴様はそれに見覚えはないか」

「何？」

伊織は闇をすかしてみたが、ふいにぎょっと二、三歩うしろへ退ると、

「おお、その振袖は？」

「見覚えがあろうな。ふふふふ」

「それでは深雪殿が……」

「いかにも、貴様の手柄を見ようと、女だてらにのこのこやって来たのが百年目だ。伊織、貴様はこれでも俺を捕える気か」

伊織ははっと動顚する。ああ、撰りに撰ってこういう場所へ、何んだって深雪はやって来たのだ。伊織は一瞬灰のように真白になったが、すぐ気を取り直すと、

「深雪殿、許して下されい」

と、言ったかと思うと、ピリピリと呼笛が鳴る。それを聞くと甚十郎はもう絶体絶命

だった。

「おのれ。ええ、こうなれば……」

　ブスリ、刀を駕籠の外から、突きこもうとした時だった。

　ズドン！　と、駕籠の中から白煙が立ったかと思うと、小手を貫かれて甚十郎は、はっと刀を取落とした。

「あっ、これは――」

　甚十郎はいうに及ばず、伊織もはっと立ちすくんでいるところへ駕籠の戸をひらいて、悠然と現われたのは菊水兵馬だ。

「おお、貴公は！」

「三枝さん。御苦労でした。今宵のお手柄、お目出度うございます」

「してして、深雪殿は？」

「気使いいたされるな。本堂のほうで小平がお護りいたしている筈。この振袖はお返し申そう」

　振袖を伊織のほうへ投げ出すと、

「よくからす組を捕えて下すった。これで私の汚名も雪《そそ》がれたというもの、お礼を申上げる」

軽く一礼すると、兵馬は懐《ふところ》鉄砲片手に、悠然としておぼろの闇に消えていったのである。

あけぼの鳶《とび》

関所破り

「こうこう、待ちねえ。そこへ行く二人づれのお若いの。ちょっと待って貰いてえ」

だしぬけにうしろからこう呼びとめられて、驚いたように足をとめたのは、二十四、五の、色白のいい男だった。めくら縞の着物の裾をはしょって、大きな風呂敷包みを背負ったところは、この街道筋に珍しくない、甲斐絹の行商人という扮装《いでたち》だった。

その男のうしろには、姐様冠《ねえさんかぶ》りのわかい娘が、おどおどした眼付きで寄りそっている。男はその娘に何か目配せしながら、

「はいはい」

と、小腰をかがめて、

「お呼びとめになりましたのは、わたしどもの事でございますか」

言葉はおだやかだったが、なんとなく落着きのない、そしてまた、油断のならぬ眼の色だった。

「さよう、ちっとばかり訊きたいことがあるから呼びとめたのよ」

「訊きたいこととおっしゃるのは……」

「おまえさんたち、どこから来なすった？」

「ええ？」

不思議そうに商売人は眼をすぼめる。見ると呼びとめたのは三人づれで、いずれは身《み》延参《のぶまい》りの帰りでもあろう。道中冠りの手拭に、お札をいっぽんずつ挿している。わかい血の気の多い、見るからに喧嘩の早そうな連中だった。

「こうこう、どこから来たか訊いているんだ。おめえ、それに返事が出来ねえのか」

「はい。わたくしは甲府から参りました。これから江戸へ商いに参るところでございます」

「おお、甲府から江戸へ行くというのか。そしてそこにいる姐《ねえ》さんは、おまえの連れだろうな。やっぱり甲府から江戸へ行くのだろうな」

「はい」

絹商人は、うしろに立った娘をかばうように、

「おっしゃるとおりでございますが、しかし、それになんぞ御不審でもございましょうか」

「おや、こいつおつに絡《から》みやがる。不審があるからこそ呼びとめたのだ。それがおまえの連れだとしたら、おめえもいっしょにあとのお関所まで、連れて戻らにゃならねえ」

「えっ、何んとおっしゃいます」

ふたりはさっと蒼褪《あおざ》めた。

娘はまだ十七、八という年頃だろう。人妻というにはあまり初々しく、姐さん冠りをした顔は、白梅のように清らかで匂わしかった。

そこは甲州街道、堺川のお関所を、江戸のほうへ越えたばかりのところで、春のおそい街道筋にも、そろそろ桃の花がひらきかけている。

「これはまた異なことをおっしゃいます。するとわたくしの連れが、何か悪いことでもしたとおっしゃいますので」

「おや、こいつ白ばくれやがる。それじゃいって聞かすがな、いま越えて来た堺川のお

関所というのは、江戸から甲府へ入るにゃ、男も女も手型はいらねえが、甲府から江戸へいくにゃ、女に限り手型がいることになっているんだ」

「そのお関所を無事に越えて来たからにゃ、これ、そこの娘さん、おめえ立派に手型を持っていなさるだろうな」

せせら笑うような相手の言葉に、絹商人とわかい娘はふたたびさっと蒼褪めた。物見高い街道筋のこととて、はや、そろそろ旅人のすがたが殖《ふ》えて来る。みんな不思議そうに、事のなりゆきを眺めていた。

「ははははは、何をおっしゃるのかと思ったら、その事でございましたか。それはもう、手型ならばおっしゃるまでもなく」

「持っているか」

「はい……」

「こいつは面白い、持っているなら、ひとつここへ出して貰おうか」

「えっ」

「はははは、そうら、見ろ。見せられめえ。おい、白ばくれちゃいけねえ。俺の眼は節穴じゃねえんだぜ。さっきその娘がお関所の裏山づたいに、こっそり抜けてとおるのを、たしかにこの眼で見とどけたのだ」

「そうとも、そうとも、見れば綺麗な顔をして、大胆な娘もあったものじゃねえか。なあ、おい関所破りは天下の大罪だぜ。それくらいのことは知っているだろうな。さあ、何んでもいいから一緒に来ねえ。娘はどうでも堺川まで連れていくのだ」

ばらばらと三人の若者が、娘のそばへ寄ろうとするのを、甲斐絹商人の若い男は、きっとうしろへかばって、

「あれ、何をなさいます。それは御無体でございましょう。見ればお役人でもないあなたがた。あんまりそれは……そんな言いがかりを……」

「何を？　いいがかりだと？　さあ、承知出来ねえ」

三人のうちの首頭《かしら》だった奴が、眼に角立てて、俄《にわ》かにいきり出した。

「おいらはこう見えても、江戸ではちったあ人に知られた、よ組の辰五郎の身内のもので、お神楽《かぐら》紋次という者だ。また、これにいるのは同じく勘太に次郎吉というわかい者。悪事を見ちゃそのままに、捨てておけねえ性分だから、それでおめえを呼びとめたのだ」

「そうだ、そうだ、それを言いがかりたあなんだ。雲助じゃあるめえし、言いがかりを

つけて、酒代にしようなんてさもしい根性は微塵もねえこちとらだ。それを言いがかりといわれちゃ先祖にすまねえ」

「兄哥《あにき》、面倒だ。四の五の言わずに娘をひっかついでしまえ」

はじめは面白半分だったのである。若い男と綺麗な娘の道中に、岡焼き気分もまじっていた。兄哥、ひとつあいつをからかってやろうじゃねえか――と、そんな事から言葉をかけたのだが。二言三言いいあっているうちに、いまの言葉の行きちがいである。言いがかりといわれては、見物に対してもあとへは引けなくなった。それに相手の弱みを握っているだけに、気の強いというものだった。

「それ、やっちまえ」

と、兄哥分の紋次の下知に、

「うぬ、おせやがれ」

勘太と次郎吉が左右からおどりかかったが、そのとたん。絹商人がさっと腰をひねって、ふたりは見事に土をなめていた。優男《やさおとこ》とあなどっていたのに、思いがけない相手の手練。紋次も一瞬気を呑まれたが、こうなってはもうあとへは引けない。

「あれ、こいつ生意気な腕立てをしやがる。こうなったらおれが相手だ。覚悟をしろ」

脇差し抜いて斬りつけるのを、ひらりと体をかわしたくだんの若者、きっと刀の柄《つか》に手をかけると、三人のあばれ者をにらみつけ、

「おのれ、無礼をいたすと、そのままでは……」

思わず口をついて出る言葉を、

「ああ、もし」

あわてて娘がとめたが遅かった。砂をはらって起きあがった勘太と次郎吉が、

「ありゃ、りゃ、兄哥、いまの言葉をきいたか。こいつは絹商人じゃねえ。どうやらりゃんこらしゅうございますぜ」

「おお、聞いた、聞いた、こうなりゃいよいよ捨ててはおけねえ。それ、次郎吉、恐れながらとお関所へ訴えて来い」

「おっと合点だ」

群がる野次馬を押しのけて、駆け出そうとする次郎吉の鼻先へ、その時、ぬうっと立ちはだかった武士がある。

よ組の辰五郎

「ああ、これこれ、町人」

と、声をかけられて、

「へえ？」

と、立ちどまった次郎吉が、改めて相手の姿を見直すと、これが三十五、六の立派なお武家で、野袴《のばかま》の裾をきりりと結んで、編笠を手に持っているところをみると、同じく旅のものらしかったが、色の白さ、眼もとの涼しさ、またおだやかな微笑をふくんでいるところは、おのずから相手を威圧する力をそなえている。

「もし、お武家様、あっしに何かご用でございますかえ」

「ふむ、足をとめてすまぬが、様子はいま向うで聞いていた。それではこのお女中がお関所破りをしたと申すのだな」

「へえ、さようで、こんな綺麗な顔をしておりながら、太《ふて》え阿魔で」

「しかとさようか」

「へえ、そりゃもう違いございません、堺川のお関所の、裏山づたいにこっそり抜けてとおるのを、たしかにこの眼で睨みましたので。なあ、兄哥」

「へえ、それにちがいございません。それでございますから、あっしどもがここで呼びとめまして、関所の手型を見せろと申しますと、あべこべにあっしどもをとらえて、いいがかりだなどと申します。憎い奴っちゃございませんか」

「それればかりじゃねえんで、お武家様、言葉の様子からみると、こいつ、町人とはまっかないつわり、どうやらお侍らしゅうございます。いよいよもってうろんな奴で」

三人がかわるがわる訴えるのを、にこにこ聞いていたくだんの武士。

「いや、そういう様子はあらかた向うで聞いていたが、関所破りにもいろいろある。これこれ、そこのお女中」

「はい」

娘は不安な眼つきをしてふるえている。

「卒爾《そつじ》ながらお訊ね申す。お女中の名は歌とは申されぬか。甲府伝馬町、孫兵衛店、歌、十七歳な、たしかにお身のことでござろうな」

と、おさえつけるような相手の眼付きに、

「は、はい、あの、それは……」

娘はおどおどと連れの男と眼を見交わした。

「おお、やっぱりそうでござったか。それは幸い。さきほどお関所の手前でひろったこれなる手型、落した当人はさぞ難渋していることだろうと、みちみち気をつけて参った。ここで会ったはちょうど幸い。お渡し申す。お受取り下され」

ふたりははっとした顔色だったが、絹商人はすぐに呑込んで、

「これはこれはお武家様。はいはい、その通りでございます。甲府伝馬町、孫兵衛店……」

「歌といわれようがな」

「はい、はい、その歌、歌でございます。いえもう、見らるるとおりの難渋の折柄、何んともお礼の申上げようもござりませぬ。これ、お袖……いやさ、歌、お歌、おまえの落したお関所の手型を、このお武家様が親切に、ひろっておいて下すったのだ。これ、何をぼんやりしているのだ。早くお礼を申上げぬかい」

「お武家様、有難うございました」

娘の眼には感謝のいろがいっぱい浮んでいる。武士は関所の手型を渡すと、

「はははは、なんの、その礼には及ばぬことじゃ。拾ったものは落し主にかえすがあ

たりまえ。見ればどうやらお急ぎの旅らしい。少しも早く行かれたがよい。これこれ、町人」

「へえへえ」

「こうして手型が出て来たからにゃ、その方たちにも何もいう事はあるまいな」

「へえ」

と、口を尖らしたお神楽紋次、

「そりゃまあ、手型が出て来たからにゃ、関所破りのほうは言い分はございませんが、こいつはたしかに武士の変身……」

と、まだ未練のありそうな顔色だったが、その時だ。

「いや、恐入りました」

と、野次馬のうしろから声をかけ、

「お武家様の捌《さば》けたお計い、へえへえ、こうなりゃ野郎どもに、ぐうともいわせる事じゃございません」

と、見物をわって入って来た人物の姿を見ると、

「わっ、おまえは親分」

紋次をはじめ勘太も次郎吉も、頭をかかえて尻込みした。あとから来た男は、その三人をぐっと睨みながら、

「野郎ども、なんてえ真似をしやあがる。お役人でもあるめえに、旅のお方に因縁をつけやがって、変な真似をしやあがると、この辰五郎がそのままじゃおかねえぞ」

「親分、堪忍しておくんなさい」

「堪忍じゃねえ。何を思ってこんな業晒《ごうさら》しをしやがった」

「済みません、親分。決して悪気があったわけじゃねえんで。あまりこのお二人がお睦まじいからひとつからかってやろうじゃねえかと、こう次郎吉の野郎が申しますので」

「あれ、あんなことをいっている。親分、そうじゃねえんで、言い出しべえはその勘太で、あっしゃそんな悪者じゃございません」

「何をいやがる。どいつもこいつもだらしのねえ野郎だ。もし、旅のお方、さぞお驚きでございましたろう。こいつらはきっとあとで叱りおきますから、あっしに免じてどうぞお許し下さいまし」

「はい、それではもう行ってもよろしゅうございますか」

「いや、えろうお手間をとらせました。どうぞおいで下さいまし」

「やれやれ、有難や、これというのもお武家様、あなた様のおかげでございます。これ、お袖……いやさ、お歌、そなたからもお礼を申上げぬかい」

「お武家様、有難うございます」

「なんの……それでは早くいかれたがよい」

「では、御免蒙ります」

と、若い二人が手を引かんばかりに、いそいそと立去るうしろ姿を見送って、勘太と次郎吉、いささか嫉妬《やきもち》気味で、

「それでもねえ、親分、あの娘はたしかに関所破りなんで」

「黙ってろ。愚図愚図ぬかすとそのままじゃおかねえぞ」

と、叱りつけておいて、武士のほうへ向き直ると、

「お武家様、どうぞ堪忍してやって下さいまし。あっしゃ今戸に住いまする、よ組の辰五郎と申す鳶《とび》の者でございますが、身延詣《みのぶもう》でのかえりがけ、草履《ぞうり》の緒を切らしているうちに、こいつらが先駈けをしやがって、なに、大して毒気のある野郎でもございませんのさ。あのお二人があんまりお睦じいものですから、ついからかやがったので。あっしに免じて、どうぞ許してやって下さいまし」

よ組の辰五郎というのは四十がらみ、小兵ながらもがっちりとした体格で、眼付きの鋭さはさる事ながら、物柔かな態度、口の利き方は、さすがに大勢の者のうえに立つ、一方の旗頭とうけとれた。

武士はあいかわらず、柔和な笑いをうかべながら、

「いや、その挨拶ではいたみ入る。なに、関所破りをとがめるのは当たりまえのことだ。それに、見れば血気の若者ぞろい、ああいう二人づれを見れば少しは妬《や》けるだろう。はははははは」

「いや、恐れ入りました。そういわれると、手前のほうが穴へ入りとうございます。以後はきっと慎むよう、申しつけることに致しましょう」

「ふむ、それもよいが、何も旅の空のことだ。あまりがみがみと言わぬがよい。よい加減のところで許してつかわせ。いや、拙者も少し急ぎの旅故、お先に御免」

言いすててすたすたといく武士のうしろ姿を見送って、辰五郎はしきりに感服の首をふっていたが、その時である。野次馬のなかにまじって、さきほどよりの一伍一什《いちぶしじゅう》を、あまさず眺めていた一人の武士が、編笠の中でなにかしきりにうなずいていたが、やがて見えがくれにこの一行をつけはじめた。

むろん、辰五郎はそんなことは夢にも知らない。まえを行く若い武士のうしろ姿を見送りながら、

「若いながらも、もののわかったお武家様だ。酸いも甘いもかみわけていらっしゃる。それにひきかえ、やい、紋次」

「へえ、親分、すみません」

「あれ、こいつ先廻りをしやがる。お武家様がああおっしゃったから叱りもならねえが、手前はなんだ。若い者をすべる身でありながら、さきに立って悪戯《わるさ》をしやがる。二度とあんな真似をすると承知しねえぞ」

「へえ、何んとも申訳ございません。勘太も次郎吉もお詫びしねえか」

「親分、勘弁しておくんなさいまし」

「親分、お許しを……」

と、三人はすっかり青菜に塩である。

もとより腹に深いたくらみの、あろう筈のない江戸っ児のことである。また、旅の空で因縁つけて、どうしようの、こうしようのというわけでもなかったから、辰五郎もそれ以上はくどくどはいわない。

あとは笑い話になって一行四人、その夜は吉野泊りのつもりで、宿の手前までぶらぶらやって来たが、その時である。

さっきからあとをつけていたあの編笠の侍が、

「辰五郎、これ、辰五郎、しばらく待て」

と、呼びかけた。

思いがけないところで名を呼ばれて、驚いてふりかえった辰五郎は、相手の様子を見ると不思議そうに、

「へえ、あっしに何か御用でございますか」

「ふむ。用事があるからこそ呼びとめた」

「へえ、そしておまえ様はいったいどなたで」

「わしじゃ、拙者じゃ」

と、編笠をとった相手の顔を見て、

「おお、あなたは三枝の旦那じゃございませんか。思いがけないところでお眼にかかります。おまえさんもやっぱり身延詣ででございますかえ」

呼びとめたのは、いかにも与力の三枝伊織だ。辰五郎はかねて顔馴染みの間柄だったが、江戸をはなれたこういう場所で、めぐりあうとは夢にも思っていなかったから、驚いたのも無理はない。

「いや、そういうわけではないが、ちと仔細があってな。ここでその方に会ったのはちょうど幸い、少々頼みたい事がある」

「へえ、頼みたいこととおっしゃいますのは?」

「いま話すが、往来ばたで立ち話もなんとやら、……おお、幸い向うに辻堂が見える。御苦労でも、あのかげまで一緒に来てくれ」

「へえ」

何やら仔細ありげな伊織の顔色に、辰五郎もいやとは言えない。三人の乾分《こぶん》を顎で招きながら辻堂のかげまで来ると、伊織はあたりを見廻しながら、

「これは屈竟《くっきょう》の場所だ、ここなら誰にも聴かれる心配はあるまい。辰五郎、まあそこ

へ掛けろ」

「へえ」

と、辰五郎は手頃な切株のうえに腰をおろすと、

「そして旦那、あっしに御用とおっしゃいますのは」

「さればさ、辰五郎、そのほうさっきの武士を存じておるか」

「さっきのお武家と申しますと」

「関所破りを救けた武士よ」

辰五郎はなんとなくどきりとしながら、

「へえ、あのお武家がどうかしましたかえ」

「辰五郎。あれはな、菊水兵馬と申して御公儀のお尋ね者だぞ」

辰五郎をはじめ三人の者は、それを聴くとさっと顔色をかえたが、その時どこかで同じようにあっというかすかな叫びが聞えた。しかし、こちらの四人はそれとも気がつかず、

「旦那、お尋ね者と申しますと、泥棒でございますかえ」

「いや、そういう者ではない。もっと大物だ」

「わかりました。それじゃちかごろ流行《はやり》の勤王党とやらで」

「いかにも」

伊織はわが意を得たりとばかり頷きながら、

「拙者がこうして街道筋を徘徊しているのも、みなあいつを捕えようため。この度、あの男が甲州路へ入りこんだのも、甲府の要害を探ろうためにちがいない。そこで拙者も江戸からあとをつけて参ったが、相手もさる者、なかなか手出しが出来ぬ。辰五郎、頼みというのはここの事じゃ」

「へえ」

辰五郎は三人の乾分と顔を見合せている。

「ここでその方にあったのは天の助け、ひとつ拙者に手を貸してくれまいか」

「へえ、それじゃあっしらに手伝わせて、さっきのお武家を捕えようとおっしゃるので」

「いかにも、辰五郎、まさか嫌と申すまいの」

伊織の蒼白んだ相貌を見ると、辰五郎は困ったように眉根に皺を寄せた。

「旦那、そりゃまあ、日頃から御贔屓《ひいき》になっている旦那のおっしゃること、また、二つにはあっしだってお膝下でそだった江戸っ児です。御公儀のためとありゃ……」

「助けてくれるか」

「いえ、まあまあ待って下さいまし。そりゃお助けしたいはやまやまではございますが……」

「やまやまだが、どうしたというのだ」

「何をいうにも身延詣でのかえりみち、それに相手はなんの怨みもないお武家でございますからねえ。ここで御用聞きの真似なんざ、どうもねえ」

と、案に相違の煮え切らない態度に、伊織はくわっと急《せ》きこんで、

「辰五郎、怨みはないとは申せまい。辰五郎、その方いま何んと申した。御公儀の御恩を蒙った身と申したではないか。その御公儀をねらう不逞の浪人、それでも怨みがないと申せるか」

伊織の言葉は一応筋がとおっている。辰五郎は困って、

「へえ、そりゃまあ、そうおっしゃればそんなものですが」

「そんなものではないぞ。のう、辰五郎、相手はいまお膝下を無益に騒がす人非人《にんぴにん》だ。それを捕えるのはそのほうたちの勤めではないか。いや、こう申したからとて、その方

に御用聞きの真似をしてくれと申すのではない。ちっとばかり細工をして貰えばよいのだ」

「細工と申しますと？」

「あいつに薬をのませてもらいたい」

「薬？　旦那、それじゃあのお武家を、盛り殺せとおっしゃるのでございますか」

「なに、殺してくれとは申さぬ。殺されてはこちらが大変だ。実はしびれ薬だ。大して害になる代物ではない、幸いさきほどの事もあれば、仲直りとかなんとか申して、酒のついでにこいつを飲まして貰いたい。眠ってしまえば、なに、あとは拙者ひとりで沢山だ」

辰五郎はなんだかいやだった。

むろん、辰五郎とて、血の気の多い江戸っ児のこととて、ちかごろの西国武士や浪人の江戸あらしには、少なからず反感を持っていた。しかし、さっき会った侍の、あの物柔かな態度を思うといつものような反感も起らなかった。これが男同志のひとめ惚れとでもいうのか、何んとなく憎めない気さえするのである。

「辰五郎、これほど拙者が頼んでも嫌と申すのか」

伊織は次第にじれて来た。

「いえ、いやというわけではございませんが……」

「何んとなく気がすすまぬと申すのだな。これ、辰五郎、その方それでも江戸っ児か。いやさ人間か。恩を忘れて、それでも男と申せるか」

辰五郎の眼がきらりと光った。

「そうだ、男だ。なあ、辰五郎、男という奴は一宿一飯の恩儀にも命をすてる。貴様も大勢の頭に立つくらいの男だ。それくらいの弁《わきま》えがない筈はあるまい」

詰め寄られて辰五郎は、しばらくじっと眼をつむっていたが、やがてくわっとそれをひらくと、

「ようがす。それじゃやってみましょう」

きっぱり引受けたものの、その声にはなんとなく力がなかった。

しびれ薬

ひと風呂あびて旅の汗をさらりと落すと、兵馬はいい心持ちになって、二階の部屋へ

かえって来た。廊下の窓から濡手拭《ぬれてぬぐい》をしぼると、さらりと部屋の障子をひらいたが、そのとたん、おやとばかり眼をすぼめて立ちどまった。

部屋を間違えたのかしら——と、改めてなかを見廻わしたが、やっぱり自分の部屋である。荷物もあれば大小もある。衣桁《いこう》には自分の衣類がかかっている。

兵馬はあわてて手を鳴らして女中を呼んだ。やって来た女中に、

「これこれ、女中、そのほう何か勘違いをいたしてはおらぬか。拙者はひとり旅じゃ。それに旅のあいだは、酒をたしなまぬことに致している」

「ああ、このお膳でございますか」

と、女中はのみこみ顔に、

「これならば、さきほどお泊りの四人づれのお方が、是非とも旦那に一献さしあげたいとおっしゃいまして、それで用意をいたしておきました。いけなかったのでございましょうか」

「四人づれ？」

「はい、たしかよ組の辰五郎さんとかおっしゃいました」

名前をいわれて、兵馬ははじめて思いあたった。

「ははははは、さようであったか。そしてその辰五郎はいかが致した」

「はい、いまお風呂へおいでになりましたが、おっつけこちらへおいでになりましょう」

言っているところへぞろぞろと、宿の褞袍《どてら》でやって来たのは、辰五郎をはじめ紋次と勘太と次郎吉だ。敷居のところで手をつかえると、

「えっ、旦那、さきほどのお詫びの印に、是非一献さしあげたいと、こちらへお膳の用意をさせておきましたが、お許し下さいますでしょうか」

慇懃《いんぎん》な挨拶に、

「はははははは、やっぱりその方たちか。いや、義理固いことだな。おお、許すも許さぬもない。さあさあ、こちらへ入りなさい」

「恐入ります。お疲れのところを押しかけて参りまして、御無礼かとは思いましたが、是非おちかづきになって戴きたいと思いまして……」

そういった辰五郎の心の中は、必ずしもいつわりではなかった。兵馬は始終にこにこして、

「いや、そういう固苦しい挨拶は一切抜きにして、折角だから、さっそく御馳走になろ

うじゃないか。勘太も次郎吉もずっとこちらへ入るがよい」

「へへへへへ、旦那、さきほどはどうも……悪く思わないでおくんなさい」

「それじゃ、旦那、まずあなたから」

と、まずは首尾よく兵馬の部屋へ入りこんだよ組の辰五郎、やがて盃の献酬がはじまって、語るほどに酔うほどに、しだいに相手の人柄が床《ゆか》しく思われてならなくなった。

「旦那、旦那はお江戸のお住居はどちらでございますえ」

「ああ、拙者か、拙者は宿所不定の天竺《てんじく》浪人でな。財布も軽ければ身も軽いという奴よ。宿なども定まったものは持っておらぬ」

「さようでございますか、あっしは橋場でございますが、あのへんへおいでになりましたら、是非お立ち寄り下さいまし。よ組の辰五郎とお聞き下されば、すぐわかります」

「ふむ、是非いちど寄らせて貰おう。鳶頭と申したな。鳶頭と申せば、さぞ威勢のよいのが大勢いることだろうな」

「へえ、ここにいるようなのが始終ごろごろ致しておりまして、賑《にぎや》かな事は賑こうございますがときにはさきほどのような事をやらかしますんで、とんと目が離せません」

「いや、若い者は元気がなくちゃいかん。善きにつけ悪しきにつけだ。小さく固まってしまうのが一番いけない。どうした、勘太と次郎吉、ちっとも酒が進まぬではないか」

「へへへへへ、いや、さっきから戴いております」

勘太と次郎吉は首をちぢめて、しきりに眼配せをしている。もうそろそろ時刻だった。夜も更けたし、酒もだいぶ廻っている。別室では三枝伊織が、さぞやしびれを切らせて待っていることだろう。

辰五郎はふたりの眼配せに、いやな気持ちがしたが、さりとて約束を破るわけにはいかぬ。しぶしぶながらまんまと混じたしびれ薬、よい頃合いを見計って、それを兵馬に飲ませると、

「いや、どうも、お疲れのところをとんだ御無礼申しました。夜ももうだいぶ更けた様子、それでは今夜はこれで失礼いたします」

「おお、もういくのか。まあ、もう少しよいではないか」

「いえ、明日のこともございますれば、これくらいで御免蒙りましょう」

「さようか。それは残念だな」

「それじゃ旦那、おやすみなさいまし」

「おやすみ」

と、廊下へ出た辰五郎は、尻こそばゆくて一時も、いたたまれない気持ちなのだ。とても薬の利目《ききめ》まで見届ける勇気はなかった。こそこそと自分の部屋へかえって来ると、伊織が首を長くして待っている。

「辰五郎、おそかったではないか」

辰五郎はいやな顔をして、

「仕方がありませんや。なんだって、いきなり薬を飲ませるわけにゃいきませんからね。頃合を見計っていたんでさ」

「いや、御苦労、御苦労、そして首尾はどうだ」

「へえ、飲ませることは飲ませましたが、まあ、もう少しお待ちなさいまし。薬の利目が現れるまでにゃ、まだだいぶ間がありましょう」

「ふむ、一同が寝鎮まってからにいたそう。邪魔が入っては面倒だ」

伊織はすっかり上機嫌になった。いままでさんざん翻弄されて来た兵馬を、ついに捕えることが出来るかと思うと、おのずから血が躍るのである。今度こそ大丈夫だ。たとい相手が鬼のような奴でも、薬の利目には勝てないのである。

だが……と、その欣びの下から、また一抹の不安がこみあげて来る。あまり容易に目的を果すことが出来たとき、誰しもが感ずる一種の危懼である。

「辰五郎、間違いはあるまいな。薬はたしかに飲ませたのであろうな」

「へえ、それはもう大丈夫です。おお、もうだいぶ時刻もうつりました。そろそろお出掛けになっては如何《いかが》でございます」

「よし、辰五郎、うまくいったらきっと礼をするぞよ」

きっと歯を喰いしばった伊織は、身ごしらえも厳重にそろそろ廊下を這っていったが、と、思う間もなく兵馬の部屋から、

「辰五郎、これ、辰五郎」

ただならぬ伊織の声。はっと驚いた四人の者が、あわててあとから駆けつけてみると、こはいかに、部屋のなかは蛻《もぬけ》の殻。兵馬のすがたはどこにも見えない。

「辰五郎、これはどうしたというのだ。いやさ、兵馬をどこへやった。貴様はまさか……」

伊織の顔は物凄かった。

辰五郎は唖然として、三人の乾分《こぶん》と顔を見合せながら、

「いいえ、旦那、そんなことはございません。あっしも男の端くれです。いったんお引受けしたからには、裏切るような男ではございません。おや、旦那、あれはなんでございます」

辰五郎の声にふりかえると、薄暗い壁にはった紙一枚、何やら達筆で書いてある。

三枝伊織殿へ——毒酒の詭計《きけい》天晴《あっぱ》れには候えども、注進する者ありて、その事早くも小生の耳に入り候段、お気の毒千万に存じ候。爾今、密談は辻堂の側にてなさるまじき事御注意までに中上げ候。

菊水兵馬

あっと、伊織は地団駄踏んで口惜しがった。

薩摩の密使

ちょうどその頃。

甲州街道を夜をこめて、江戸へさして急いでいく三人づれがあった。その中のひとりはいうまでもなく菊水兵馬だが、あとのふたりは意外にも、あの絹商人と関所破りの娘だった。

「いや、貴公のおかげで危ないところを助かりました。あつくお礼を申上げます」

兵馬の言葉に、絹商人は手をふって、

「いや、そのお礼はこちらから申上げねばなりません。あの無法者に呼びかけられて、すでに危いところをお救い下され、なんともお礼の申上げようもございませぬ」

「ははははは、なに、あれしきのこと。ちょうど幸い、持ちあわせの女手型がありましたので、うまく辻褄《つじつま》をあわせましたが、拙者などが飛び出さずとも、貴殿の手練なら、きっとあの場を切抜けられたことでござろう」

「いや、わたくし一人ならば、仰せまでもなく、何んとか切抜けも致しましたろうが、何をいうにも足弱連れ、まったく困却いたしました。現に、この袖などは、あの時の心痛がもとでがなございましょう。吉野宿の手前まで参った頃、俄《にわ》かに癪《しゃく》で苦しみまして……しかし、何がまた幸いになるか知れたものじゃございませんので、あの辻堂のなかで憩《やす》んでおりましたればこそ、毒酒の詭計も洩れきくことが出来たのでございます」

兵馬はうなずきながら、

「いや、よくお報らせ下された。貴公の話を聞いていればこそ、危く災難まぬがれ申した。それにしても面白かったな。辰五郎め、どういうふうに薬を飲ませるかと思っているとな、おしまい頃になって、やっと袂から出しおったのはよいが、すっかり顔色ががってしまって……はははは、あいつはとても悪人にはなれぬ」

兵馬は面白そうに笑っていた。

その夜のうちに小原もすぎ、明方頃には小仏の麓《ふもと》まで来たが、追手をおそれる三人の者は、ろくに憩《いこ》うひまもなく、一気に峠を越すと、さすがにお袖はすっかりくたびれている。

そこでその夜は駒木野泊り。明方早く宿を立って、わざと八王子まで歩いたのは、追手をくらますためである。八王子へつくと、そこで改めて江戸までの通し駕籠を三挺あつらえて、江戸の西門、内藤新宿までついたのはその日の夕方のことである。

そこで駕籠を捨てると、

「さて、ここまでは一緒に参ったが、これから先はお別れいたさずばなるまい。貴公は江戸に心あたりの宿でもございますかな」

兵馬が訊ねると、絹商人はにっこり笑って、

「いかにもございます」

「それは重畳《ちょうじょう》、してどの方角じゃな。なんなら途中まで送ってあげてもよいが」

「なにぶんよろしくお願い申上げます。なにしろ江戸ははじめての事故《ゆえ》、一向に土地不案内、方角とてもわかりかねます」

「それはお困りでござろう。そしてお目当ての行先は」

「はい、四谷とか聞いております」

「四谷――？　四谷といってもひろいが……」

「鮫ヶ橋というところで」

「なに、鮫ヶ橋？」

兵馬はどきりとしたように、相手の顔を見直した。そのころ兵馬は、四谷鮫ヶ橋にかくれ住んでいたのである。

「そして尋ねる人は」

「はい、その尋ね人は菊水――」

「なに」

「兵馬と申す御仁、即ちあなた様でございます」

絹商人はそういうと、いかにも快さそうに高笑いした。兵馬は呆《あき》れがおで、

「それじゃ、貴公は拙者の名を御存じか」

「いかにも、あの辻堂のなかで、与力の口から聞きました。さればこそ、捨ててはおけずと御注意申上げたのでござります」

「ふむ。してして、拙者を訊ねる御貴殿は……」

「いや、それはおっつけ、あなた様のところへ参りましてお話いたしましょう」

「いかにも、そういう事なら一刻も早く……」

と、そこから改めて辻駕籠《つじかご》をやとった三人が、四谷鮫ヶ橋の兵馬のかくれ家へかえって来たのは、夜もかなり更けていた。

「おや、旦那、おかえりなさいまし。あまりおそいから、今日もまたお帰りじゃねえかと思っておりました」

出迎えたのはかまいたちの小平である。

「おお、小平か、留守居大儀であったな。そして、留守中になにもかわったことはなかったか」

「へえ、別に……このところすっかり無事泰平で、この小平も体をもてあましております。おやお客人でございますかえ」

「ふむ、途中でいっしょになった。お洗足《すすぎ》をあげてくれ」

何しろ吉野の宿から息もつかぬ急がしい旅だったから、お袖はすっかり疲れていた。

「ひと風呂浴びるとしっかりするのだが、何しろかかる侘《わ》び住居故《ゆえ》、お許し下されい。小平、何か食べるものはないか」

「へえ、何か見つくろってこさえましょう」

小とりまわしの利く男で小平は台所へ入って、しばらくがたがたやっていたが、やがて膳ごしらえをして出て来た。

「ほんに何もありません。くさやの干物に香の物、まあ、こんなところで我慢して下さいまし。その代り、酒だけは上等がございます」

「いや、結構結構。さあ、一献参ろう。ええ——と、何んとお呼びしたらよいかな。まだお名前も承っておらぬが」

「わたくしは大谷喬《きょう》之進《のしん》と申します」

「おお、大谷殿か。何もなくてお気の毒だが、さあ、一献参られい。お袖殿は御遠慮なく、さきに御飯にされたがよい」

「はい、有難うございます」

と、お袖も喬之進もようやくうちくつろいだ顔色だった。

「それにしても奇縁でしたな。ああいうところでうまくぶつかろうとは、これも何かのお引合せでしょう」

「まったく、わたくしもあそこであなた様の名を聞きましたときには、たいそう驚きましたが、これも神のお引合せでございましょう」

「ふむ、ふむ、そして拙者に用事というのは——いや、ここにいる男は、一向気のおけない人物でな。なんなりと打明けて下されい」

「さようでございますか」

と、そこでかれが打明けたところによると、この男は薩摩藩士で、名前はさっきも名乗ったとおり、大谷喬之進といった。そして連れのお袖は、かれの許婚者《いいなずけ》であるが、密《みっ》旨《し》をおびている喬之進は、敵の眼をくらますために、わざと足弱をともなって来たのであると打明けた。

「なるほど、そしてその密旨というのは？」

「さればそれが尊公にあてたるものでございます」

「なに、拙者に？」

「いかにも、御免」

と、刀を抜いて、襟を切りさいた喬之進は、中から取り出した一書を差出し、

「何卒ごらん下されい」

兵馬は不思議そうに眉をひそめて、その書面を手にとったが、

「おお、これは西郷吉之助どのより」

「いかにも。御披見下されい」

「御免」

封を切ってその書面を、さらさらと読んでいた兵馬の面は、しだいに快い昂奮のいろに包まれていった。

兵馬と辰五郎

身延詣でから江戸へかえって来たよ組の辰五郎は、その当座、なんとなく心が楽しま

なかった。吉野の宿での出来事が、正直な辰五郎の胸に、いつまでも苦い滓《おり》となって残っていた。

兵馬の書置きによって、自分が裏切りをしたのでない事は明かにされていたが、それでも、伊織とのあいだには、気まずいわだかまりが解けなかったのである。

いっそ、菊水兵馬という人物を、かれ自身が憎んでいたのなら、却ってこの失敗も気安かったにちがいない。ところが、辰五郎は相手にかすかな好意をかんじているのである。

兵馬が無事に逃げてくれたと分ったとき、ほっと安堵の息をついたくらいだ。それだけに後めたい気持ちもし、また、痛くもない腹をさぐられるのもいやで、自分でも割切れない気分だった。

しかし、橋場の住居へ落着くと、これでなかなか忙しい体だ。始終若い者が出入りをするし顔つなぎの席へも出なければならぬ。お出入先への御挨拶、喧嘩の仲裁と、忙しい日を送っているうちには、いつしかあの出来事も忘れてしまって、時には、菊水兵馬という人は、その後どうしているかなあと、思い出すことはあっても、二度と会う日があろうとは考えていなかった。

ところがある日、乾分の紋次があわただしく辰五郎の居間へ入って来た。ひどく驚いたような顔色だった。

「親分、親分」

と、眼をきょろつかせている。

「どうした、紋次、妙な顔をしているじゃないか。何かあったのかえ」

辰五郎が笑いながら訊ねると、

「何かあったのかえじゃございませんぜ。あっしゃすっかり驚いちまいました。なんと、あつかましい奴じゃございませんか」

「あつかましい？　誰があつかましいのだ」

「誰って、あいつでさ。ほら甲州路で会ったあのサンピン、親分がいっぷく盛り損った、あのお武家ですよ」

「なに、菊水兵馬――というあのお人か。そして、その人がどうしたというのだ」

「来てるんで」

「来てるって、――どこへ」

「ここへですよ」

「ここへ」

「へえ」

と、紋次は唾をのみ、

「親分に会いたいといってやって来やがったんです。あつかましい奴じゃありませんか。ねえ、親分、かまうことはねえから、三枝の旦那に注進してやりましょうか」

「馬鹿野郎！」

自分でも驚くほど強い声だった。辰五郎はそれに気がつくと、すぐに語気を柔らげて、

「そんな事をしちゃいけねえ。おれに会いたいというのなら会ってみよう。こっちへ案内しろ。いいか、おれが差図するまでは、決して変な真似をするんじゃねえぞ」

「へえ、それじゃ親分がお会いなさるんで？」

「会う。御丁寧にお通し申せ」

「へえ」

紋次は妙な顔をしてひきさがったが、それと入れちがいに入って来たのは菊水兵馬

だ。

「やあ、辰五郎、このあいだは失礼したな」

あいもかわらぬ温顔だった。わらうと片頰に靨《えくぼ》が出来て、それがたまらない魅力だった。

「いえ、旦那。あっしのほうこそ……」

辰五郎は些《いささ》か照れて赤くなった。よんどころなく引受けたこととはいえ、この人に対して、あんな卑劣な手段を弄したのが、いまさらながら恥かしかった。

「その節は……いや、どうも、何やかやと……」

兵馬は声を立てて笑った。わだかまりのない笑声だった。

「辰五郎、そのことならもう忘れてしまったがよいぞ。拙者も忘れた」

「へえ」

「そちの苦衷《くちゅう》もよくわかっている。拙者は別に気にしておらぬから、その方も気を大きく持つがよい」

そういわれると辰五郎は、腋《わき》の下から冷汗が流れた。

「恐れ入ります。そして旦那、きょうおいで下さいましたのは、あっしに何か御用でも」

「いや、そういうわけでもない。ちと、その方の顔が見たくなったのでな」

兵馬はあいかわらずわだかまりのない微笑をうかべていた。

その日は四方山《よもやま》の話に時をうつして、間もなく満足そうにかえっていったが、あとでは紋次をはじめ一同は、些か気抜けのした顔色だった。

「親分、いったいあいつは何しに来たんです」

「なに、別に用があるわけじゃなかった。まあ、あっしに会いに来なすったのだろう」

「そうですかい。あっしゃまた、変なことをしやがったら、みんなで袋叩きにしてやるつもりで手具脛《てぐすね》ひいて待ってましたが……」

紋次は些か張合いぬけの態だった。


ところがそれから二、三日すると、またもや兵馬がにこにことやって来た。

「親分、あの野郎、図々しい奴だ。また来ましたぜ」

紋次は忌々《いまいま》しがったが、辰五郎は二度三度あっているうちに、しだいに相手にひきつけられていく自分をかんじた。

「時に、旦那のお住居はどちらでございますかえ」

「わしか。わしは四谷鮫ヶ橋に住んでいる。きたないところだが、一度遊びに来ないか」

兵馬は平然として自分の住居をつげた。

「旦那、そんな事をあっしに教えていいのですかえ」

「どうして」

兵馬はむしろ不思議そうな眼付きだった。それを見ると、辰五郎のほうが却って赤くなったが、

「どうしてって、旦那、あっしは江戸っ児ですぜ」

「さよう、それがどうした」

「江戸っ児という奴は、代々御公儀の恩義をうけてまさあ。ちかごろ流行の勤王浪士とかなんとかいう奴は、大嫌いでさ」

兵馬はそれを聴くと、大きな口をあけて笑った。

「そうだ、辰五郎、貴様は江戸っ児だったな」

「へえ」

「しかし、聴くが辰五郎、江戸っ児という奴は、日本人ではないのか」

さりげない調子だった。しかし、その一言には辰五郎の胸をさす何物かがあった。

木遣《きやり》の唄

辰五郎の不安はいよいよ大きくなった。いままで、こんな妙な気分に襲われた覚えはなかった。勢いが自慢の火消し人足、前後の分別のないのが却って誇りだった。

しかし、兵馬がいった唯《ただ》一言、江戸っ児は日本人ではないのか。――その一言は辰五郎の胸にふかくふかく烙《や》きつけられた。それがどういう意味だか、辰五郎にもまだよくわからなかった。そういう曖昧な一言で、こうも自分を不安に陥入《おとしい》れた兵馬を憎いと思った。

しかし、二、三日もたつと、

「兵馬さんはどうしなすったのだろう。ちかごろちっとも来なくなったが……」

と、淋しそうに首をかしげた。それからまた二、三日たった。兵馬は相変らずすがたを見せなかった。

辰五郎はたまらなくなった。とうとう自分のほうから、四谷鮫ヶ橋へ出向いていった。

「やあ、辰五郎か。よく来たな。きょうあたりこっちから出掛けていこうかと思っていたところだ」

兵馬は相変らずにこにこと、わだかまりのない微笑をうかべていた。

「だしぬけに押しかけて来て、御迷惑じゃございませんか。暫くおすがたを見ねえものだから、もしや御病気でもと思って……」

「なに、構うものか。上れ。からだは相変らず達者だがな。少し忙しかったものだから。お袖さん、お茶でも淹《い》れて下さい」

そのお袖という娘をみて、辰五郎は思わず眼を瞠《みは》った。

「おや、この娘さんは……?」

「おお、そうだったな。貴様もこの人を知っていたんだっけ。妙な縁からこうして一緒に暮している。どうせお尋ね者の寄合世帯《よりあいじょたい》だ」

兵馬は平気で微笑《わら》っていた。

　お袖は茶を淹れると、すぐ、用事ありげに表へ出ていった。あとは兵馬と辰五郎の二人きりだった。

「旦那、俺《あつし》がきょう来たのは、少々お訊ねいたしたいことがありましてね」

「ふむ、なんだな、改まって」

「旦那はこのあいだおっしゃいましたね。江戸っ児は日本人じゃないのかと」

「ふむ、いったようだな」

「旦那、あれはどういうわけでございます。江戸っ児こそ一番立派な日本人だと、俺《あつし》やいままで考えていたんでございますがね」

　挑むような口調だった。きょうはどうしても、その理由をきかねばかえらぬという面構えだった。

「そうか。江戸っ児は一番立派な日本人か。それならば、辰五郎、何故、御公儀の恩のみ知って日本の恩を思わぬのだ」

「えっ」

「辰五郎、われわれが御公儀に対してことを計っているのは、決して私怨があるからではないぞ。御公儀の役人にも同情すべき人はある。人間としては立派な人物もある。しかし、その人たちでは、もはやいまの日本は、どうにもならない事を知っているからだ」

兵馬の口調は決して激しいものではなかった。しかし、それだけに、相手の心に温くしみとおる力があった。

「辰五郎、貴様もこの十年来の日本の情勢は知っているだろうな。黒船がわがもの顔に江戸の鼻先まで押し寄せて来た。江戸っ児が誇りとしているお膝下の土地が、紅毛碧眼《こうもうへきがん》の異人に踏みあらされている。それに対して御公儀はいったい何をした」

「へえ。それは……それは、俺だって不甲斐ないと思っております」

「不甲斐ない？　そうだ、その一言につきるようだな。だが、なぜ幕府の役人たちは、不甲斐ない手段しかとれないのだろう。かなりすぐれた識見を持った人物もおりながら何故、ああして姑息《こそく》な手段しかとれないだろう」

「へえ」

「それはな、団結の力がないからだ。いかに一人の力がすぐれていても、百人の団結にはかなわぬ。しかし、幕府にはもうその団結を統《す》べていく力はない。幕府の役人では、もうこの日本人をうって一丸とする力はないのだ。辰五郎、このままでは日本は亡びるのだぜ。日本が亡びても江戸っ児は残るだろうか」

「旦那……」

辰五郎は何かいおうとした。しかし言い得なかった。かれはなんとなく、打ちひしがれたような気持ちでその日はかえった。


だが、そのすぐ翌日やって来た。またつぎの日にもやって来た。こうして五日ほどつづけて、兵馬の穏かな議論をきいていた辰五郎は、ある日、卒然としていった。

「旦那、それじゃ俺《あっし》は何をしたらいいのでございましょう」

「何をしたらいいとは」

「旦那、俺《あっし》も江戸っ児であるまえに、立派な日本人でありたいと思います」

それをきいて、兵馬ははじめて晴々とわらった。

「よく言った。辰五郎。俺はその言葉をきょうまで待っていたのだ」

兵馬は膝をすすめた。

「実は、貴様に頼みたいことがあるのだ。いや、貴様でなければ出来ぬことなのだ」

兵馬の頼みというのをきいて、辰五郎は眉をひそめた。

「それじゃ薩摩から送られて来る武器を……」

「そうじゃ、いやか」

辰五郎はしばらくじっと唇をかみしめていたが、ふいに眉をあげると、

「旦那、やりましょう」

「やってくれるか」

「はい、俺もちかごろ漸《ようや》く、いまの日本というものと、日本人がしなければならぬことがわかって参りました」

「ふむ、わかってくれたか」

「へえ、それはけちな自分たちの心を押し殺して、お国の大道につくすという事でした」

辰五郎はそういうと、これまた、晴々とわらったのである。

大谷喬之進が持って来た密旨というのは、薩摩から送られて来た武器を、ひそかに江戸へ搬入するということだった。それには多勢の人がいる。しかも幕府から鋭い監視をうけている、薩摩藩士では、その役目は危険だった。そこに辰五郎の役目があったわけ

である。

それから間もなく、芝浦についた船から、よ組の鳶人足が木遣の声も勇ましく、かつぎおろした荷物のなかに、御公儀を倒す武器がかくされていたとは誰が知ろう。はしけに立って采配をふる、辰五郎の木遣の声にこそ、あけぼのの鳶の気概が秘められていたのである。

葉桜街道

旅侍と娘

「おや」

と、かまいたちの小平は、桜団子を頬張ったままの顔で、眼をまるくした。

「あの阿魔、ひでえことをしやァがる」

と、団子をぐいと飲込むと、あわてて茶碗へ手をのばしながら、いまいましそうに舌打ちをした。

そこは八ッ山下の茶店だった。春はお彼岸のこととて、川崎がえりの客が、せまい茶店のなかにいっぱいに溢れていた。

今年は春の訪れがいつになく早くて、海晏寺《かいあんじ》の桜も、もうそろそろ咲くだろうという、その頃の日和癖《ひよりぐせ》として、なんとなく物憂く、埃っぽい夕まぐれの事だった。

「ようやく肩揚げがとれたかとれぬという年頃だのに、大胆な奴もあればあるものだ。

ああいうのがゆくゆく、妲妃《だっき》とかなんとか、二つ名がつくあばずれになるんだろう」

小平が心中で舌をまいて驚嘆したのも無理ではなかった。少しはなれた床几《しょうぎ》のはしに、娘がひとり、体をくの字なりに腰をおろして、静かに茶をのんでいる。年の頃は十七、八か、その頃流行し出した黄八丈をすんなりと着こなして、紅い襟がもえ立つように艶めかしい色をのぞかせている。島田に結った髪がびっくりするほどたっぷりあって、色の抜けるように白い、眉のさえざえとしたよい縹緻《きりょう》なのである。

それが……。

長い袂《たもと》でかき抱くように、渋茶茶碗をかかえたところは、まったく一枚絵からでも抜け出したかと思われるような美しさだったが……。不思議なのはその片手の動作なのである。八つ口の下から覗いた、白魚のように美しい、しなやかな指なのだが……。

はじめのうちは小平も、

(はてな、妙なことをする娘もあればあるものだが……)

と、たいして気にもとめていなかったが、みているうちに娘の指が、しだいに伸びて、隣りの客のほうへ這いよっていくに及んで、

「ははあ」

と、小平は思わず眼を瞠《みは》った。

隣の客というのは旅ごしらえの武士だった。編笠にも手甲にも、うす白く埃がつもっているところを見ると、かなり長途の旅をして来たものと思われる。江戸の咽喉首《のどくび》まで来て、最後の足休めをしているのであろう。

娘の指がねらっているのは、どうやらその旅侍の懐中物らしいのだ。

小平が横眼で睨んでいるとは、もとより知る由《よし》もない娘の指は、しなやかな昆虫のように蠢《うごめ》きながら、しだいに武士のほうへ這いよっていったが、それでも最後の決心がつきかねるらしい。幾度か八つ口のしたへかくれては、その度に娘はほっと、やるせなげな溜息をつくのである。

「さては、あの娘、まだずぶの素人だな」

呟いた小平は、よっぽど侍に注意してやろうかと思った。しかし、それもあまり無惨な気がして、どうか娘が、途中で気をかえてくれればよいが……と、ひとごとながらやきもきと気を揉んでいると、その時一匹の野良犬が、うろうろと餌をあさって茶店のなかへ入って来た。

それを見ると娘は、何を思ったのか、そばにあった団子をひとつ、素速くポトリと、自分の爪先に落した。

「おや、変な真似をしやァがる。ありゃいったい何んのまじないだろう」

小平が首をかしげて見ていると、腹をすかした野良犬は、よき餌にありついたとばかり、あんぐり娘の脚下へおどりかかって来たが、これこそ娘にとっては思う壺なのである。

「あれえッ」

と、叫んでとびのく拍子に、旅侍のふところに武者振りついて……何しろあまりふいだから武士もすっかり度を失った。手に持った茶碗から渋茶がとんで、茶店の客が、いっせいにこちらを振りかえった。

「あれ、御免あそばせ」

娘は真紅になって武士のふところから身をひくと、

「だしぬけにあの犬が、裾へとびついて参りましたものですから」

武士は編笠の下から、不思議そうに娘の顔を見守っていたが、それを聴くとかるくうなずきながら、

「おお、何事が起ったかと思えば、そのような事でござったか。はははは、おん身の

ような美しい娘を脅かして、ほんに憎い犬ではあるぞ。これ、あっちへ参れ。ここはおのれのようなものの来るところではないわ。これ、あっちへ参れと申すに」

草鞋《わらじ》の先でしたたか鼻面を蹴りあげると、野良犬はきゃんきゃん泣きながら、怨めしそうに尻尾《しっぽ》をたれて、こそこそと店先から出ていった。

娘ははずかしそうに、おくれ毛をかきあげながら、ぽっと上気した眼で侍の姿を見上げ、

「ほんに、とんだ御無礼をいたしました。どういうものかうまれつき、犬がたいそう嫌いでございまして……おや、どう致しましょう、お召物をおよごし致しまして……」

拭こうとする手を、武士はかるく払いのけて、

「いや、よいよい、たかが渋茶で濡らしたまでじゃ。放っておけば乾くであろう」

「それでももしや汚点《しみ》になっては……」

「大事ない。どうせ旅でよごれた袴じゃ。汚点のひとつや二つに驚くことではない」

侍のやさしい言葉に、娘はかえってその場にいたたまらぬものの如く、

「ほんに、何んとも申訳ございませぬ。どうぞお許し下さいまし」

と、茶代をおいて立ちあがると、

「わたくしは少し急ぎますので、お先へ御免蒙ります」

と、いあわせた客の視線を、眩しそうに避けながら、そそくさと店を出ていく。編笠の武士はぼんやりと、そのうしろ姿を見送っていたが、涼やかなその瞳には、なんの邪念も疑惑のいろも見られなかった。


事件はただそれだけの事だった。

野良犬に驚かされたわかい娘が、旅侍の膝をぬらした……と、一見なんの変哲もない市井の一些事だったが、そこに居合せた客のなかに、幸か不幸か、かまいたちの小平がいたから、事件はそのままではすまないのだ。

「畜生、綺麗なかおをしていながら、悪《あく》どい真似をしやァがる。畜生ッ、どうするか見ていやァがれ」

茶代をその場に投げ出すと、小平はそそくさと娘のあとを追いはじめたのである。

腕くらべ

余人は騙《だま》されても、かまいたちの小平の眼を騙《あざむ》くことは出来なかった。

「あれえ！」

と、叫んで取りすがる拍子に、しなやかな娘の指がすばやく伸びて、武士のふところから、紙入をすりとったのを、小平はなんで見遁《みのが》そう。浄玻璃《じようはり》のごとくかれははっきりと見たのである。

「人もあろうにおれの鼻先で、あんな悪戯《いたずら》をされちゃ黙ってはいられねえ。どうしてくれよう。畜生、覚えていやァがれ」

小平はなんとなく、鼻を明かされたような気がしたのである。人もあろうに自分の眼のまえで鮮かな仕事をしてのけた娘に対して、いまいましさがこみあげた。

しかし、とはいうもののその実小平も、娘をどうしようという分別もなかった。ひっ捕えて赤っ恥をかかせてやろうか……だが、あのしおらしい顔付きを思うと、それもあんまり無惨な気がする。呼びとめて意見をした揚句、すりとった臓物《ぞうもつ》を吐き出させ、さっきの武士にかえしてやろうか。……だが、それは自分の柄にない事だと気がついて、小平は思わず苦笑をした。

しばらく小平は、どうしてやろうという決心もつかずに、とつおいつ娘のあとをつけていたがそのうちに何を思いついたのか、にっと皓《しろ》い歯を出してわらうと、

「よし」

と、大きく頷いて、そのまま娘のうしろ姿から眼をはなさなかった。

そんな事とは知るや知らずや、くだんの美しい女掏摸《すり》は、黄八丈の両袖をまえにかきあわせ、紅い襟元に顎を埋めながら、八ツ山下から高輪のほうへ歩いていく。小平は油断なくあたりに気を配りながら、何気ない顔つきで、ぶらりぶらりとそのあとからつけていく。

そのへんはまだ人眼がおおくて、小平の計画には都合が悪いのである。小平は急がなかった。気長にどこまででもついていくつもりだった。最後にあっと眼を驚かしてやる時の来るのをほくほくする想いで楽しみながら……。

娘はついと高輪の横町へはいった。そのへんはずらりと大きな武家屋敷が立ちならんで、犬の仔いっぴき姿を見せない。そろそろと黄昏《たそが》れそめた裏町は、雀色にかげって、淋しい路のうえには点々として桃の花が、うすくれないの貝殻を散らしている。

　小平はぐっと唾をのみこんだ。くるりとあたりを見廻したが、人の来そうな気配はない。これこそ屈竟《くっきょう》の場所なのだ。そこで小平はすたすたと足を早めると、娘のそばをズイと通りすぎていった。

　娘はちらと横眼でそのほうを見た。瞬間、かるい動揺のいろが眼のなかにうかんだが、それでも強いて気を落着けるように、すぐまた顔を伏せると、そのまま小平のうしろから歩いて来る。小平は心中にやりと笑った。

（今に見ろ！）

　腹のなかで舌を出しながら、何喰わぬ顔で小半町ほどいったが、そこでくるりと踵《きびす》をかえすと今度は逆に、娘のほうへ向って歩き出した。

　それを見ると、娘ははっとした様子だった。顔色がさあっと土色になった。おどおどとした眼で小平をみると、いまにも泣き出しそうな顔色で、そわそわとあとさきを見廻している。しかし、そこは淋しい屋敷町の裏通なのである。人影はどこにも見えない。

　娘はふうと深い息を吸いこんだ。むろん相手を、八ツ山下からつけて来た男だとは気がつかなかった。しかし、脛に傷を持つ身であってみれば、不安なのは無理もない。いや、その事がなくても、こういう淋しい裏通りで、変な男に眼をつけられたと気がついては、気もそぞろなのは当然であろう。女掏摸でも女は女、娘は娘である。ある種の本能が危険をうったえているのである。

逃げるところがあったら逃げたかった。しかし、生憎《あいにく》なことには、そこは大きなお屋敷にとりかこまれた一本道だ。姿をかくす横町もなければ、飛び込んで救いを求める門もない。娘の歩調がしだいに乱れて来た。頭にさした花かんざしが、内心の不安をそのままに、たよりなげにふるえている。

小平はそれを見守りながら、一歩一歩娘のほうへ近寄っていく。娘はがっくり首うなだれていたが、全身の神経で小平の挙動を見守っているのである。すんなりとした肩のあたりが怯えたようにすくんでいた。

(態《ざま》ァ見ろ)

鼠を弄《もてあそ》ぶ猫のような惨忍な気持ちだった。小平は内心の嘲笑を、露骨に顔に出して、にやにやと笑いながら、娘のまえまでやって来ると、ふいに石につまずいた。よろけた。よろけた拍子にどすんと女の胸にぶつかった。

「あれえ!」

張りつめた神経が、そこでぷっつり切れたような声だった。

娘はながい袂をひらりと翻《ひるが》えしてとびのいたが、そのとたん、さっきの紙入が小平のふところにのみこまれていた事はいうまでもない。

「おっと、姐《ねえ》さん、御免なさいよ」

赤い舌をペロリと出すと、そのまま足を早めてすたすたと……おりからの逢魔《おうま》が時のうす暗がり、雲を霞《かすみ》と逃げ出した。

娘はいまの早業《はやわざ》に、気がついているのかいないのか、これまた後をも見ずに立ち去ったが……それから凡《およ》そ半刻（一時間）あまり後のことである。


娘のものしたものを、まんまと後から横奪《よこど》りした小平は、得意のいろを満面にうかべながら、いい機嫌で盃をあけていた。札の辻へんの蕎麦屋の店先なのである。

「へん、あの阿魔、いまごろはさぞ驚いてやァがるだろう。はははは、いい気味だ。これで少しゃさばさばしたというもんだ」

すっかり溜飲《りゆういん》のさがった思いで、にやにやしながら、さっきの紙入を取り出した小平が、ひらいてみると中には、小判と小粒を取りまぜて三両あまり。他に何か書いたものはないかと探してみたが、金のほかには何も入っていなかった。

「あの侍も気が利かねえじゃないか。名札ぐらい入れておくものだ。これじゃ返してやりたくも返してやるわけにもいかねえ」

これには小平もいささか考えた。

この小平というのは、以前は江戸で鳴らした盗人だったが、いまでは菊水兵馬の感化をうけてすっかり足を洗っている。娘のふところから紙入をすりとったのも、決して自分の慾ではなく、あわよくばすられた武士にかえしてやろうと思ったのだが、これでは返すにも返せない。

「チョッ、仕方がねえな。ええい、構わねえから、物貰いにでも出会ったらくれてやろう」

何んとなく寝覚めの悪い気持ちだった。こんな事なら、物好きな事をするのじゃなかったと、いささか中つ腹になって、紙入をふところへ捩《ね》じ込んだ小平が、さて勘定を払おうとしたが、とたんにおやと小首をかしげた。ないのだ。肝腎の自分の紙入が……。

小平はあわてて帯をといた。腹巻きのなかを探った。だが、紙入はどこにもない。

小平はどきりとした顔色で、思わず首をかしげたが、その時ふっと思いうかべたのは、さっき娘にぶつかった時、自分の胸にやんわりふれた指の感触。

「しまった！」

小平はあっけにとられた顔色で、きっと唇をかみしめていた。

それもその筈である。娘からすりとった紙入の中には、三両あまりしか入っていなかったのに反して、娘にすりとられた自分の紙入には、十両なにがしの金が入っていた筈なのである。

「畜生、太《ふて》えやつだ……と、いったところで後の祭か。それもこっちから仕掛けた喧嘩じゃあ、おこる事もならねえ」

苦笑いをしながら、小平はペッと唾を吐き出した。

密書往来

それから三日ほど後の事である。

四谷鮫ヶ橋のかくれ家で、小平はつまらなそうに鼻毛をぬいていた。しみだらけの障子にかっと陽があたって、虻《あぶ》がいっぴき、ぷんぷんと桟《さん》のうえを舞っていた。

もうすっかり春なのだ。甘い、かったるい欠伸《あくび》をしながら、小平はふと、このあいだの女掏摸のことを思い出していた。するとそこへ、

「小平、うちにいるか」

と入って来たのは、ほかでもない、菊水兵馬だった。小平はあわてて起きあがると、だらしなくはだけた前をかきあわせながら、

「おや、旦那、お帰んなさい。しばらく顔を見ませんでしたが、いったいどこをうろついていたんです」

「はははははは、犬ころじゃあるまいし、うろつき廻っているという奴があるものか。実は少々急がしいことがあってな」

と、うしろを振返り、

「青柳さん、こっちへお上りなさい」

「おや、旦那、お客様ですかえ」

「ふむ、途中でお眼にかかったから、御案内して参った。青柳さん、これがさっきお話した男だが、いたって気のおけぬ人物ですから、まあ、遠慮なくおくつろぎなさい」

「それでは御免蒙りましょうか」

そういって入って来たのは、まだ年若い武士だったが、小平はその顔をみると、どこかで会ったことがあるような気がして、思わずおやと首をかしげた。しかし、すぐには思いだせなかった。


青柳という武士は、なんとなくすぐれぬ面持ちをしていたが、それでも小平の顔を見ると、

「おお、これがかまいたちの小平殿か。拙者は青柳鐵之助《てつのすけ》と申します。何分よろしくお見識りおき下さい」

と、丁寧に挨拶をした。小平はあわてて、寸のつまった袷《あわせ》のまえをかきあわせると、きちんと坐り直して、

「これはこれは、御丁寧なご挨拶で痛みいります。別になんの某《それがし》と名乗るような男じゃございませんが、何分よろしくお願い申します」

ふたりの挨拶を、にこにこしながら聞いていた菊水兵馬は、その時、膝をすすめて、

「さあ、それで挨拶はすんだが、時に、小平、きょう青柳さんをおつれしたのはほかで

もない。実はその方に頼みがあってな」

「へえへえ。あっしに頼みとおっしゃいますのは？」

怪訝そうに小平がふたりの顔を見較べていると、その方、江戸の掏摸仲間なら、たいてい存じ

「されば。妙なことを訊ねるようだが、その方、江戸の掏摸仲間なら、たいてい存じ

ておるだろうな」

と、意外な質問に、小平は驚いたように眼をパチクリさせながら、

「ええっ、掏摸でございますって？」

「そうじゃ。その方のことだから、そういう仲間にも顔が利いておろうと思うが、どう

だな」

「へえ、そりゃまあ……昔とった杵柄でございますから、古いところならたいてい存じ

ておりますが、ちかごろはもうすっかりそのほうとは縁遠くなってしまいまして……へ

へへへへへ、これもみな旦那のおしつけで」

「はははははは、まあ、そう逃げずともよい。実は少々、掏摸仲間に訊ねる者があって

な。十七、八の眼の覚めるように綺麗な女掏摸だが、どうだ、小平、その方そういう娘

に心当りはないか」

兵馬の言葉に、小平はおやと眼を瞠《みは》って、

「旦那、それがどうかいたしましたか。いえ、そういわれれば心当りのない事もございませんがもう少し詳しく話しておくんなさいまし」

と、思わず膝を乗り出した。兵馬はこれを見ると、意味ありげに、青柳鐵之助と顔見合せながら、

「何？　心当りがあると申すか。よし、それでは話すが、実は一昨日のお彼岸の日のことだ。ここにいられる青柳さんが、八ツ山下の茶店で、女掏摸に大切な紙入を掏られてな」

「へえへえ」

と、小平は眼を光らせながら、

「そしてその女掏摸というのは、黄八丈の着物に、紅い襟をのぞかせていた、凄いような別嬪《べっぴん》ではございませんでしたかえ」

「おお、それでは小平殿は御存じか」

と鐵之助が膝をすすめるのを、小平は笑いながら、

「知っているだんじゃございません。その小娘が犬にこと寄せ、青柳さんの胸に縋《すが》りつ

いたことまで、ちゃんと存じております」

「何、何んといわれる」

「はははは、何もそう赤面なさる事はございません。誰だってあれが掏摸だなんて思われませんからねえ。しかし、世の中は広いようで狭いもんだ。もし、青柳さん、おまえさんの掏られた紙入といいなさるのは、これじゃございませんかえ」

と、かたわらの手文庫から取り出した紙入を見て、鐵之助は思わずあっと眼を瞠った。

「おお、この紙入をどうしてそなたが……」

「いえ、その理由はいまお話いたしますが、これをお返しいたしますまえに、ひとことお断りしておかねばなりません。実は中にございました金子《きんす》のうち、少々お借りいたしましたので」

「なに、金子のことなどはどうでもよい。それよりも、紙入のなかに大切なものが入っておったのだが……」

鐵之助は紙入を手に取ると、あわてて中をあらためたが、すぐがっかりしたように、兵馬と顔を合わせて首をふった。

「ありませんか」

「はい」

鐵之助が顔色を曇らせるのを、小平は不思議そうに見ていたが、

「旦那、それじゃこの紙入のなかにゃ、金子のほかに、何か大切なものが入っておりましたので……」

「そうだ、小平。この紙入のなかには青柳さんが、命にかえても守らねばならぬ大切な書面が入っていたのだが、それを紛《な》くして、すっかり当惑しておられるのだ。それにしても小平、そのほうはどこでどうしてこの紙入を手に入れたのだな」

「へえ、それはこういうわけなんで」

と、そこで小平がこのあいだの、一伍一什《いちぶしじゅう》を語って聞かせると、

「そこでまんまとしてやったつもりでいたところ、こちらこそあべこべに、まんまと相手にしてやられておりましたので……小娘と油断してかかったのがこっちの落度で、とんだ赤っ恥をかきました。それにしても旦那、あっしがその紙入を掏りとった時にゃ、たしかに手紙などはございませんでしたぜ」

小平の話に、兵馬は鐵之助と顔見合せ、

「察するところその娘は、貴様があとをつけて来ることを覚《さと》ると、肝腎の手紙だけ抜きとったものと見えるな」

「そうすると、旦那、あいつが狙っていたものは、はじめから紙入の中の金子じゃなく、書面が目当てだったのでございますかえ」

「ふむ、貴様のいうとおりだとすると、そうとしか思えない。青柳さん、これはいよいよ大変なことになりましたな」

兵馬の言葉に、鐵之助は、がっくり首をうなだれた。

鐵之助の盗まれたのが、どういう種類の手紙であるか、むろん小平は知る由もない。また知ろうとも思わなかった。

相手の言葉に、ひどい西国訛りがあるところを見ると、この人もおおかた兵馬の同志なのだろう。そしてあの日の扮装《いでたち》からみると、きっと江戸へ出て来たばかりのところに違いなかった。

そういう鐵之助が、命にかえて持って来た書面といえば、たいてい当りがつこうというものである。小平にはそれだけわかっていれば十分だった。小平は俄《にわ》かに膝をすすめ

ると、

「旦那、この一件は、ひとつあっしにまかせちゃ下さいますまいか」

「ふむ、それじゃその方がひきうけてくれると申すか」

「へえ、あっしもあんな小便臭い阿魔っ子に鼻毛を抜かれて、このままおめおめひっ込んじゃおられません。どうせこの勝負の鳧《けり》は、改めてつけたいと思っていたところでございますから、ひとつあっしにまかせて下さい。きっと何んとか埒《らち》をあけます」

と、きっぱり言い切った小平の言葉に、鐵之助はそれでもいくらか愁眉《しゅうび》をひらいた。

長兵衛親分

蛇《じゃ》の道は蛇《へび》という言葉がある。

すっかり足を洗ったとはいうものの、昔とった杵柄《きねづか》で、小平はいまでもその方面では、かなり顔が売れている。

その翌日。

小平がぶらりとやって来たのは、本所の石原に住んでいる、だるまの長兵衛という男のもとだった。

この長兵衛というのは、表向きは大道芸人の元締めということになっているが、裏へ廻れば、江戸の掏摸でも頭株で、家の中にはいつも、小手先きの素速いのがごろごろしている。

「御免下さいまし」

と、入って来た小平の姿を見ると、

「おや、誰かと思えばかまいたちじゃねえか。きょうはどういう風の吹き廻しで、こんなところへやって来た」

ちかごろ小平が、勤王浪士の手先になって働いているという噂を、うすうす承知のだるまの長兵衛、半ば警戒するような、しかし半ば嬉しそうな眼の色だった。

「兄哥《あにき》、久しく御無沙汰をして申訳がありません。面目なくて、ここの家の敷居はまたげねえような気がするのだが……」

「はははは、何もそう遠慮することはねえやな。よく来てくれた。まあ、こっちへあがんねえ」

「へえ、それじゃ真平御免《まつぴらごめん》下さいましょうだ」

と、長火鉢のまえにどっかと坐ると、

「どうだ、一本つけようか」

「いえ、もうそう構わねえで下さいよ」

「おやおや、こいつは久しく見ねえうちに、いやに遠慮をするぜ。まあ、いいやな、この家へ来たからにゃ、昔どおりにやって貰おう。おい、誰かいねえか。一杯やるから大急ぎで支度をしてくれ」

「へえ」

と、答えて面を出したのは、まだ年若い男である。器用な手つきで酒肴《しゅこう》の用意をととのえるとそのまま黙ってひっこんでしまった。小平はそのうしろ姿を見送りながら、

「相変らず、この家には若い者がごろごろしているんですね。あれも何んですかえ。やっぱり例のほうの……」

「そうよ、まだ修業中だが、あれでなかなか器用な男でな。さ、まあいっぱいやんねえ」

と、小平は器用に盃をうけて、

「兄哥は相変らず元気でようございますね」

「なに、そうでもねえのよ。おれもちかごろはめっきり年をとったよ。もういけねえな」

「そんな事はありませんよ。もっともそうぃやァ小鬢《こびん》に白いものが見え出しましたね。以前にゃそんなものはなかったが」

「だから、もういけねえというのよ」

と、長兵衛は苦笑いをしながら、小平の様子をじっと見て、

「時に、小平、聞けば手前は足を洗って堅気《かたぎ》の人間になったそうだが……」

「へえ、堅気といやァ堅気みたいなものですが、すっかり足を洗ったというわけでもねえんで、ただ、何んですか、昔の仲間とはすっかり御無沙汰をしております」

「はははは、何もそう言訳をすることはねえやな。おいらも結構なことだと思っているよ。実をいやァ、おれももうこういう商売がいやになった。出来ればおまえみたいに、すっぱり真人間になりたいと思っているのさ」

だるまの長兵衛というのは五十がらみ、でっぷり肥えた太っ腹な男で、いつも威勢のいい人間だけに、しんみり言われて、小平は思わずおやと眼を瞠った。

「兄哥、何かあったのですかえ。いやにしんみりしているじゃありませんか」

「ふむ、しんみりもするよ。少々気がかりな事があってな。だが、足を洗ったおまえに、こんなことをいったところで始まらねえ」

そろそろ白いものの見えはじめた小鬢をふるわせ、長兵衛がほっと溜息をつくのを見て、小平はひと膝まえにゆすり出た。

「いやですぜ、兄哥、しばらく顔を見せなかったからって、そんなに水臭い事をいわなくてもいいじゃありませんか。何があったんです。久しく御無沙汰をしたお詫びに、おいらで出来ることなら、ひと肌ぬがせて貰おうじゃありませんか」

「いや、そういって貰うとおれも嬉しい。それじゃまあ話だけはするが、小平、人間という奴はやっぱり悪いことは出来ねえものだ。天道《てんどう》さまがお見通しでいらっしゃる」

と、溜息をつくように、

「おまえも知っているだろうが、おいらの弟分で勘次という男。昔はずいぶんすばしっこい男だったが、四十五といやァ、そろそろ指も固くならァね。ところが本人はそれと気がつかねえ。いつまでも若い気で、このあいだ、芝の神明でさる侍のふところへ、指をつっこんだと思いねえ。結果は知れてらァな。すぐその場でつかまりやァがった」

「おお、それじゃあの勘次さんがあげられたのか」

「いや、あげられたわけじゃねえのさ。その侍というのが妙な野郎で、ふところへ突っ込んだ勘次の腕を捩《ね》じあげたまま、自分の長屋へつれてかえって、いわば勘次は人質よ。そして勘次の口からききやアがったのだろう。おいらのところへ妙な難題をふっかけて来やァがった」

「はて、難題というのは？」

「このお彼岸に八ツ山下で、旅侍のふところから、書面を一通すりとってくれというのだ」

聞いて小平は肝を潰した。似たような話だから、もしやと膝を乗り出して、

「お彼岸といやァ四、五日まえに過ぎましたが、それで兄哥はどうしなすった」

「どうもこうもありゃしねえやな。いう事をきかなきゃァ、勘次の奴をぶった斬ると脅かしやァがる。おいらも兄哥とか親分とか立てられている男だ。みすみす身内のものを見殺しにゃァ出来ねえ。仕方がねえから、おまえも知っているだろう。娘のお町を八ツ山下へ出向かせたのよ」

小平はいよいよ面喰った。あまり意外なまわり合せに、しばらくは、あいた口がふさ

がらないのである。

「ああ、それじゃこの間のはお町坊だったのかえ。こいつは驚いた。それにしてもしばらく見ぬ間に、ずいぶん綺麗になったものだな。おいらがこのうちへ出入をしている頃はまだほんの小娘だったが……」

と、感慨ぶかげに洩らす言葉を、長兵衛は不思議そうに聞きとがめて、

「ええ、小平、何をいうのだ。おめえ、それはどういうわけだえ」

「はははは、いや、その事ならいずれ後でお話をいたしますが、それでどうしました。お町坊のことだから、首尾よく手紙は抜きとって、勘次さんを助け出したろうねえ」

「ところが、いけねえ」

と、長兵衛は顔をしかめて、

「お町の奴、旅侍のふところから、首尾よく手紙は抜きとったものの、そいつをまた途中で、ほかの奴にすりとられたというのだ。大縮尻《おおしくじり》よ。それはいいとして、相手の侍というのがおさまらねえ。それを聞くと大そうおこって、今度はお町まで人質にとって返しやがらねえ」

長兵衛の屈托《くつたく》というのはそれだったが、話を聞いて、小平ははてなと首をかしげるのである。

お町が書面を手に入れることが出来なかったというのは、どういうわけだろう。なるほど自分はお町のふところから、青柳鐵之助の紙入をすりとった。しかし、その中には書面はたしかになかった筈である。してみると、紙入の中に書面を入れておいたというのは、鐵之助の思いちがいだったのだろうか。

「それにしても兄哥、そんな没義道《もぎどう》なことをしやァがる侍というのは、いったいどこの、何んという野郎ですえ」

「ふむ、それか、それは三田の勤番侍で、名前は飯塚多仲《たちゅう》というのだ」

「三田の……そうですかねえ」

三田の勤番侍といえば、ひょっとすると青柳鐵之助と同じ藩の者ではあるまいか。

「だが、その多仲という男が、なんだって青柳さん……いやさ、旅侍の持っている、手紙なんかを狙やァがるんでしょう」

「小平！」

長兵衛は突然鋭く呼びかけると、

「おまえ、何かこの一件に心当りがあるのじゃねえか。あっ、そういや高輪まで、お町のあとをつけて来たというなァ……」

「兄哥、その話はいずれ致します。それより多仲というのは、いったい何を企んでいやがるんです」

「さあ、それよ」

と、長兵衛は探るように相手の顔を見ながら、

「多仲という奴は悪い奴で、なんでもその旅侍にふかい遺恨があるらしい。ところで、その侍が何か大切な用向きで、江戸へ出て来るということを知ったものだから、途中で手紙を奪いとり、そいつを縮尻らせて、あわよくば腹を切らせようという寸法らしいのだ。こっちもそんな悪い奴の手先になるなァ御免だが、なんしろ、勘次とお町の命二つが、そいつの手に握られているのでなァ」

小平はなるほどと心にうなずいているのである。

兵馬の筋書

「と、そういうわけで、旦那、飼犬に手をかまれたというのはまったくこの事です。手紙を盗んだのは、いかにも女掏摸のお町ですが、それを盗ませた張本人というのは、おまえさんと同じ家中の、飯塚多仲という男だそうでございますよ」

だるまの長兵衛のところから、かえって来た小平の物語に、青柳鐵之助はしばらくあいた口がふさがらなかった。

「それじゃ、飯塚が……あの多仲がそんな事をさせたのですか」

「そうなんです。そのために、現に勘次という男と、お町という娘のふたりが、人質になって多仲のもとに、とめおかれているんだそうで」

「おのれ、憎い奴。そうとわかれば捨ててはおけぬ。これからすぐにも乗りこんで……」

と、若い鐵之助が血相かえて立ちあがるのを、

「いや、まあまあ、静かに致されい。あまり血気にはやっては、却って相手の術中におちいる憂いがあります。それよりも、ここはひとつ、ゆっくりと考えねばならぬ場合で

しょう」

兵馬は例によって悠然たるものである。血気にはやる鐵之助をなだめながら、

「それにしても飯塚多仲という男に、何か怨みをうける筋でもあるのですか」

「別に怨みをうける覚えはありませんが……」

と、いってから鐵之助はぼうっと頬を紅に染めて、

「そういえばこういう事があります。飯塚多仲がまだ在国の砌《みぎり》、拙者の許婚者《いいなずけ》お信乃《しの》にむかって怪《け》しからぬ文を寄越したことがあります」

「なるほど、それですな」

「しかし、その事なら、当時拙者からもとくと意見を加え、飯塚のほうでも平謝りに謝って、万事晁《けり》がついている筈なのです。拙者もお信乃も、そんな事はとうの昔に忘れていたのですが……」

「そこが小人なのでしょう。あんたの方では忘れていても、向うのほうで遺恨骨髄《いこんこつずい》に徹しているにちがいありません。いや、恋の遺恨という奴は恐ろしいものですからね」

兵馬はにこにこ笑っているが、鐵之助はそれを聞くと、がっかりしたように、

「そうでしょうか。そんな物でしょうか。そうとは知らなかったのは拙者の落度でし

た。実はこの度江戸へ出府《しゅっぷ》するにつけて、あらかじめその事を多仲に報らせておいたのです」

「それだ！　多仲の奴、そこで掏摸を抱きこんで、おまえさんが出て来るのを、網を張って待っていやァがったんですよ。悪い奴だ。獅子身中《しししんちゅう》の虫というのは、まったくそういう奴の事をいうんですね」

小平もいまいましそうに舌打ちをしている。鐵之助はしばらく凝《じ》っと、唇をかんで考えていたが、やがて蒼白んだ顔をあげると、

「いや、多仲のことなどはどうでもよいが、それにしてもこれはいったいどうしたものでしょう。書面はたしかに、あの紙入のなかへ入れておいた筈なのだが……」

「ふむ、そこのところが妙ですね」

兵馬も眉をひそめて、

「小平、その方はまったく知らぬか。お町という娘から紙入をすりとったとき、手紙はたしかになかったか」

「へえ、それはもう、このあいだもいったとおりです」

「そして、お町という娘も、その手紙の事は知らぬというのだな」

「そうなんで。それだからこそ、多仲の手もとにとらえられているんですから、まさか、お町が嘘をいってるわけじゃありますまいね」

そこに何んとなく解せぬ節があった。青柳鐵之助はたしかに紙入のなかへ書面を入れておいたという。しかし、小平が掏りとったときには、書面はすでになかったのだから、当然お町の手になければならぬ筈だのに、そのお町は、書面を手に入れることが出来なかったかどで、多仲に人質として捕えられているという。そうすると、書面はいったいどこにあるのだろう。どこで消えてしまったのだろう。

「青柳さん、そのお町という娘は、お長屋に押しこめられているというのですから、ひとつ、あんたの手で詮議してみてはいかがですか」

「さあ」

と、眉根をくもらせた鐵之助は、あまり気がすすまないらしく、

「それも方法ですが、なにぶんにも同家中のことであり、そう事を荒立てるのもどうかと思うのですが……」

鐵之助の気性としては、いまここで、多仲に直接ぶつかるのはいやなのである。それ

に事件が公になれば、自分が書面を紛失したことも、家中に知れわたる道理である。鐵之助は江戸へ出ても、面目なくて三田の屋敷へ顔出しもしていない始末なので、かたがた、それも困るのであった。

兵馬も当惑したように眉をひそめ、

「いけませんか」

「自分の勝手ではなはだ相すまぬ次第ですが、どうも……」

鐵之助は蒼い顔をして頭をかいていた。

「それは困りましたな。書面の行方は、お町に聞くより方法はないのだが……」

と、兵馬はしばらく考えていたが、小平もそばから膝をすすめ、

「二の足を踏みなさるのも無理はありませんや、ここはひとつ旦那の智慧《ちえ》で、多仲という奴をとっちめる工夫はありますまいか。あっしはだるまの兄哥に約束したこともありますんで、どうにかして、多仲の奴をやっつけて、お町や勘次を救けてやらにゃァ、この面が立たねえんです」

「そうだなア」

兵馬も困ったように腕拱《うでこまね》いて考えこんでいたが、やがて何を思いついたのか、にっ

と片頬に靨《えくぼ》を刻むと、

「青柳さん、あんたはその多仲という男と懇意なのですね」

「はい、お信乃の一件が起るまでは、兄弟のように仲よくいたしておりました。しかし、今度のような事があってみれば、懇意どころではなくなりました。相手が相手なら、私のほうにも覚悟があります」

「いやよくわかりました。しかし、多仲としては、自分の悪企《わるだく》みを、あんたに気付かれたという事は、まだ知っていないわけだから……それじゃこうしたらどうでしょう。つまり、多仲を罠にはめるのです」

「罠にはめるというと？」

「あんたから多仲に一本手紙を書くのです。そして多仲を呼び出して、書面を紛失したことをそれとなく匂わし、いったん、大坂の蔵屋敷へかえるというのです」

「大坂へ？」

「そうです。そしてその時、ついでに私から西郷さんへ宛てた大事な密書をことづかっていくとでもいって御覧なさい。多仲の奴、きっとまた、その密書を横奪りしようとするにちがいありませんよ。そうなればしめたもので。ひとつ、ここで筋を書くことが出来ますからなア」

兵馬は何をかんがえているのか、面白そうにわらっている。

鐵之助にはその意味がよくわからなかったが、それでもいまは、兵馬の力に縋るよりほかに方法はない。

「それじゃ、ともかくそういうことにしてみましょうか」

葉桜並木

それから半月ほど後のこと。

あわただしいのは花時のこの季節で、昨日桜のたよりを聞いたかと思うと、きょうはすでにすっかり散って、いまはもう葉桜の陽に照り映える頃だった。

ここは東海道でも桜の名所、戸塚の桜並木だった。

折からの夕陽に、桜並木の葉桜が、眼にいたいほど照って、往交《ゆきか》う駄馬、旅人の脚下《あしもと》から白い砂埃が舞いあがる。

青柳鐵之助はすたすたと、その葉桜街道へさしかかったが、と見れば、路傍で女がひとりうずくまって、きっと歯を喰いしばっている。

鐵之助はその女の顔をみると、はっとして足をとめたがすぐににんまりと微笑《わら》うと、つかつかと側へ歩みよった。

「はい、お女中、お女中、いかがなされた」

「お女中、ここまで参りますと、俄《にわ》かに胸にさしこんで」

女は涙ぐんだ眼で、鐵之助の顔を振り仰いだが、すぐぽっと頬をそめてうつむいた。

白い横顔に、二筋三筋おくれ毛がかかって……。

「それはそれは……どれ、それでは拙者がひとつ押えてつかわそう」

むろんお町と知っていた。いったい今度はどういう手で、自分に近付いて来るだろうと、興味をもって待ちかまえていた鐵之助は、わざと騙されたふうをして、側へよると、そのとたん、お町の指がひらりと伸びて鐵之助のふところへ……。

「女、何をする」

今度は油断をしなかった。矢庭《やにわ》に女の手を握って、ふところから抜き出した鐵之助は、そこであっとばかりに驚いたのだ。お町の手にしっかと握っているのは、この間、八ツ山下で盗まれたあの大事な書面ではないか。

「おお、これは……」

「お武家様、きょうはこれをお返ししようとお待ち申しておりました」

「なに、この書面を拙者に返そうと……」

「はい」

と、答えたお町の眼には、悲しみのいろがいっぱい浮んでいる。

「余儀ない事情でその御書面を、あなた様からお盗みいたしましたが、何やら大切なお書面のお様子なので、どうしても気がすまず、いままで隠しておりました。折があったらお返ししようと……」

お町の眼に滲み出した涙をみると、鐵之助は小首をかしげ、

「おお、それではこの度拙者をつけて参ったのは、拙者のふところの書面をねらったのではなくかえってこの書面を返してくれるためであったか」

「はい」

お町の眼からは涙が溢れた。

「忝《かたじけな》い。しかし、この度またもや縮尻ったら、その方の身に間違いはないか」

鐵之助の言葉に、お町はちょっと不思議そうないろをうかべたが、

「いいえ、それは覚悟をいたしております。二度も縮尻を重ねたうえは、あの人も、ただではすましますまい。わたしは斬られて死んでも構いません。鐵之助さま……」

「なに」

「御無事で……」

お町はひらりと身をひるがえすと、両の袂で顔を覆うと、もと来たほうへ一散に……。

鐵之助は呆気《あっけ》にとられて、そのうしろ姿を見送っていたが、やがて面白そうに笑い出した。

「お町――お町とやら、その心配はいらぬぞ。もう少し参れば、いまに面白い物にぶつかろう」

お町の耳には、しかしその言葉も入らなかった。両の袂に悲しみを押えて、葉桜街道の出口まで来た時だった。

「おお、お町、お町、ちょっとこの縄を解いてくれ」

路傍からそう声をかけられて、はっとしたお町がかたわらをみると、桜の大木にうし

ろ手に縛りつけられているのは意外にも飯塚多仲。お町は呆れて、

「おや、おまえさまは……」

「お町、おまえのあとをつけてここまで来たが、こういう情ない事になってしまった。お町、後生だ。不愍《ふびん》だと思ったらこの縄を解いてくれ」

だが、怨み重なる多仲の言葉を、お町がどうしてきき入れよう。いい気味だとばかりあざ笑ったが、ふと見れば、かたわらに一本の制札《せいさつ》が立っている。読んでみると、

この者は正義に悖《もと》る行を為したるに付、ここに晒《さら》しものとなす。　菊水兵馬

お町は呆気にとられて、その場に立ちすくんでいたが、その時、うしろからそっとお町の肩に手をかけた者がある。振りかえって、相手の顔を一瞥みるや、お町ははっと驚いた。

「あっ、おまえさんはこの間の……」

「お町坊、驚くことはねえ。俺だ。かまいたちの小平だ」

「あら！」

お町の頬がさっと紅らむのを見て、小平は哄笑した。

「知らぬ事とはいえ、この間はとんだ鞘当《さやあ》てだったなア。さァいこう」

と、ジロリと多仲を尻眼にかけて、

「先の宿で、堅気になったおまえの親爺《おやじ》や勘太の兄哥が待っている。おい、犬侍、ここでいつまでも晒し者になっていろ」

多仲はいまにも泣き出しそうな顔色だった。葉桜並木にかっと西陽があたって、風はもう爽かな初夏である。

黄金虫《こがねむし》

指輪の女

「こう暖くなっちゃ、爺《とつ》つあんの商売もおしまいだわね」

「さようで。五月の鯉の吹流しが、空を泳ぐようじゃ、あっしらの商売もあがったりでございます」

「それに、こう毎晩物騒じゃ……」

「ほんに、さようで……」

夜鷹蕎麦《よたかそば》の親爺《おやじ》は、曖昧な笑いをうかべながら、探るように、この風変りな客を眺めている。無意識に煽ぐ七輪のなかから、パッパッと蛍火《ほたるび》のような火の粉がとんで、すっかり青くのびた柳の枝に、雨気をはらんだ五月の風は、なまぬるかった。

夜もすでに、四ツ半（午後十一時）過ぎ。

何しろこの時刻の客としては、およそ変っているのである。黒っぽい道中着にきりりとからだをつつみ、濃い小豆《あずき》いろのお高祖頭巾《こそずきん》で顔をかくしているが、全身からたゆたう艶めかしい匂い。

すっきりと、小股のきれあがった女だ。

「この間も、本石町の銭亀屋へ、攘夷党とやらいう押込みがあったというじゃないか。その少しまえにも、芝の山口屋がやられたというし、どうもいやなことが流行《はや》りだしたもんだねえ」

「さようでございます。先にもこんなことがあったのを、おかみの取締りでやっと治まったかと思うと、またぞろちかごろの騒ぎで……悪いことはとかく真似手が多いと見えますねえ。……おっと、もう一本つけましょうか」

「そうだねえ。それじゃついでのことに、もう一本貰おうかねえ」

すでに一本あけながら、女は酔った色も見せないのである。親爺のつけてくれた新しいお銚子を、湯呑にうつすと、女だてらにあられもない茶碗酒。華奢な指でさもうまそうに湯呑をとりあげるのを、親爺は感心したような眼つきで眺めている。

女はじろりと、それを見ながら、

「ほほほほ、爺《とつ》つあん、呆《あき》れたろうねえ」

「いえ、なに……」

と、親爺は照れたような笑いをうかべながら、あわててばたばた団扇《うちわ》を使い出した。

「なかなか、お見事だと思っております」

「ほんに猩々《しょうじょう》だよ。あたしゃ。……飲ませておけばきりがない。それに今夜はちっとお面をかぶっていたいことがあってねえ。どう、少しやいい色になって？」

「へえ、結構なお顔色でございます」

と、眼をあげた夜鷹蕎麦の親爺は、しかし相手の顔は見ずに、軽く屋台にかけられた、女の左手を眺めている。白魚のようなその女の指には、ひとつ奇妙な輪がはまっているのである。指輪だった。

しかし、当時まだ指輪をはめるという習慣のなかったお江戸の、ましてや夜鷹蕎麦の親爺風情が、それを知っている道理がない。怪訝《けげん》そうに眼を瞠《みは》っているその眼つきに気がついて、女ははっとしたように、屋台のはしから手をひっこめた。親爺はばつが悪そうに、七輪の下をやけにバタバタ。やがて顔を見合せると、

「ほほほほほ」

「へへへへへ」

そのとたん、どこかで時刻《とき》の鐘が鳴り出した。女はそれを聞くと湯呑をおいて、

「おや、あれはもう九ツ（午前〇時）じゃないか。それじゃこれでおつもりにしよう。爺つあん、勘定はここへおくよ」

屋台のうえにぱらりと投げ出したお鳥目《ちようもく》の数をみて、親爺はおっかけるようにうしろから、

「おや、それじゃあまり多うございます」

「いいの。取っておいておくれな」

と、女は足もとも乱れてはいない。二、三歩屋台のそばをはなれたが、すぐまたくるりと振りかえると、

「爺《とつ》つあん、向うに見える白壁の土蔵は、あれやたしかに越前屋だったねえ」

「へえ、さようで……しかし、あれがどうかしましたかえ」

「なにさ、越前屋といやあ江戸切っての米問屋だが、さすがに大きな構えだねえ。おっと危い。それじゃ爺《とつ》つあん、せいぜいお稼ぎなさいよ」

ねっとりとした闇のなかへ、蝙蝠《こうもり》のように消えていく女のうしろ姿を、じっと見送っ

ていた夜鷹蕎麦の親爺の眼が、その時俄《にわ》かに光をまして来た。

「畜生ッ、変な阿魔《あま》だ」

と、口に出して呟いてから、慌ててあたりを見廻すと、

「ええ。蕎麦え。うどん蕎麦」

一声叫んで、きっと闇のなかに利耳《ききみみ》を立てていたが、やがてふっと行燈《あんどん》の灯を吹き消すと、きりりと威勢のいい尻っぱしょり。ふところから取り出した算盤《そろばん》絞《しぼ》りの手拭いで、すばやく頬冠《ほおかむり》をすると、闇のなかを這うように、女のあとをつけだした。

場所は神田の鎌倉河岸。夜鷹蕎麦の親爺と見たは、かまいたちの小平だった。

横浜調べ

「――と、そこまではよかったのでございますが、その後がいけません」

「見失ったのか」

「へえ、こんなことは滅多にねえことでございますが、何しろ相手を女とあなどっていたのが、俺の不覚で」

と、面目なさそうに額に手をおいたのは、かまいたちの小平なのである。昨夜とはうって変って寸のつまった単衣《ひとえ》を窮屈そうに着て、きちんと揃えた膝小僧がはみ出しそうである。

「なにいいさ。別にその女がどうしたというわけでもあるまい。ひょっとすると、旦那と喧嘩でもした揚句《あげく》、自棄酒《やけ》でもひっかけに来たのかも知れないじゃないか」

兵馬は、おだやかにわらっていた。ちかごろ少し肥りはじめた菊水兵馬は、いよいよ貫禄をまして、どんな事件にぶつかっても、あわてず、騒がず、——それが、かまいたちの小平には、たまらないほど嬉しいのである。

しかし、今朝はちがっている。落着きはらった相手の言葉をきくと、

「おや」

と、小平は眼をあげた。眉をひそめている。

「どうした？」

兵馬は依然としておだやかな眼で、障子に来る蝿を眺めている。

四谷鮫ヶ橋、貧民窟にちかいこの隠れ家は、早春から蝿がうるさいのである。

「だって、旦那、その女は別れ際に越前屋の土蔵のことを聞いていったんですぜ」

「ふむ、それで？」

「それじゃ、旦那……」

と、小平ははじめて微笑をふくんだ。

「まだ、あの噂をお聞きじゃないのでございますね」

「あの噂というと？」

「今朝の明方、鎌倉河岸の越前屋へ、例の贋《にせ》攘夷党が押込んで、千両箱を幾つか担ぎ出したということでございますぜ」

おだやかな兵馬の眼に、ほんのちょっぴりだったが驚きのいろが浮んだ。しかし、その眼は依然として、障子の蠅を追いながら、

「そうだったのか。また出たか」

噛んで吐き捨てるようにいってから、急にくるりと小平のほうを振りかえった。

「それで貴様は、その女が、何か押込みと関係がありはしないかというんだな」

「さようで。そいつが越前屋のことを訊ねていってから、二刻《ふたとき》と経たぬ間に、越前屋へ押込みが入ったんです」

「で、どういう女だった。その女は？」

「だからさ、さっきいったとおり、きりりと小股の切れあがった、姿の滅法いい女なんです。お高祖頭巾で顔はよく見えませんでしたが、瞳の綺麗な……おっと忘れていた。その阿魔、左手に妙なものを嵌《は》めておりましたぜ」

「妙なもの？」

「へえ、紅さし指というんですかねえ。この四本目の指に金でこさえた輪をはめているんです。そしてその輪には、何んだか知りませんが、きらきら光る石のような物が飾りについているんです」

「指輪というやつだな」

　さすが物に動ぜぬ兵馬も、この時ばかりはびくりと眉を動かした。

「そして、その石というのはどういう恰好をしていたな」

「へえ、それが妙なんで。何んだかこう、青く底光のするような色をして、そうそう、まるで甲虫《かぶとむし》のような恰好をしておりましたよ。あっしゃはじめ、女の指に虫がとまっているんじゃねえかと思っていたんです」

　兵馬はしばらく無言のまま、何か考えている模様だったが、やがてきっと顔をあげる

と、

「小平」

「へえ」

「いま、この江戸にゃどれくらい異人がいるだろうな」

「異人？」

と、小平は不思議そうに、

「そうですねえ。麻布の善福寺に亜米利加《アメリカ》、芝高輪の東禅寺に英吉利《イギリス》、三田の清海寺に仏蘭西《フランス》、伊皿子の長応寺に和蘭《オランダ》、赤羽の接遇所に普魯西亜《プロシヤ》、それから三田の大中寺にオロシヤの公使館てえんですか、領事館てえんですか、そんな物がありますが、みんな合わせてもそう沢山はいねえでしょうな」

「ふむ、その連中はみんな幕府に届けてあるから、すぐわかるな。どうだ、小平」

「へえ」

「そこいらにいる異人で、日本の女を寵物《おもいもの》に持っているやつもあるだろうな」

「そりゃ……あるでしょうね。あいつらと来たらけだものみてえなやつで、一日だって女なしではいられねえという話ですぜ」

「よし、それじゃそいつをひとつ調べてみてくれ。そう数が沢山あるわけじゃあるまいから、案外簡単にわかるだろうよ。そういう女のなかに、昨夜の女がいるかいないか、それを探して貰いたい」

「へえ？」

「小平、指に飾輪を嵌めるのは、異人の習慣だと申すことだ」

「あっ、それじゃあの阿魔……」

さすがに小平も、ぎょっとしたような顔色だった。

その日から十日あまり、小平は四谷へも立ち寄らず、江戸の公使館や領事館を駆けずりまわっていたが、十一日目になるとふらりとかえって来て、

「旦那、いけません。どうも江戸にゃいねえようです」

「そうか。いや、そうだと思った。いつかの女は道中着を着ていたと申したな。小平、こりゃてっきり……」

「浜ですかえ」

「ふむ」

「旦那、それについて妙な事があるんです。高輪の英吉利《イギリス》公使館……あそこへ時々深夜になって逃げ込むやつがあるんです。それがいつも膺攘夷党の現れる晩なんですがね」

二人は、きっと眼を見交わしていた。

戸部の奉行所

横浜の港がひらかれたのは、安政六年の六月のことである。

条約によって開港のことが決すると、またたくうちに、海岸通り、北仲通り、弁天通りが開かれる。野毛の橋が架けられる。やがて太田屋新田の埋立地には、港崎の遊廓がひらかれる。

利にさとい外国人が続々入りこんで、海岸通りや北仲通りには、もの珍らしい外国商館が建ちならんだ。

こうして異国の風が、町全体を風靡するにつけても、攘夷派の心ははなはだ穏やかではない。わがもの顔に異人たちが、町を闊歩《かっぽ》しているという噂をきくと、神国の土をけがされたもののように、切歯扼腕《せっしゃくわん》して口惜しがった。

血気にはやる若い攘夷党の志士のなかには、傍若無人《ぼうじやくぶじん》な異人を、刀の錆にしてくれようと、ひそかに横浜へ入りこむものもあった。

事なかれ主義の幕府にとっては、異人よりもその方が恐ろしかった。異人の血が一滴流されると、その度に法外な難題がふっかけられる。はじめから腰の砕けている幕府の役人には、それを拒絶する智も膽《たん》もなかった。

されば触らぬ神に祟《たた》りなしで、異人をそっとしておくには、不逞浪人の横浜潜入を防止するよりほかに手段はないと、ちかごろでは、横浜への出入りには、特に厳重な警戒の眼が光っている。

その横浜の戸部の奉行所で、

「何んと仰せられる。すると菊水兵馬と申す不逞の浪人がこの横浜へ潜入したと仰せられるのだな」

そういって膝を進めたのは、戸部奉行所の与力《よりき》貝塚三十郎という若い侍だった。

「さようです。その菊水兵馬と申す浪人のほかに、もう一人かまいたちの小平といって、盗みなど働く男が、潜入した形勢があるのです」

「三枝さん、その者どもはどういう目的があって、横浜へ入りこんだのでしょう。やはり異人の首が目あてでしょうか」

「さあ」

眉をひそめたのは、三枝伊織だった。好敵手兵馬が横浜へ赴いたという情報を得て、報告かたがた、あわよくばおのが手で取押さえたいものと、わざわざ江戸からやって来たのである。

「あの男にかぎって、そのような過激な行動に出るとは思われませんが、ほかに心当りもないので……ともかく御用心が肝要でしょうな」

「困ったものです。全く浪人どもの取締りには弱りきります」

と、三十郎は気力のない溜息をついた。

七面倒な外人相手の役所に勤めていれば、気苦労の多いことは同情出来るが、それにしても貝塚三十郎という男のあまりにも無気力な態度には、同じ幕府の禄をはんでいる伊織でさえ、不快を感ぜずにはいられなかった。

「三枝さん。これはいったいどうしたものでしょうね」

「どうしたものといって、至急手配なすったらよろしかろう。江戸とちがって横浜は、人間もそう多くはないのだから、捕えるのに大して造作はないと思いますがねえ」

「そう簡単に参ればよろしいが……捕えるまえに、異人の身に何か間違いがあると……」

「そういうふうに取越苦労をしていては、際限がありません。ともかく手配が第一です。貝塚さん、あなたは横浜にはかなり古いのだから、誰か異人の消息に通じている日本人を御存じじゃありませんか」

「どうするのですか」

「間者を使うのです。どうせその者どもは、異人の身辺を窺うに違いありませんからね」

「なるほど」

と、三十郎はしばらく思案をしていたが、

「そういうわけなら、お鐵《てつ》がいいかも知れない」

「お鐵？　女ですね。なるほど女の方が好都合かも知れない。で、その女はどういう女なのですか」

「トムソンという英吉利商人の世話をうけている女です」

「異人の妾《めかけ》ですか」

伊織は思わず眉をひそめた。幕臣とはいえ、三枝伊織も日本人だった。日本人の潔癖を、多分に持っていた。異人の妾ときくと、何かしら、穢《けが》らわしいような憤りを感じたのである。三十郎はそれに気がつくと、あわてて弁解するように、

「なに、異人といっても人間ですからね。それにこういう役所に勤めていると、あいつらの御機嫌をとっておかねばならないので……それには女を取り持ってやるのが第一ですよ」

「それじゃ、お鐵というのもあなたが取り持ったのですか」

伊織は、呆れたように相手を見返した。なるほど奉行所の役人がこの調子では、浪人どもがいきり立つのも無理はないと思った。伊織は一瞬、何んともいえぬ淋しさをかんじたが、すぐ苦笑にまぎらせて、

「まあ、いいでしょう。それじゃともかく、そのお鐵というのを呼び出して貰いましょうか」

洋妾《ようしょう》お鐵

港崎の遊廓にちかい新開地だった。

ちかごろ、蘆原《あしはら》を切りひらいて建てられた石造りの洋館の窓から、お鐵はぼんやりと海のほうを眺めていた。

港はあかね色に黄昏そめて、沖の方に黒い蒸気船が碇泊している。二、三艘の艀《はしけ》が、その蒸気船と港のあいだを急がしく往復している。

数年まえまでは、見ようたって見られなかったその新しい風景に、ぼんやりと眼をやりながらお鐵はほっと溜息をついた。

お鐵は、不仕合せな女だった。やくざな養父のために、さんざん苛《いじ》められたあげく、横浜開港と同時に江戸から流れて来て、そしていまでは洋妾をしている。

（落ちようたって、これ以上落ちられっこないわ）

お鐵は窓にもたれたまま、なかば捨鉢な呟きを洩らしたが、その時だった。眼の下に見える蘆原の繁みがざわざわとざわめいたので、お鐵は思わず、おやと体をまえに乗り出した。お鐵のいまいる洋館というのは、旦那のトムソンの本宅で、新開地とはいえ、そのへんまだあちこちに、昔ながらの沼地がのこっている。その沼地の蘆の繁みのなかから、その時ぬっと這い出した男の顔をみて、お鐵は思わずあっと息をうちへ吸いこんだ。

「このあいだの、夜鷹蕎麦の親爺だわ！」

お鐵は、あわててカーテンの蔭にすがたをかくした。心臓がドキドキ鳴って、舌がからからになるような気持ちだった。

「それじゃあの男、奉行所の手先だったのだろうか」

お鐵は息をひそめて、その男の様子をうかがっている。

それはまるで、子供のように小さな男だった。しかし、その眼の鋭さは、お鐵をゾッとさせるような光を持っている。その鋭い眼で、男はじっとお鐵のかくれている窓を眺めていたが、やがてうしろを振りかえると、誰かを手招きした。その手招きに応じて現れたもう一人の人物――その姿を見た刹那、お鐵ははっと胸のなかに早鐘を打つのを覚えたのである。

さっき、戸部の奉行所へ呼びよせられて、貝塚三十郎に命じられた言葉をはっきりと思い出したのだ。お鐵は一瞬にして、何もかもわかったような気持ちだった。

（そうだったのか。それじゃあの夜鷹蕎麦の親爺というのも、お上《かみ》の犬なんかじゃなくって……）


お鐵は、ふと皮肉な微笑を唇にうかべたが、その時、

「お鐵、何をしている」

鋭い声で呼びかけられて、はっとうしろを振返った。

「あら、お父《とっ》つあん」

「そんなところで何をしているんだ」

「別に何もしてやしない。ただ外を眺めているだけさ」

お鐵は窓から身を乗り出して、すばやく手を振って合図をした。何故そんなことをしたのか、自分でもわからない。なんだか胸にこみあげて来る熱いものがあって、どうしてもそうしなければいられなかったのである。

それをみると、お鐵の養父の鎌造は、疑いぶかそうな眼をして、窓のそばへ寄って来た。そしてぐいとお鐵を窓のそばから押しのけると、すばやく外を眺めていたが、

「お鐵、手前いま、誰に合図をしていたんだ」

「だって、手前いま、窓の外へ向って手を振っていたじゃねえか」

「あら、そうだったかしら。誰か窓の外にいて？」

「ううん、誰もいねえが……」

「馬鹿ねえ、お父つあんは……？　疑いぶかいのにもほどがある。合図をしたいようないい人があれば、あたしもこんなにくさくさしやしない。ほんに異人の御機嫌取りにゃ、あたしもいやになってしまう」

お鐵は鼻唄をうたいながら、窓の側から離れると、どっかりとテーブルのまえに腰をおろして頬杖をついた。

鎌造は、せせら笑いながら、

「フン、またお株をはじめやがった。あんないい旦那ってあるもんじゃねえ。こうしてべんべら物を着て、毎日のんきに遊んでいられるのは、誰のおかげだと思いやがる。ちったあ身にしみて有難く思え。変な真似をしやがると承知しねえぞ」

「あいよ、わかったよ。ほんにお父つあんにとっては、有難い旦那だろうねえ。博奕《ばくち》の資本は、いくらでも貸して下さるしさ。時にお父つあん。おまえこのあいだの晩、旦那とどこへお出掛けだったえ」

「え？」

「江戸の方でおまえの姿を見かけたという人があるんだけど、おまえ江戸へいったのかえ」

鎌造はそれを聞くと、ぎょっとした顔色だった。

「お鐵、おまえ誰からそんな事を聞いた」

「誰だっていいじゃないか。旦那も水臭いよ。江戸へおいでなら、そういって下さりゃいいのに。おねだりするものがあったんだがねえ」

冷くせせら笑うようなお鐵の顔色に、鎌造は、またどきりとしたような瞳をすえて、

「お鐵」

と、何かいいかけたが、その時、階段をのぼって来る靴音を聞くと、

「あら、旦那のお帰りだよ」

お鐵は、すばやく鎌造のそばを離れて、扉をひらいた。

トムソンというのは、年輩四十前後の、腹のつき出した大男だったが、何んとなく今日は落着きがなかった。

「おお、鎌造さん、よいところへ来てくれました。あなたに少し話があります」
「あら、あたしがいちゃ邪魔になるの」
「お鐵さん、あなたはいい娘《こ》だから、ここにいて下さい。鎌造さん、ちょっと向うへ
……」

鎌造の顔色に、さっと不安な色が流れた。そそくさと、二人が別室へ駆け込むうしろ姿を見送って、お鐵はきっと唇をかんでいたが、何を思ったのか、するすると窓のそばへ寄ると、さっきの蘆の繁みへむかって手招きをした。それから、左手の指に嵌《は》めていた大きな甲虫の指輪を抜くと、白い腕をひるがえして、ひらり――指輪は弧《こ》をえがいて蘆原の方へとんでいった。

日本の女

「小平、この指輪に間違いはないか」
「へえ、間違いはございません。ほら甲虫の恰好をしたこの飾りが何よりの目印です。しかしあの阿魔、何んだってこれを抛《ほう》ってよこしやがったんでしょうね」

「ふむ」

海にちかい蘆の繁みの中だった。足下の砂地の水溜りを、逃げおくれた蟹が二、三匹ごそごそと這っている。

西の空に、わずかに明るみを残しただけで、海のうえには蒼茫《そうぼう》たる黄昏《たそがれ》のいろが這いよっていた。その黄昏の海のうえに、蒸気船が急がしく煙を吐いている。今夜あたり抜錨《ばつびょう》するのかも知れなかった。

「小平、あの家の主はたしかトムソンといったな」

「さようで。店は弁天通りのほうにあって、英吉利人仲間でも、顔利きのほうです」

横浜へ入りこんでから、わずか二、三日のあいだに、小平は必要なことをすっかり調べあげていた。こういう仕事にかけては、ちょっとこの男の右に出る者はない。

「女はお鐵といったな」

「さようで。いかにも異人の気に入りそうな凄いような別嬪《べっぴん》ですが、どうしてどうして、一筋縄でいく女じゃありません。それに親爺の鎌造というやつが悪い奴でしてねえ。体中いっぱいに彫物があろうという、蝮《まむし》のような野郎です」

「ふうむ」

兵馬は、掌のうえにのっけた甲虫の指輪の、ほのかな光を眺めながら、唇の端をかんでいた。

どう考えても、この指輪を投げてよこした女の真意がわからないのである。贋攘夷《にせじょうい》党《とう》の押しこみの一件については、兵馬の頭にはすでに確信がついていた。しかし、女は――お鐵という女は、それらの一味と、どういう関係があるのだろう。敵か味方か。――ともかくもう少し様子を見ていなければなるまい。

「旦那、用心したほうがようがすぜ。阿魔は、われわれがここにかくれているのを知ってやがるのです」

「まあいい。向うに罠があるのなら、罠に乗ってみよう。どうせ命がけの仕事だ」

「ようがす。旦那がそのおつもりなら、あっしに否《いな》やのある筈はありません。しかし旦那、押しこみの頭というなァ、やっぱりあのトムソンの野郎でしょうか」

「間違いあるまいな。そして、英吉利公使館のやつがそれを尻押ししているにちがいない」

「へへえ。しかし、何んだってそんなことを……そんな悪どい真似をしなくたって、あいつら存分に金を儲けている筈じゃありませんか」

「小平」

兵馬の声は、その時急に激しくなった。

「異人――わけても英吉利人というやつのものの考え方を、われわれと同じように考えているると大間違いだぞ。きゃつらはおもてに微笑をうかべながら、裏では平気で陰謀を企んでいるのだ。きゃつらにとっては、この国の乱れがつづけばつづくほど、好都合なのだ。同胞を噛みあわせておいて、その間隙《かんげき》に乗じて魔手を伸ばすのが、きゃつらの常套《じょうとう》手段なのだ。

印度《インド》もそれでやられた。支那もそれでやられた。そして、いよいよその魔手はこの神国日本へ伸びている。一方では京都方の尻押しをするような顔をしながら、他方では江戸町民の反感を煽り立てるような陰謀もする。

それが今度の攘夷党の押しこみの一件だ。何しろ一国の公使館が後楯になっているのだからこの押しこみがつかまらないのもむりはない。きゃつら、危くなると、公使館へ逃げ込むのだからな」

「畜生ッ」

小平も、それを聞くと歯軋《はぎし》りした。

「わかったか。これをもってしても、一刻も早く現下の日本を統一しなければならぬ理由がわかったろう。しかし、それは幕府の力では出来ない。新しい力と、この国に伝わっている神ながらの信仰が必要なのだ。われわれの携《たずさ》わっている討幕運動は、決して私利私欲、おのが栄達のためではない。個人的な不平のためではない。内を治めて外侮《がいぶ》を撃滅する。……それがわれわれの任務なのだ。この時代にうまれた日本人に、負わされた義務なのだ」

「わかりました、旦那。そういう大きな仕事に、ほんの僅かでもお役に立ちゃ、このかまいたちも本望でさ」

とうとう、日が暮れてしまった。沖の蒸気船の吐く煙は、いよいよ激しくなった。おりおり何かを催促するような汽笛の音が、港の闇を貫いた。

と、この時だった。トムソンの館から何か異様な物音が起ったかと思うと、ぱっと紅《ぐ》蓮《れん》の焔《ほのお》がもえあがった。

「あっ、しまった！」

兵馬は一瞬にして、蘆のしげみから飛び出していた。

「だ、旦那、ど、どうしたんでしょう」

「逃亡だ。逃亡するんだ。蒸気船の鳴らす汽笛がその合図なのだ」

火はすでに、半分以上西洋館をつつんでいる。しかし、兵馬は躊躇《ちゅうちょ》しなかった。まっしぐらにその中へ突進していくと、その時、奥のほうで、ズドン、ズドンという銃声が聞えた。

「あっちだ。小平、来い」

二人がとび込んだ部屋の中には、鎌造が胸板を貫かれて死んでいた。その側には、お鐵がまだ薄煙の立つピストルを握ったまま、蹌踉《そうろう》として立っている。お鐵の胸からも、赤い血が流れていた。

「菊水様、兵馬様……」

「なに？」

意外にも相手から名前を呼ばれて、兵馬は愕然とする。お鐵は、弱々しい微笑をうかべながら、

「御用心なさいまし。戸部奉行所の手が廻っております」

「そうか。それで私の名を知っているのだな。しかし、そんなことはどうでもいい。ト

ムソンはどうした」

「逃げました」

「逃げた？」

「ええ、でも遠くへは参れますまい。あたしが脚を撃ってやりましたから。それに、それに……ほほほほほ、あいつは結局逃げることは出来ないわ。あたしが逃げられないようにしておいてやったの。もし、菊水様」

「なに？」

「あたしは何も知らなかったのです。養父《ちち》がトムソンの手先になって、あんな悪いことをしているということを……」

「よし、わかった」

「わかって？　わかって下すって、嬉しい。あたし嬉しいわ。ひとりでもあたしの心がわかってくれる人があれば、本望だわ」

お鐵は、がっくり床に膝をつくと、

「さあ、早く行って下さい。トムソンをつかまえて下さい。あいつは日本の敵です。養《ち》父《ち》の敵です。あたしなんか……あたしなんかどうなってもいいの」

突っぷしたお鐵の上に、バラバラと火の粉が落ちて来た。

その夜、沖で待っていた蒸気船は、いくら待ってもトムソンの姿が見えないので、とうとうそのまま出帆してしまった。しかも、その後、トムソンの姿は、杳《よう》として日本にもみられなかった。では、トムソンはどうなったか。——それを知っているのは、その夜、横浜の港のうえに照っていたお月様ばかりだろう。


二艘の船が、その夜本牧の沖にういていた。その一艘から、他の一艘に乗りうつりながら、菊水兵馬はこんな事をいっていた。

「トムソン君、これくらいの刑罰は君として当然だということが分っているだろうねえ。その船の底に穴をあけたのは私じゃない。おそらくお鐵の仕事だろうと思う。お鐵も日本人だった。ねえ、トムソン君、日本人がどういう人種であるか、今こそ君にもよくわかったろうね」

白蝶系図

竹矢来外《たけやらい》

「あもし、ちょっとお訊ねいたします」

「はいはい、何んだえ」

「見れば、いかめしう竹矢来をめぐらしてございますが、またお仕おきがございますので」

「おや、おまえさんはそれを御存じないのかえ。そこの立札にも書いてあるとおり、きょうは三人の者が、ここでお仕おきをうけることになっていますのさ」

「おや、三人も……そして、それはいったいどういう人々でございますえ」

「さればさ、二人は唯《ただ》の泥棒だが、あとの一人は名高い学者のようだ」

「へへえ、学者でもやっぱり、お仕おきをうけるような悪いことを致しますので？」

「はははは、おまえさんは何も御存じないと見えるね。学者だからこそ、お仕おきもうけねばならぬ。まあお聞きなさい。きょうお仕おきをうける学者というのは、鴨下蝶雨《ちょうう》先生といって、妻恋坂のへんで道場をひらいていた有名な学者だが、何んでもお上《かみ》にとって怪《け》しからんことを、お弟子の衆に教えていたとやらで、御公儀から憎まれなすったのさ」

「なるほど、そんなものでございますかね。そうすると、私たちみたいな意気地のない人間が、結局いちばん無事だという事になりますね」

「はははは、ちがいない」

いかめしく竹矢来をめぐらした、小塚っ原の刑場の外には、きょうも大勢の野次馬がむらがっている。ちかごろでは、こんなことも、もう珍らしくない。

尊攘倒幕の運動が、しだいに激しくなって来るにつれて、刑場の露となる犠牲者の数も多かったし、またこうして頻々とお仕おきがあるにつれて、それを見物する野次馬の神経もしだいに太くなって来ている。

ちかごろでは、小塚っ原に新しい竹矢来が結ばれて、お仕おきの觸令《ふれ》が出ると、まるで面白いものでもみるように、野次馬が集まって来るのである。

「それにしても、その蝶雨先生とおっしゃるのは、いったいお幾つぐらいの方でございますえ」

「さようさ。何んでも五十を越えた、なかなか風采の立派なお方だそうだ」

「それでは、さぞかしお屋敷には、奥さんやお子さんもございますことでしょうに……その人たちには、何んのおとがめもございませんので」

「いや、奥さんはとうの昔にお歿《な》くなりだそうだが、お子さんがひとりおありなさる。ところが蝶雨先生、御自分の身辺が危いとお気づきになると、すぐそのお子さんをどこかへお隠しになってしまったそうで、お上でもやっきとなって探しているそうだが、根っから行方がわからないということです」

と、さきほどより頻《しき》りに物識《ものし》りがおを発揮していた若い町人は、しかしその時、ふうっとばかりに口をつぐんだ。

「おや、どうか致しましたか」

「叱《し》っ、黙っておいでなさいまし。向うに立っている深編笠のお侍、おまえさん、あれを誰だか知ってるかえ」

「さあ、あのお侍がどうかしましたか」

「あれはね、三枝伊織といって、町奉行所でも腕利きの与力《よりき》さね。今度蝶雨先生を捕えたのも、みんなあの人のお働きとやら」

「へえ？　あれがそんな怖いお方で？　しかし、何んだってああして、面をかくしてこんなところへまぎれこんでいるのでございましょう」

「分っているじゃないか。蝶雨先生を捕えても、まだお子さんの行方がわかっていない。ひょっとするときょうのこの竹矢来の外に、蝶雨先生の身内の者が来ていやしまいか、そしてその人たちの口から、お子さんの行方がわかりやしないかと、さてこそああして、見物にまじって人々の話をきいているのさ。だから、おまえさんも、もう滅多なことを聞かぬがいい」

「おや、それは怖いことでございます。まったく係りあいになっちゃつまらないから、私も口に錠をおろしておきましょう」

　と、そういう二人の町人の、ひそひそ話をさっきから聞いていたのは、六十六部に女巡礼の二人づれ。三枝伊織の名前が出ると、ぎくりとした面持ちで顔を見合わせていたが、やがてかすかに頷きあうと、そっと群集のうしろにかくれてしまった。

伊織はむろん、そんなこととは気がつかない。深編笠で面をつつんでいるし、衣類の紋所もかえているから、誰も自分を認識《みし》るものはあるまいとたかをくくっている。

伊織がいまこうして、竹矢来の野次馬のなかにまじっているわけは、さっき町人が噂をしていたとおりだった。

鴨下蝶雨を捕えて、その罪状を摘発したのは、みんな伊織の働きである。その点、伊織は久しぶりに功名欲を満足させることが出来たのだが、しかし、それだけで納まってしまうような伊織ではない。

蝶雨の子供のこともあったし、それに蝶雨の取調べがすすむにしたがって、実に意外な事実が判明したのだ。

伊織にとっては深讐綿々《しんしゆうめんめん》たる好敵手、菊水兵馬が、しばしば蝶雨のもとに出入りをしたらしい形勢があるのだ。

それがわかると、伊織は地団駄踏んで口惜しがった。

最初からそうと知っていれば、早まって蝶雨を捕えるような真似はしなかったのだ。

蝶雨を餌に引きよせて、一挙に兵馬もろとも捕えることも出来たのである。伊織の眼から見れば、蝶雨などは物の数ではない。目指す敵は唯一人菊水兵馬あるのみ。

だが……いったん検挙したものは、致し方がない。これを一度放免して、兵馬を釣り寄せるという手もなくはなかったが、それは偏狭な上役の容るるところとはならなかった。

だから伊織がいまこうして、竹矢来の外にひそんでいるというのも、ひとつに兵馬の消息を知りたいからだった。

菊水兵馬ほどの人物だもの、まさかおめおめ手をつかねて、同志の処刑をそのままに見遁《みのが》すようなことはあるまい。もし兵馬が現れたら。その時こそはうむをいわさずひっ捕えて……と、さてこそ伊織は、深編笠のなかから鵜の目鷹の目なのである。

——と、その時、
さりげなく伊織のそばへ寄って来た町人がある。わざとらしい空咳《からせき》を二つ三つして、そのまま群集のなかから離れていく。伊織はすぐそのあとからついていった。
「どうした、権兵衛、椋鳥《むくどり》のすがたは見当ったか」

「それが、旦那、どう探してみてもいねえようでございます」

町人は鯰《なまず》の権兵衛、伊織にとっては股肱《ここう》とたのむ手先である。

「見えぬか」

「へえ、見当りませぬ。あきらめているのではございませぬか」

「馬鹿を申せ。あの男の気性として、やみやみこのまま引きさがっている筈はない。叶わぬまでも斬り込んで来るは知れたことだ。その方の手抜かりではないか」

「そんな筈はございませぬ。さすがの兵馬も、俺も顔をよく知っております。虱《しらみ》潰しにひとりずつ、顔を覗いて廻りましたが、それらしいやつはおりませんので」

「兵馬は変身術の名人じゃぞ。何に化けているか知れたものではない。怪しい風態の者はおらぬか」

「へえ、怪しいといえば、多少怪しい二人づれがあります。しかし、兵馬でないことだけはたしかで」

「どういうやつだ」

「六十六部に女巡礼でございますが、六十六部は——五十を越えたおいぼれ、女巡礼のほうはまだ十六、七の娘盛り、まさか兵馬がいかに変身術にたけておりましても……」

鯰の権兵衛はおかしそうにわらったが、しかし伊織は笑わない。あくまでも真面目な顔で、

「で、それがどういうふうに怪しいのだ」

「へえ、別にどうということはございませぬが、何んとなくそわそわとした素振りで……、人眼を避けるような眼付きでございます」

「よし、それじゃ貴様はその二人づれから眼を離すな。そして、いささかたりとも怪しい素振りを見せれば、すぐ合図をいたせ」

「おっと、合点でございます」

鯰の権兵衛がこそこそと、人混みのなかへまぎれこんだ時である。ふいに群集のあいだから、ざわめきが起った。

いよいよ、お仕おきがはじまったのである。

最初は、二人の泥棒である。これは極く簡単にすんでしまって、いよいよ最後の土壇場へひき出されたのが、問題の鴨下蝶雨。それをみると伊織はぴんと、全身の神経を緊張させる。

さすがに蝶雨は、人に知られた人物だけあって、その場に及んでも悪びれた態度は微塵もない。今日を最後と撫でつけた総髪は、白銀のように輝いて、柔和な面には微笑のかげさえも宿っている。

さすがに伊織は、いい気持ちではなかった。思わず土壇場から眼を反らそうとしたが、その時蝶雨の顔にうかんだ妙な表情に気がついて、おやとばかりに息をのんだ。

平然として土壇場に坐った鴨下蝶雨、さきほどより竹矢来の外を、それとなくうかがっている様子だったが、ふいににんまりとその片頬に、微笑のかげがうかんだのである。

と、そのとたん。――

「やあ、やあ、おのれ、怪しい奴」

群衆の中から叫んだのは、たしかに鯰の権兵衛だ。

伊織ははっとその方を振りかえったが、その眼にうつったのは、竹矢来をめぐって無数にとびかう白い蝶、どこから現れたのか、卍となり巴となってひらりひらりと飛びかう白蝶。――伊織はぎょっと竹矢来のなかを覗いたが、その瞬間、えいという気合もろとも、蝶雨の首はまえに落ちた。

世にも安堵したように、穏やかな微笑をうかべたまま……。

運命の袋小路

「権兵衛、権兵衛、いかが致した。この夥《おびただ》しい蝶の群はどうしたのだ」

「旦那、六十六部のやつでございます。さきほど申上げた六部のやつが、笈《おい》をひらくと、中からひらひら、蝶がとび出したのでございます」

「してして、その六十六部は？」

「へえ、ひっ捕えようと思いましたが、何しろこのいまいましい野次馬で……」

「取り逃がしたのか」

「へえ、逃げたと申しても、遠くは参りますまい。相手は何しろ足弱連れ」

「よし、探してみろ」

こうなったらもう、身分を包んでなどいられない。

何んとなく異様な空気に、浮足だって犇《ひし》めく野次馬を、つきのけはねのけ、刑場の周囲を探しまわっていた伊織と権兵衛が、間もなく見つけだしたのは、さきほどの六十六部に女巡礼だ。

いましも刑場をあとに、一目散に逃げていく。

「権兵衛、あの二人づれか」

「へえ、旦那、たしかにあれに違いございませぬ」

「よし、追いついてひっ捕えろ」

二人はバラバラと駈け出したが、相手もそれと気付いたのか、手をとりあって一目散、老人と若い娘にしては、意外に早い足だった。

伊織は、しだいに気をいらって来た。

「その二人づれ、待てえ」

だが、その声を聞くと、相手はいよいよ足を早めて、原をつききると狭い町並のなかへとび込んだが、それをみると伊織は、しまったと肚《はら》の中で舌打ちした。

その辺には、狭いごたごたとした路が曲りくねっていてさながら迷路のようになっている。しかもそこいらの住民と来たら、いつでも上役人を蛇蝎《だかつ》のごとく憎んでいるからいったんそこへ逃げこまれたら、これを探し出すのはなかなか容易ではない。

六十六部と娘巡礼は、それを知ってか知らずか、夢中でとび込んだ狭い路地、しばらくあちこちと逃げ廻っていたが、ふいに六部の方がしまったと叫んで立ちどまった。生憎《あいにく》そこは袋小路、逃げようにも逃げ場のないことに気付いたのである。

「あれ、お父さん、どうしましょう」

娘巡礼の顔は、真蒼になっている。どうやら二人は親子らしい。

「娘、しっかりしろ。……とはいうもののこの袋小路、ええい、しまったことをしてのけた」

愚図愚図していると、後から追手がやって来る。六部は絶望的な眼差しで、あたりを見廻していたが、その時だ。

かたわらの長屋の格子ががらりと開くと、

「こちらへ……」

中からさしまねいた者がある。

二人にとっては、渡りに舟だった。見れば相手は、まだ年若い武家である。むろん、二人ともいまだかつて見たこともない人物だったが、そんなことをいちいち詮議している場合ではない。

「はい有難うございます。それじゃ娘、御免蒙《こおむ》って……」

六部と娘巡礼が長屋のなかへとび込んだ刹那、伊織と権兵衛のすがたが路地の入口に現れた。

「おや、旦那、ここは袋小路でございますぜ」

「ふふふふふ、しめた。そうするとあの二人づれは、たしかにその辺にかくれているにちがいない。権兵衛、油断するな」

「合点でございます」

二人は一軒一軒に気を配りながら、やがてやって来たのは、たったいま、二人がとびこんだ長屋のまえだった。

権兵衛は、ふと立ちどまると、

「旦那、御覧なさいまし。あの格子のなかに落ちているのは、たしかに六部の手拭いにちがいありませんぜ」

「よし、権兵衛、油断するな」

格子をひらくとせまい上り框《かまち》、奥にはぴたりと障子がしまっていたが、その上り框には、入乱れた土足の跡がついている。

伊織と権兵衛は、たがいに頷きあいながら、障子に手をかけ、いきなりがらりとひらいたが、そのとたん、二人とものけぞるばかりに驚いた。

「や、や、貴様は菊水……！」

いかにも、障子の薄暗い四畳半のなかに、悠々と寝そべっているのは、まぎれもなく菊水兵馬だ。六部と女巡礼は、どこへ逃げたか影もない。

苦肉の飴玉

「はははは、三枝殿、またお眼にかかりましたな」

兵馬はやおら起きあがったが、その声音《こわね》は、何んとなく沈んだものが感じられた。

「おお、兵馬、やっぱりうせたな。おおかた鴨下蝶雨を取戻しに参ったのであろうが、今度ばかりはそうは参らぬ。蝶雨はすでにお仕おきに相成ったぞ」

「いや、その話なら、只今老人と娘巡礼より聞きました。拙者が旅をしていたばかりに、鴨下先生をお救い申上げることもならず、まったく残念なことを致しました」

兵馬の眼からは、一滴の涙がつるりと流れた。

「ふふふふ、それはお気の毒なことだったな。だが、そう歎くには及ぶまい。いまに貴様も蝶雨のそばへ参ることが出来ようぞ」

「拙者を捕えようと仰せられるか。だが、そうは参りますまい。蝶雨先生の遺児《わすれがたみ》の行方を探り出すまでは、めったに貴殿の手に捕えられることではない」

「おお、その遺児《わすれがたみ》もいまに捕えて、きっとお仕おきを致さねばならぬ」

「そういう貴殿は、その居所を御存じか」

「いいや、知らぬ。しかし、さきほどの老人と娘巡礼を詮議すれば、必ず行方はわかるであろう。それ、権兵衛、兵馬は拙者が引きうけた。貴様は家の中を詮議してみろ」

「おっと合点だ」

権兵衛はすぐさま奥へ踏みこんだが、六部と娘巡礼の娘はどこにも見えない。

「あっ、旦那、二人はどうやらこの裏口から風を喰らって逃げたらしゅうございますぜ」

「なに、逃げた?」

伊織も驚いたが、兵馬もこれにははっとした顔色だ。つかつかと奥へ踏みこもうとするのを、

「兵馬、やらぬぞ。二人の事などはどうでもよい。それより貴様を見つけたこそ何よりの仕合せ。この度こそは」

伊織の頬には、さっと紅の色がさしている。まったく、六部や娘巡礼のことなどはどうでもよかった。不倶戴天《ふぐたいてん》の菊水兵馬、それをここに発見した伊織の心は、武者ぶるいをするようにふるえている。

兵馬は、その顔をにっこりと見返って、

「三枝さん、私を捕えるつもりなら、もっと用心をしなければいけません」

「なに、用心を?」

「さよう、私の手に握っている、この小さい丸を何んだと思います、これを投げつけると、この家は木っ葉《こぱ》微塵と吹っとんでしまいますぞ」

それを聞くと鯰の権兵衛、

「うわっ!」

とばかりに頭をかかえて、格子の外へとび出した。なるほど見れば、兵馬の掌には、子供のしゃぶる飴玉のようなものがのっている。伊織もそれを見ると、さすがに蒼白んで、二、三歩うしろへたじろいだ。

兵馬は声をあげて笑いながら、

「さあ、貴殿も権兵衛と同じように、表へ出られた方が賢明でしょう。三枝さん、私を捕える機会は、またいつかやって来るでしょう。だが、きょうはいけない。今日はあきらめて貰いましょう。それとも、たって貴殿が私を捕えようと仰有《おつしや》るのなら……」

気味悪い丸をぐっと握りしめた菊水兵馬が、威嚇するように掌を振りあげたとたん、伊織はわれにもなく格子の外へとび出していた。

そのうしろから、嘲るような高笑いを浴せた兵馬はぴたりと障子をしめきって……それきりこそとの物音もしなくなった。

表の方では伊織がきっと、血の出るほど唇をかみしめている。何んとしても口惜しかったし、権兵衛に対しても面目はなかった。しばらく伊織はまなじりも裂けんばかりに、障子の表を睨んでいたが、やがてまた、つかつかと格子の中へ入っていく。

驚いたのは鯰の権兵衛だ。

「だ、旦那、どうなさるんで」

「どうするとは知れたことだ。たといこの身が木っ葉微塵となって飛ぼうとままよ。兵馬をこのまま逃しては」

「あれ、旦那、危い」

「ええい、離せ、そこを離さぬか」

とめだてする権兵衛の手を振りはらった伊織が、血相かえておどりこんだその四畳半には、兵馬の姿はすでになく畳のうえにただひとつ、うやうやしく白紙にのせた丸が残っているばかり。

伊織はおそるおそる丸を手に取りあげたが、ふいに口惜しそうに、

「畜生ッ！」

叫んで土間に投げつけた。

それをみると鯰の権兵衛、わっとばかりに五、六間すっとんだが、不思議なことには、別に何んの変りもない。それもその筈、それは唯の飴玉だった。

五兵衛父子

仏具師、閻魔《えんま》五兵衛。

表にかけた杉板には、そういう文字が筆太に書いてあって、油障子をひらくと、土間には一面に木彫の仏像が並んでいる。

それが亀戸でも名高い仏具師、閻魔五兵衛の住居だった。

五兵衛というのは年頃五十あまり、口数の少ない物静かな老人で、近所の気受けも悪くない。女房には先年先立たれて、あとにはお篠という眼の中へ入れても痛くないほど可愛い娘がひとり、ほかに彌助《やすけ》という若い内弟子がある。

小塚ヶ原であの騒ぎがあってから二、三日後のこと、いましもふらりと外から帰って来た主の五兵衛は、仕事場に唯一人いるお篠の姿をみると、

「おお、お篠、おまえそこで何をしていたのだ」

「はい、あの父さん、ちっと鋏《はさみ》を探しに……」

「ははははは、鋏ならそこにあるではないか。そうではあるまい。そなたまた、そのお

閻魔様の胎内《たいない》をひらいて……」

「あれ、父さん、そんなこと……」

お篠の耳にはぱっと紅葉がちって、穴があれば入りたげな面持ちだった。

「いや、何も、そのように恥ずかしがることはない。相手はあのように立派な若様故《ゆえ》、そなたが想いをかけるのも無理はないが、しかし、必ずともに無分別なことをしてはならぬぞ」

慈愛のこもった父の言葉に、お篠ははやほろりとして、

「父さん、すみませぬ。そう仰有《おつしや》って下さるのは嬉しゅうございますけれど、私はもう諦めております」

「諦めているとは」

「かりそめにも相手は昔のお主の若様、私がどのように想いを寄せても及ばぬこと。仏具師風情の娘が、鴨下先生の若様に、想い寄せるというのからして、間違っていることに気がつきました」

「ああ、これ！」

五兵衛はあわてて娘を手で制すると、

「滅多なことをいってはならぬ。もしや彌助に聞かれたら……」

「いいえ、その彌助なら、さっきどこかへ出かけました故、聞かれる心配はございませぬ」

「彌助は、また出かけたのか」

「はい」

五兵衛は、何んとなく不安そうな面持ちで、

「お篠、そなたはどう思う。ちかごろ彌助の素振りが、妙だとは思わぬかえ」

「彌助の素振りがおかしいとは？」

「さればさ。ちかごろ何んとなく憤《おこ》りっぽくなって、始終ふてくされてばかりいるのは、ひょっとすると彌助め、このお閻魔様の胎内に……」

それを聞くと、お篠もぎょっとした面持ちで、思わずかたわらを振りかえった。


さきほど二人の話題に、しばしばのぼるお閻魔様というのは、仕事場の正面にどっしりと鎮座ましまし、焔《ほのお》を吐くように真紅なすがたは、天井につかえるばかり。薄くらがりを睥睨《へいげい》している二つの眼の金色は、人を射すくめるように物凄いのである。

これは五兵衛が、ちかくさる寺院へ納めるために作ったものだが、それにしてもその胎内が問題になるのは、そこに誰かひそんでいるのであろうか。

五兵衛はほっと溜息をつき、

「この間、俺がこの胎内をひらいて、若様とお話をしている時に、ちらと窓の外に人影がさしたように思う。その時外から覗いていたのが彌助ではあるまいかと、俺はそれが気になって……」

「父さん、それならば心配なさることはございますまい。彌助はあのように気性の優しいもの故まさか私たちを売るようなことはございますまい」

「いや、それがそうではない」

五兵衛は、じっとお篠の横顔をみながら、

「そなたは何も知らぬから、そのように暢気《のんき》なことをいっていられるが、あの彌助というのは、日頃からそなたのことを……」

「あれ、父さん、そんなこと……」

「いや、ほんとうのことじゃ。それだけに俺にはちかごろの彌助の素振りが気になってならぬ。男というものは、想う女にすげなくされたら、どのようなことをしでかさぬものでもない」

「私、何も彌助にすげなくしたおぼえはございませぬ」

だが、そういうお篠の言葉は、何んとなく懸念にふるえているようである。そういえばこの一月あまり、彌助に対してよそよそしい素振りを見せたかも知れなかった。

でも、それはわざとそうしようとしたわけではない。ほかに心を奪うものがあって、いつものように打ちとけて、彌助と語らう気にはなれなかったのである。だが、それを怨みに彌助が……と、考えるとお篠は、ぞっとしたような眼つきになった。


「父さん、もしそうならどうしましょう」

「どうもこうもない。一刻も早く若様を、どこかへおうつし申さねば……」

二人が立上った時である。俄《にわ》かに路地の入口に、どやどやと人の足音がして、

「彌助、この家か」

と、いう声もろとも、がらりと油障子をひらいた人物の顔を見て、五兵衛父子は思わずあっと土色になった。

三枝伊織と、鯰の権兵衛なのである。そのうしろには内弟子の彌助が、半ば憎々しげ

に、半ばうしろめたそうな顔色で立っていた。

毒煙の詭計《きけい》

伊織と権兵衛の二人は、五兵衛父子の顔をみると、いかにも嬉しそうな顔色で、

「はははは、とうとう見つけたぞ。貴様はたしかにこの間の、六十六部と娘巡礼だな。彌助とやら、手柄であった。よくぞ訴人いたしたな」

「彌助さん」

お篠は何かいおうとしたが、そのままわっと泣き崩れる。彌助はさすがに怯《ひる》んだが、わざと肩をいからせて、

「何んでえ、何んでえ、何を泣くことがあるんだ。お篠さん。よくも私を袖にして、あのお閻魔様の胎内の、あの若者と……ええい、思い出しても胸糞が悪くなる。旦那、お願いでございます。どうぞ、あの胎内から、色の生っ白いやつをひっぱり出しておくんなさいまし」

「おお、いうまでもない。だが、五兵衛とやら……そのまえに訊ねることがある。貴様

は先日小塚ヶ原で、白蝶の群を笼の中から飛ばせたな。あれはいったい何んの合図だ」

五兵衛は、しかし黙っている。じっと閉じた眼尻からはかすかに涙が流れて、小鬢《こびん》がぶるぶるふるえていた。


彌助はその顔を、憎々しげに凝視《みつ》めながら、

「旦那、それなら私がお話いたしましょう。このあいだ、この親爺が、お閻魔様の胎内をひらいて若者と話をしていたところを、ちらりと立聴きいたしましたので……、それによるとかようでございます。この五兵衛というのは、昔、鴨下蝶雨とやらに一方ならぬ世話になったそうでございます。その御恩返しに蝶雨の伜《せがれ》の采女《うねめ》という若僧と、鴨下流の軍学指南書、白蝶系図というのを預かったんだそうで。そいつが無事であるということを、報せるために放ったのがあの白い蝶。これは蝶雨がとらえられる時、あらかじめ打合せが出来ていたそうでございます」

伊織はそれと聞くと、にっこり笑って、

「よし分った。そしてその采女というのがあの閻魔の胎内に……」

「はい。そうでございます。さあ、どうぞひっ捕えておくんなさい」

と、いうより早く弟子の彌助は、つかつかと仕事場を横切って、いきなりさっと閻魔の胎内をひらいたが、とたんにわっと叫んでうしろにのけぞった。

いや、彌助ばかりではない。伊織も権兵衛も、さては五兵衛父子まで、両手で眼をおおうと、そのままふうっと気が遠くなってしまったのである。

それもその筈、彌助が胎内をひらいた刹那、何んともいえぬ強い火光と、えたいの知れぬ強い臭気を持った、毒々しい煙が一時にパッと吹き出して、狭い仕事場の中は見るうちに毒煙のなかに包まれてしまったのである……。

それから凡《およ》そどのくらい経ったか……。

伊織がふっと気づいた時には、五兵衛父子の姿はすでになく、そこには鯰の権兵衛と彌助が、まだだらしなく気を失っていた。毒煙は、すでにだいぶ薄らいでいたけれど、まだ強い臭気がのこっている。

伊織はゴホンゴホンと咳をしながら、閻魔の胎内をのぞきこんだが、と、その眼についたのは一枚の貼札。

——伊織殿へ。貴殿の後を尾け廻したおかげにて、漸く采女殿の居所をつきとめ候。采女殿と白蝶系図、たしかに落手仕候間、御安心下されたく、お閻魔様の胎内には、表口もあれば裏口もあることを今後よく御承知おき下されたく候。

菊水兵馬

伊織がそれを読んで、地団駄ふんで口惜しがったことはいうまでもない。

謎の狐

掏《す》りとり文書

「それじゃ何か。今宵本恩寺わきの紫陽花《あじさい》屋敷へ、狐のやつがやって来るというのだな」

「今宵五ツ（午後八時）頃、――手紙にそう書いてある」

「むろん、間違いはあるまいと思うが、しかしその手紙というのはいったいどうして手に入れたのだ」

「さあ、それよ」

と、膝を進めたのは江藤源八という男だ。年齢は二十六、七、利かぬ気らしい精悍《せいかん》な眉宇《びう》に、生々しい刀痕の残っているのが、いっそうこの男の容貌を、凄惨なものにしている。

源八は、ぐるりと一座を見廻すと、

「貴公たちも、かまいたちの小平を知っているだろう。菊水兵馬の腰巾着みたいな男だ。昔は白浪の夜働きをしたという人物だが、あの男がさきごろ三枝伊織の懐中物を掏り盗った。三枝伊織――知っているだろうな」

「知っている。八丁堀の与力《よりき》でも一番手強《てごわ》い男だ。菊水も一目おいている」

「そうだ。その男だ。菊水とは深讐綿々《しんしゆうめんめん》たる好敵手だから、小平もよく知っている。それがこのあいだ、両国の広小路でばったり会ったと思いたまえ。幸い向うでは気がつかない。そこで小平のやつ、持ちまえの悪戯《いたずら》心を起して、伊織の懐中物を掏り盗ったところが、中から出て来たのが、つまり狐の手紙なのだ」

「ふむ、それじゃとうとう狐の尻尾をおさえたと」

聞きての一人が意気込むのを、源八はおさえるように、

「いや、そうはいかぬ。相手もさる者、自分の正体を覚《さと》られるような文句は一言も書いていない。第一その手紙をみると伊織でさえ、狐の正体はまだ知っていないらしいのだ」

「それじゃ、やっぱり世間の噂どおりか。狐の正体を知っているのは、町奉行の小栗豊後守《ごのかみ》唯一人というじゃないか」

「そうかも知れぬ。隠密とはいいながら、よくよく用心したものだ」

「しかし、江藤、それじゃ何もならぬじゃないか。狐の手紙を手に入れても、相手の正体がわからないのじゃ手の下しようもない」

「どうして?」

源八は、むしろ憐れむように振返ると、

「いかさま、狐の正体はわからない。しかし今宵五ツ頃、本恩寺わきの紫陽花屋敷へ出向くということがわかっている」

聞きては、思わず顔を見合わせた。

聞きては、みんなで六人いた。服部《はっとり》半十郎、鵜飼《うかい》伝九郎、皆川静馬、浅原十蔵、鷺坂《さぎさか》勘三郎、八木新之丞というのがかれらの名前だった。いずれも、二十から二十五、六までの年頃で、髷《まげ》の大きいのと、言葉に上方訛のあるのが特徴だった。

そこは麻布飯倉にある大きなお屋敷のお長屋である。そもそもこのお屋敷の主が、何《なん》人《びと》であるか誰も知っている者はない。一部の噂によると、十四代将軍家茂に御降嫁あそばされた、和宮様おつきの老女の住居だともいうが、それかあらぬか、このお屋敷ばかりは、幕府の手もとどきかねるらしい。それを幸いに、このお長屋にはいつも血気の若者たちが屯《たむろ》して幕府の監視を尻眼にかけ、始終何事かを画策しているのである。

江藤源八が添書をもって、このお長屋へころげこんで来たのはこの春のことだった。

「しかし、その手紙というのは……」

服部半十郎という土佐の脱藩浪人が、なんとなく躊躇《ちゅうちょ》するようにいいかけるのを、江藤はもちまえの癇癖《かんぺき》らしい調子でさえぎると、

「いや、その手紙を貴公たちに見せられないのが残念だ。小平のやつ、菊水に見せるまではと渡さないのだ。しかし手紙はなくとも、文面は私がよく憶えている。何んでも今宵五ツ（午後八時）、紫陽花屋敷で、狐のやつがわが党の士と会合することになっているというのだ。例によってうまく欺き、紫陽花屋敷へ誘《おび》きよせ、ふんづかまえて、三枝伊織の手に引渡すという寸法らしい」

「だが……」

服部半十郎は、まだ危惧するように、

「誰だろう、わが党の士というのは」

「そこまではわからない。しかし狐の手紙によると大分大物だということだ。だが、それはいずれわかることだ。貴公たちどう思う。今宵五ツ、狐のやつが紫陽花屋敷へ現れ

るということがわかっているのだ。しかも、何人かは知らぬが、われわれの仲間の者が、狐の罠に落ちようとしているのだ。捨てておいてもよいものだろうか」

言下に鵜飼伝九郎が、

「むろん、捨ててはおけぬ。先廻りしてひっとらえよう」

「そうだ。場合によっては斬って捨てるのだ。狐のやつには深い怨みがある」

「そうだ。あいつの動勢がわかったのは何よりだ。この際一挙に禍根を断ってしまおう」

皆川静馬と浅原十蔵がそのあとについていった。そして、誰一人それに異論を唱える者はなかった。ただ服部半十郎だけが、何んとなく気のすすまぬ調子だったが、しかし、あえて反対するほどの勇気も持たなかった。

紫陽花屋敷

そもそも狐というのがどういう人物であるか、それを知っている者は、その席には一人もなかった。いや、ただに尊攘派の浪人たちが疑問としているのみならず、幕府の方でも、狐の人物を知っているのは、極く少数の限られた人間であるという噂だ。

だが、狐の流す害毒については、尊攘派の浪士どもを戦慄させるに十分なものがあった。かれらはちかごろ、頻々として、自分たちの機密が、幕府に筒抜けになるのに気がついていた。あらゆる計画、あらゆる画策が、いつの間にやら幕府に知れていた。その結果として、同志のうちの貴重な人材が、つぎからつぎへと幕吏《ばくり》の手に挙げられていった。またある者は、何人とも知れぬ兇刃にかかって、非業の最期を遂げた。

やがてかれらは、自分たちのうちに、幕府の隠密が潜入していることに気がつきはじめた。しかもそいつは、仲間でもかなり枢要な地位にあるらしい。でなければ、それほど精密に、自分たちの計画が、幕府に知れる筈はないのである。

「狐」——いつかかれらは、見えざる敵に対して、そういう綽名《あだな》を奉っていた。狐を斃《たお》せ、狐を探し出して斬って捨てろ、——かれらは必死となって狐の正体を探していた。それがいま、ようやく、その尻尾をおさえることが出来たのだ。

「もう少し慎重に、せめて菊水にでも相談したらどうか」

服部半十郎が、危ぶむようにいう言葉も、耳に入らなかったのも無理はない。

「駄目だ、菊水はいま江戸にいない。それに今夜を外しては、二度と狐をつかまえる機会は来ないのだ」

「服部、貴公いやなら止してもいいぜ」

そういわれると、慎重な半十郎も、それ以上おして反対するわけにはいかなかった。

「よし、それじゃ俺もいこう」

と、同意せざるを得なかった。

そして、その夜。――

ここは本所の本恩寺わきにある、紫陽花屋敷である。この紫陽花屋敷というのは、もとさる大身の旗本の下屋敷だったが、主がことに座して改易になって以来、長らく無住となっていて、いまでは、あれ放題にあれている。いかさま、狐のような人物が、陰謀をたくらむには屈竟《くつきよう》の場所だった。

「江藤、大丈夫か。狐のやつはきっとやって来るだろうな」

「来るだろうと思う。こない筈はない」

若い皆川静馬が、愉快そうに咽喉《のど》の奥でわらった。

時刻は六ツ半（午後七時）頃のことで、その少し以前より雨がポツポツと落ちはじめていた。暗い、あれ果てた屋敷のあちこちに、紫陽花の花が薄白く浮かんでいるのが、妙に淋しさを誘うのである。その紫陽花の花の影に、さきほどから忍んでいる七人だった。

「だが、江藤、貴公、どうするつもりだ。狐のやつが現れたら、ひっとらえて吟味するつもりか」

「いや、それは止した方がいい。何しろ相手は、奸智《かんち》にたけたやつだ。またどういう罠を設けているか知れぬ」

「では、うむをいわさず斬って捨てるか」

「それも考え物だ。それよりも、拙者にいい考えがある」

「いい考えとは？」

「ここに袋がある。狐のやつがやって来たら、いきなり袋をおっかぶせて、そのままおもしをつけて河の中へ投げ込むのだ。そうすればあとくされがなくていい」

「それもひとつの手段だが……しかし、やっぱり斬って捨てたほうが……」

「まあ、いいから拙者にまかせておいてくれたまえ。狐の奴はかっきり五ツ（午後八時）にこの紫陽花屋敷へやって来るといっている。そして、やって来たら懐中提灯《ふところちょうちん》で三度虚空《こくう》に輪をかくという。それが合図だ。そいつが見えたらすぐとびかかるのだ」

誰もそれに、異議を唱えるものはなかった。江藤源八は思慮にたけた人物で、兵馬の江戸にいない留守のあいだ、いつの間にか一同を支配する地位に立っていた。

一同は黙々として、紫陽花の影の闇のなかに佇《たたず》んでいる。雨はしだいに激しさをまして来た。やがて、どこかで五ツ（午後八時）を報らせる鐘の音。——と、殆んど同時だった。

どこからやって来たのか、忽然として紫陽花屋敷の庭の奥に、朦朧《もうろう》たる人影が現れた。人影は袂《たもと》から懐中提灯を取り出すと、それを三度虚空に振った。

狐だ！

そのとたん、ばらばらと七つの影が、灯をたよりに跳《おど》りかかっていた。——

それから凡《およ》そ、半刻《はんとき》（一時間）ほど後のこと。

折からますます勢いを加えて降りしきる雨をついて、両国辺から漕ぎ出した一艘の舟があった。船の中には黒装束に覆面の武士が七人、そして、その足下には袋詰めになった人間が、ぐったりと濡れそぼれて横たわっている。

「思ったより、他愛なかったな」

「そうだ、跳びかかったらひと溜りもなく気を失ってしまいやがった」

鵜飼伝十郎が、愉快そうにわらった。

「江藤。このまま水葬礼にしてしまうのは惜しいじゃないか。せめて面だけでも見ておいてやろうじゃないか」

八木新之丞がいうのを、江藤源八は遮って、

「いや、止したまえ。顔を見ると、またどんな気持ちになるかわからない。われわれは狐をとらえた。そして、そいつの息の根をとめてしまう。それだけで十分じゃないか」

「だが……」

と、服部半十郎は不服らしく、

「顔を見ないというのはどうかな。狐はたしかにわれわれ同志の仮面をかぶっていたのだ。誰が狐だったか、——それを知っておくのは無駄ではあるまい」

「いや、だからこそ顔を見ちゃいけないのだ。顔を見れば不愍《ふびん》がかかる。とにかく、黒い覆面をした男だったと、それだけわかっていればいいじゃないか。さあ、ここいらがちょうどいい。皆川、貴公、足のほうを持ってくれ」

「よし」

江藤と皆川が袋詰めの狐の頭と足をもちあげた。

「さあ、投げ込むぞ。一《ひ》イ二《ふ》ウ三《み》イ」

重い袋は舷《ふなべり》をこえて、さっと水のうえに落ちていったが、そのとたん、袋の中からきゃっという悲鳴が挙った。

「あっ！」

それを聞くと一同は、思わず舷から身を乗出した。袋の中から洩れたのは、たしかに女の声だった。

すると狐は女だったのだろうか。

生きている狐

菊水兵馬が江戸へ戻って来たのは、それから五日ほど後のことだった。

鮫ヶ橋の隠れ家へいったん立ち寄って、かまいたちの小平から、留守中の模様をききとった兵馬は、それから間もなく、麻布飯倉の例のお屋敷へふらりとやって来た。

お長屋には、鷺坂勘三郎と浅原十蔵の二人が、何か浮かぬ顔をして、密談にふけって

いたが、兵馬の姿をみると驚いたように、

「おお、菊水ではないか。いつ帰って来た」

「いま帰ったばかりだが……どうしたのだ、二人ともいやに悄気《しょげ》ているじゃないか。何かあったのか」

「いや、なに、何んでもない」

勘三郎と十蔵は、何んとはなしに、意味ありげな眼配せをしていた。兵馬はわざと気づかぬふうで、

「そうか、それならいいが……時に浅原、私の不在中にこのお屋敷へ、誰か私を訪ねて来たものはいないか」

「貴公を……？　さあ、知らないね。誰か訪ねてくることになっていたのか」

「そうなのだ。鮫ヶ橋かこちらかへ、やって来る筈になっているのだが……順調にいけば五日ほどまえに、江戸へついていなけりゃならん筈だが」

五日ほどまえ——と、聞くと浅原と鷺坂はまた顔を見合わせていたが、

「知らんね。そして相手は男か女か」

「どちらか分らない。いや、こういうとうろんなようだが、実はこういうわけなのだ。

先程鮫ヶ橋へ立ち寄ってみると、京都から手紙が来ていてな。山崎からだ、知っているだろう、あの男を……何んでも重大な事実をこちらの同志に報せるために、使いの者をつかわしたというのだ。日付けでみると、もうとっくに江戸へ着いていなければならぬ筈だが――」

兵馬は、何んとなく不安らしい様子だった。

浅原も、その言葉の調子につり込まれたように、

「重大なことというと？」

「狐の正体がわかったのだ。それで、使いをもって、そのことを報らせて寄越すというのだが……」

狐――と、聞いたとたん、二人の顔色がまた変った。兵馬はそれをみると思い出したように、

「おお、そうだ、そういえば先日、小平が狐の手紙を手に入れたとかいっていたな。貴公たちはその話を、江藤からきかなかったか」

「ああ、その話ならきいた」

鷺坂の声はいかにも苦しげだった。

「ふむ、それでもちろん紫陽花屋敷へ出向いたろうな」

「ふむ」

「そして狐は?……」

「取り逃がした。いや、狐の奴め来なかったのだ」

浅原が、早口でそういった。そういう時、かれの顔はいかにも苦しげに曇っていた。

鷺坂は、じっと唇を噛んでいる。兵馬はしばらく怪しむように、そういう二人の顔色を見較べていた。

何かかくしている。紫陽花屋敷へ張り込んでみたが、狐はとうとう来なかった。——と、かれらはそういうのである。しかし、ただそれだけだろうか。ただそれだけのことに、かれらは何故、こんなに暗い顔をしているのだろう。

しかし、兵馬はそれ以上、この問題を追及していくつもりはなかった。それよりも、目下のかれにとって気がかりなのは、山崎からの使者のことである。既に数日前に着いていなければならぬ筈のその使者が、いまだに姿を見せないというのは、何か間違いが起ったのではあるまいか。

「いや」

兵馬は、軽くいって立ちあがると、

「狐を取逃がしたのを、それほど気にすることはござるまい。来なかったものは、致《いたし》方《かた》がない。いずれ山崎の使者がつけば、狐の正体もわかることだ」

兵馬はそのまま出ていこうとしたが、その時、あわただしく入って来たのは、江藤源八だった。出会がしらにばったりと、兵馬と顔を合せると、驚いたように一歩退いて、

「おお、菊水、貴公いつ戻って来た」

「なに、さきほど帰って来たばかりだが……どうしたのだ、顔色が悪いじゃないか」

「なに、なんでもない。もう帰るのか」

江藤は探るように、兵馬の顔を見ている。

「ふむ、帰る。また明日でもやって来よう。少し用事もあるから」

兵馬は、明るい微笑を残してかえっていったが、その後姿を見送っておいて、江藤源八はくるりと室内の二人のほうへ向き直った。

「浅原、――鷺坂」

「………」

「貴公、この間のことは喋舌《しゃべ》らなかったろうな」

「ふむ、面目なくて口に出せたものじゃない。狐が女であったということがわかるまではな」

浅原は、辛辣《しんらつ》な口調でいった。江藤源八は、ちょっと眉をあげたが、すぐ嘲笑うように、

「はははは、貴公たちは、まだあれを気にしているのか。狐が女でなかったという証拠は、どこにもない。それに、あの声は果してほんとうに女だったろうか」

「それじゃ貴公はあの悲鳴を、男の声だったというのか」

鷺坂勘三郎が、噛みつくように江藤を睨んだ。江藤はそれを弾きかえすように、

「男か女か——どっちだっていいじゃないか。どうせあいつは狐なのだ。狐にきまっている。われわれは首尾よく狐を退治したのだ」

だが、その言葉も終らぬうちに、障子の向うで陰気な声が聞えた。

「いいや、狐はまだ生きている」

「なに？」

ふりかえった三人のまえへ、蒼い顔をしてのっそり入って来たのは、服部半十郎だった。

「狐はまだ生きているぞ。鵜飼伝九郎と皆川静馬が昨夜捕えられた。八木新之丞は、今朝がた柳原土手で斬られて死んでいたそうだ。狐の外に、誰にそんな事が出来よう」

さすがに剛毅な若者たちだったが、そのとたん、異様な戦慄が背筋を走るのをおさえることが出来なかった。

「それじゃ――それじゃ――」

しばらくしてから浅原十蔵が、唇をなめるように、あえぎあえぎこういった。

「それじゃ、われわれが袋詰めにしたのは、いったい誰だ。袋詰めのまま、顔も見ずに河の中へ投げ込んだあの女は、いったい何者なのだ」

姿なき敵

兵馬はちかごろ、自分の身辺に眼に見えぬ網が張られているのに気がついていた。家にいても外にいても、始終、何人かの執拗な監視をうけていることを意識した。

相手の姿を見たわけではない。しかし、兵馬のような生活をしている者には、一種特別な本能がある。その本能がちかごろしきりに兵馬に対して危険信号を発するのだ。

「旦那、いけません。このかくれ家も、そろそろ引き払わなきゃなりませんぜ」

ある日、かまいたちの小平もそういって、ちょっと緊張した色を見せた。かっての鼠《そ》賊《ぞく》かまいたちにも、こういう嗅覚は異常に発達しているのだった。

「小平、その方もそう思うかい」

「思うかじゃありません。俺《あっし》や、たしかに知っているんです。誰かが、このかくれ家に眼をつけている。いや、眼をつけているばかりじゃありません。時々、ここへ忍び込みやがるんです」

「なに、忍びこむ者があると申すのか」

「そうなんで。旦那、ごらんなさい。その糸を」

小平の指さすところを見ると、畳のうえに細い糸が蜘蛛の巣のように張られている。それが切れて纏《もつ》れて、ひとところにこんがらがっていた。

「このあいだから、俺《あっし》やどうも様子が変だと思ったんです。たしかに誰かが忍んで来るにちがいねえと感づいたんで。そこへもって来て、昨夜は旦那も俺も留守にすることになった。そこで俺《あっし》や念のために、畳のうえに細い糸を張っておいたんです。ところが今朝かえってみると果してこの通りで……たしかに誰か、昨夜このかくれ家へ忍び込んだやつがある証拠ですぜ」

兵馬は、困惑したように眉をひそめた。

何者だろう、それは……？　兵馬はすぐに好敵手三枝伊織の事を思い出した。しかし、伊織ならばなにもそんな変な真似をするには及ばない。このかくれ家を見付けたら、即座に捕手をさしむける筈だった。

狐――？　いやいや、狐にしても同じことだ。狐にしても自分の住居を知ったら、すぐにそれを密告すればよいのだ。危きを冒してわざわざ忍び込んで来る筈はない。

――と、すればいったいこれは誰の仕業だろう。また、何をそいつは狙っているのだろう。正体はともかく、その目的がわからないだけに、兵馬はなんとなく不安な胸騒ぎをおぼえた。いらだたしさを感じた。用心ぶかいかれは、家の中を捜索されたところで、不利になるような証拠はなに一つ残していなかったが、それでもやっぱり不快感はおおえなかった。

「ふむ、引払うにしても、もう少し様子を見てからにしよう」

兵馬が躊躇するには、理由があった。このかくれ家を引払ってしまったら、京都からの密使が困るだろう。——そう思ったからである。

だが。それにしても、京都からの密使はどうしたというのだろう、依然として兵馬は、その消息を知ることが出来ずに、いらだたしい毎日を送っていた。

その翌日、兵馬はまた麻布飯倉のお屋敷へ出向いていった。ひょっとするとその方へ、何かたよりがありはしないかと思ったのだが、たよりはなくて、そこには服部半十郎が蒼い顔をして腕組みをしていた。

「どうした。服部、近頃ちっとも元気がないじゃないか」

「元気もなくなるよ。こうつぎからつぎへとやられちゃ」

「なに？」

兵馬はききとがめて、それから俄《にわ》かに声を落した。

「誰かまたやられたのか」

「浅原が昨夜奉行所へあげられた。鷺坂は二、三日まえから行方不明だ。おおかたばっさり殺《や》られたのだろうよ」

半十郎は唇を歪めて、咽喉《のど》の奥でかすかに笑った。自らあざけるような笑い方だった。

「狐の仕業だな」

「むろん、それにきまっているさ。これで先達って狐狩りに出かけた連中で、残っているのは俺と江藤源八の二人きりだ。今度はきっと俺の番だろうぜ」

「馬鹿なことをいうな。貴様ちかごろどうかしているな」

「そうかも知れぬ。だが事情をきけば、貴公だってきっと俺と同じ考え方になるぜ。菊水、貴公、俺が狸穴《まみあな》の近所に、かくれ家をかまえているのを知っているだろうな」

「それがどうした」

「そのかくれ家へ、ちかごろ時々忍びこんで、家探しをしていくやつがあるのだ」

「なに？」

兵馬はぎょっとしたように、半十郎の顔を見直した。

「それはまことか」

「ほんとうだ。そいつはまるで影のように、音もなく姿もなく、家の中へ忍び込みやがる。そんな真似の出来るのは、例のやつよりほかにはない。狐だ、狐なのだ。畜生、俺もいまにきっと狐の餌になるのだろう」

半十郎はきっとばかりに、血走った眼を見据えたが、果せる哉《かな》、その半十郎がかくれ家で、何者にとも知れず殺されていたという噂を、兵馬が風のたよりに聞いたのは、それから二日目の夕方だった。

夕立野

「小平、これはいけない。やっぱり貴様のいうとおり、このかくれ家を引き払ったほうがよいかも知れぬ」

「へえ」

「服部が殺されたということだが、一昨日あった時、あいつもちかごろ、正体不明の曲《くせ》者《もの》に、たびたび忍び込まれると申していた。俺には少々腑に落ちぬ節があるが、ともかく、君子危きに近よらずだ。貴様、どこかいいかくれ家を知っておらぬか」

「旦那、それなら俺にまかせておいておくんなさい。かくれ家なんざ、江戸中どこへいっても転がってまさあ。で、いつお引払いになりますんで」

「いつと申して早い方がいい。服部の噂をきいたのが何かの辻占《つじうら》だろう。いますぐにでも出かけたいが」

「結構です。人間は思いきりが肝腎だ。で、この世帯道具やなにかは……？」

「はははは、こんな物、捨てて参っても惜しくはない。どうせ碌《ろく》な品はない。財布も軽いが身も軽いとはまったくこのことよ」

「豪《えら》い。それくらいの思いきりがなけりゃ仕事は出来ねえ。じゃ、ともかく身支度だけととのえて参りましょう」

こんな時には至極便利なかまいたちの小平なのである。それから間もなく、身軽ないでたちをととのえた二人が、鮫ヶ橋のかくれ家を出たのは、日も暮方の七ツ半（午後五時）頃。風が妙に生ぬるく、どうやらざあっと一雨来そうな空模様だった。

「旦那、落人にゃお誂《あつらえ》向きの空模様ですぜ」

「ふむ、どうやら鳴り出しそうだな。どちらへ参る」

「まあ、ともかく俺《あつし》にまかせておいておくんなさい」

足にまかせて二人が、四谷から青山の権田原へさしかかった時分には、果して甲州連山から這い出した黒雲が空一面を覆うて、おりおりかみそりのような鋭い光が、雑草のうえを撫でて通った。

二人は無言のまま、その原っぱを斜に突っ切ろうとしていたが、何を思ったのか、突然小平がぴたりと足をとめると、暗澹たる原のあとさきをずっと見廻した。

「小平、どうかしたのか」

「旦那、いけません」

「なに、いけないとは?」

「どうやら手が廻ったらしい。俺《あつし》や、さっきから気がついていたんです。変な奴がついて来るのを。……でも、十分まけるつもりでしたが、もういけません。相手はだいぶ多勢のようです。旦那、いつでも抜けるつもりでいておくんなさい」

「来たか。面白い。相手が狐なら今度こそ面の皮をひん剥いてくれようぞ」

兵馬は、すっかり度胸を定めた声音《こわね》だった。

「旦那のこったから心配は致しません。また俺だってここでふんじばられるほど、耄碌《もうろく》はしてねえつもりです。だが、二人一緒ということはちっと難しい。ここで離れ離れになったら、旦那、浅草の裏へ来ておくんなさい。そこにゃいつも、かったい乞食が出ておりますが、そいつに一言、鼠といっておくんなさい。そうすりゃそいつが旦那にかくれ家の面倒を見てくれます。ようがすか」

「わかった。鼠といえばいいのだな」

「へえ、それがこちとらの合言葉で。あ、来やがった」

二人の立話を怪しいと思ったのか、その時ふいに雑草のあちこちから、ばらばらと捕手の人数がわき上って来た。

「畜生ッ、旦那、それじゃこれで……」

兵馬と小平は、雑草の中をわかれて走った。その兵馬の行手へ、ばらばらと現れたのはほかならぬ三枝伊織、身ごしらえも厳重に、うしろには数名の捕手をしたがえている。

それを見ると、兵馬はにっこり笑って立ちどまった。

「おお、三枝さん、暫くです」

「兵馬、とうとう捕えたぞ。つかまえたぞ。無用の抵抗は止しにして、縄にかかったがよかろう」

「ははははは、三枝さん、それは無理です。私はまだ大切な仕事を終ってはいない。いずれまたお眼にかかりましょう」

「おのれ、逃げるか。それ！」

伊織の下知一番、数名の捕手がばらばらと躍りかかって来るのを、兵馬は無造作に右

に左にとかわすと、

「三枝さん、いけませんよ。私は無益な殺生はしたくないのです。逃げますよ」

「逃げる？」

「逃げます。幸い足に年をとってはいない。それにこの雑草がもっけの幸い。それじゃ御免」

つつつつつと、五、六歩すっとんだかと思うと、あっという間もない。兵馬の体は丈なす雑草のなかに埋もれて。……暗澹たる空の下に、深い、高い雑草が、女の黒髪のように風になびいて、おりおりそのうえを稲妻が掃いていった。やがて、物凄い雷鳴とともに、車軸を流すような夕立が……。

ひぐらし

キリンキリン。

ひとしきり大荒れに荒れた夕方が、西の空から晴れて来ると蜩《ひぐらし》が涼しげな声で鳴き出した。権田原の雑草はぐっしょりと露をもって、その草の根の下をわけて、行く水の音があわただしく聞えていた。その雑草のあいだから、つと頭をもたげたのは、さっき逃げた筈の菊水兵馬だ。

兵馬はあたりを見廻わすと、やがてぶるっと体をふるわして、犬のように着物の露をはらった。

「はははは、行ってしまったようだな」

兵馬は大胆な高笑いを吐き出すと、そのまま原を突っ切って、千駄谷のほうへ出ようとしたが、その途中で、おやとばかり濡れた草鞋《わらじ》を草の根にとめた。

どこかで女のうめき声がする。苦しげな、瀕死のうめき声だった。兵馬はそのうめき声の見当を見定めると、つかつかと草をわけてその方へちかづいていった。

女が倒れていた。しかも、肩をぐっさりたちわられて。……でも、まだ死にきってはいなかった。

「お女中、お女中、気をたしかに持たれい」

抱き起した拍子に、女は眼をひらいて兵馬の顔を見たが、そのとたん、さあっと蒼い頬に血の気がさした。瞳がきらきら輝いた。

「おお――菊水様――」

「えっ？」

兵馬は愕然として、相手の顔を見直した。まだ一度も見たことのない女だった。それだのに、相手は自分の名を知っている。

「御不審は御もっともでございます。わたしは京都から参ったもの。山崎様の使いのものでございます」

「おお、それではお女中が……」

「はい、わたしは早苗と申します」

「しかし、その早苗どのはいままでどこに」

「計られたのでございます。狐のやつに、計られたのでございます。狐はあなたの名をかたって、紫陽花屋敷へわたしを誘《おび》き出しました。そして、そして、袋詰めにしてわたしを河のなかへ……」

「えっ」

「でも、幸い、わたしは袋を破って助かりました。しかし、その時、山崎様からことづかった文を河の中へ落してしまって。……その中には狐の名前が書いてある筈でございましたが、わたしにはそれが誰だかわかりませぬ。そこでわたしは、自分の手で狐の正体を探らねばなりませんでした。わたしは皆様のかくれ家へしのび込みました。菊水様、あなた様のかくれ家へもたびたび……」

兵馬は愕然として相手の顔を見直した。するとかれを悩ました姿なき賊はこの女だったのか。

「わたしは、すべての人を、疑いました。わたしの、江戸へ来ることを知っているのは、あなた様の周囲の人よりほかにございませぬ。そこで、みな様のところへ忍びこんで、……そして、そして、やっと狐の証拠を手に入れました。狐の正体を知りました」

早苗の声はしだいに細って来た。それでも彼女は必死となって、

「わたしは、それをすぐあなたへお報らせしようと、ここまでやって参りましたが、後追っかけて来た狐の手にかかって……」

「早苗殿、気をたしかに持たれい。狐は誰です。狐の正体は何者です」

「江藤源八――江藤源八でございます。証拠は源八より小栗豊後守にあてたこの手紙。――菊水様、皆様の敵を討って下さいまし。わたしの敵を討って下さいまし」

ふところから探り出した手紙を兵馬の手に渡すと、早苗はがっかり草の中につっ伏したのである。

どこかでまた、ひぐらしがキリンキリンと涼しげな声をあげて鳴き出した。

江藤源八が醜い骸《むくろ》となって発見されたのは、それから数日後のことである。

黒船往来

柳原堤《やなぎはらづつみ》の卦《け》

「お女中、これ、お女中、ちょっとお待ちなさい」

編笠のなかからこう呼びかけられて、娘はどきりとしたように足をとめた。

柳原堤の薄月夜。ほの暗い柳のかげに『大観道人』そう書いた提灯《ちょうちん》が、淡い光をおとしている。

「はい、あの……わたしに何か御用でございますか」

赤茶けた光のかげに、娘の蒼ざめた頬がふるえているのを、大観道人は編笠のなかからおだやかに笑った。

「御用……？　はははは、御用とはこちらから聴きたいところじゃ。見ればさきほどより同じところを行きつ戻りつ、また顔色もすぐれぬ様子じゃが、何かこの大観道人に用事があるのではないか」

図星をさされて、娘はよんどころなさそうに、淋しい笑いを頬にきざむと、ついと見台のそばへ寄って来た。

「恐れ入りました。さきほどよりお声をかけようと思いましたが、つい気臆《きおく》れがいたしまして……」

「ははははは、何んのそんな遠慮がいるものか。してして、見て貰いたいというのはどういうことかな。紛失物《うせもの》か、縁談か、それとも探ね人かな」

大観道人は、はや筮竹《ぜいちく》を斜にかまえている。その頃、柳原堤に店を出している、大観道人の占いは、よく当るという評判だった。

「はい、あの……探ね人でございます」

「探ね人……？　男かな、女かな」

「男でございます」

大観道人はさもあろうというふうに頷きながら、

「年齢は？」

「五十七、丙寅《ひのえとら》でございます」

「なに、五十七？」

これはいささか当てがちがったというように、大観道人は編笠の目から、娘の横顔を眺めながら、

「五十七歳というと？　そなたの何に当るのかな」

「父でございます」

「職業《しょうばい》は？」

「大工——船大工でございます」

「ふむ、そしてその父親を探しているといわれるのじゃな。いったい何時ごろから行方がわからなくなったのか、もっと詳しく話してみなさい」

娘は蒼褪《あおざ》めた頬をこわばらせ、虚空《こくう》に瞳の力を集めていたが、やがて暗誦でもするように、すらすらとこんなことをいった。

「ほんとに行方がわからなくなったのは、いまから十日ほどまえのことでございます。でも、それまでにもちょいちょいと、二日三日、家に帰らないことがございました。いったいどこへ参りますのか、いくら尋ねても話してはくれず……家にいる時は碌に口もきかずに図面をひいておりました。はい、日頃から仕事には熱心なほうでございまし

たが、今度のようなことははじめてでございます。何かこう、物に憑かれたように、鬢《びん》も頬もそそけてしまって……溜息ばかりついておりました。それが十日ほどまえのことでございます。夜になって訪れて来た人がございました。わたしが出ようと致しますと、おまえは出ずともよい、奥で寝ていろと申しますので、よんどころなく控えておりますと、父はその人を仕事場のほうへ連れ込んだ模様でございました。私はとうとうその人の姿を見ませんでしたが、話し振りから、お侍ではなかったかと思っております。父はその方と、半時ばかり話をしておりましたが、それから間もなく、出かけるから支度をしろと申しまして……はい、その時にはお客様の姿はもう見えませんでした。わたしが身支度の手伝いを致しますと、今夜は少し遅くなるかも知れぬと申しまして、そそくさと出ていったきり、今日にいたるも梨の礫《つぶて》で、一向音沙汰がないのでございます」

みちみち考えて来たのだろう。娘が澱みなく語る話を、大観道人はじっと耳傾けていていたが、

「ふむ、ふむ、それでは今度姿をくらますまえに、ちょくちょく家をあけたというのだな」

「はい……」

「それで何かな。おまえさんのまえだが、父御《ててご》に美しいのでも出来たのではないかな」

娘ははじめ、ちょっとその意味が汲みとれないような顔色だったが、やがてまあと顔を紅らめると、

「そんなこと父に限って……」

いかにも心外らしい口吻に、大観道人は咽喉《のど》の奥でかすかに笑うと、

「ああ、さようか、父御に限ってそういう心配はないと申されるのだな。いや、よろしい、観て進ぜよう。こうっと、五十七歳、丙寅の男じゃな」

大観道人は、筮竹をおいて、見台のうえに算木《さんぎ》をならべはじめたが、やがてふいと眉をひそめて、

「ああ、これは……」

「はい、何か変った卦が出ましたか」

「いや、なに、そう気を揉むことはないが……しかし、お女中、そなたは父御《ててご》のちかごろの、心配の種というのをまったく御存じないか」

「はい一向心当りがございませぬ」

「きっとか」

「はい……」

と、いったが、娘は何か心が騒ぐふうで、

「そういえば……でも、いやいや、そんなことは……」

「いや、どんなことでもよい。気がついたことがあらば申してみられい。いささか気にかかる卦の表じゃ」

「まあ！」

と、娘は息をのんで、

「そんなに悪うございますか、それでは申上げますが、今度家を出るまえに、三日ほど家をあけましたが、その時かえって来ての独り語《ひとごと》に、ああ、恐ろしい、ああいう船を見ては、もうわれわはコツコツと、板を削ってなどはいられなくなったと申しまして……」

「なに、ああいう船を見ては……」

その時、大観道人の声がふいに尖った。

編笠の目から、瞳がさしつらぬくように、娘の横顔を眺めていたが、何を思ったのか、ついと見台わきの提灯《ちょうちん》を手に取ると、蝋燭の芯をかき立てるようなふうをしながら、ゆるくそれを虚空に振っていた。

仕事場の中で

お国は両袖をまえにかきあわせたまま、とぼとぼと薄月夜の影法師をふんで、八丁堀から霊岸島のほうへ歩を運んでいた。

柳原堤に出る大観道人という易者の卦は、よく当るそうなと人から聞いて、ふと、この頃の物煩《ものわずら》いを占って貰う気になったが、結局大した気休めにもならなかったのを悲しく思い沈んでいた。

「卦の表は、風水換《ふうすいかん》というのじゃな。これを噛み砕いて申そうなら、そなたの探ね人は生きていることはいる。しかし、自分で自分の身がどうにもならぬ状態じゃな。むろんそなたのことを気使うている。会いたいとあせっている。じゃが、今も申したとおり、自分で自分の身がどうにもならぬ有様じゃで……」

「まあ、それでは父は、誰かに捕われの身となっているのでございましょうか」

「ふむ、まあ、それにちかい状態じゃな」

「それではどうしたらよいのでございましょう。このまま放っておいてよいものでございましょうか」

「いや、それはいけない。放っておけば生涯二度と会うことはかなうまい」

「まあ！」

　娘が唇まで真蒼になるのを見ると、

「いや、待て、待て、もう一度観て進ぜよう」大観道人はもう一度、さらさらと算木を組みかえていたが、

「や、これはちょっと面白い卦が出たな」

「はい、面白い卦と申しますと？」

「救いが思いがけない方向から来るという卦じゃな。ふうむ、今夜か、明日か、ともかく救いの主が現れる。そうじゃ、それに万事まかせておけば追々運が戻って来る。よいか、わかったな」

　お国は、まだ腑に落ちぬ顔色だった。救いの主といって父一人娘一人のほかに、親戚とてない身の、そういう当てがあろう筈はなかった。大観道人は娘のそういう心持ちを視透《みすか》すように、

「だから、思いがけない救いの主と申している。そうじゃな。これではあまり頼りないかな。それじゃもう一言、付け加えておこう。その救いの主というのは武士じゃ。そして、おお、そうそう、菊水の紋所のついた衣服を着ている。わかったかな。菊水の紋所じゃ。そういう人物に出会ったら、包みかくさずそなたの身のうえを話すがよい」

大観道人はそういうと、もうこれまでというふうに、見台のうえからさらさらと算木をかき集めた……。

お国は、いまそのことを考えている。たしかにふつうの易者とはちがっていた。それだけにその人の言葉を信用してよいやら悪いやら、戸惑いするような気持ちなのである。

菊水の紋所なんて、話があまり神秘めいて、さし迫った物煩いのまえには、かえって何んだか頼りない気がするのだった。お国の胸は、結局、行きがけとくらべて少しも軽くなってはいなかった。

薄月夜の乾いた道に、自分の足音が妙にわびしく、胸の底にしみついて来る。おいおい物騒になって来たきょうこのごろでは、夜歩きをする人も少なく、路に落ちた影法師との二人づれの道中が淋しかった。

ふいに、けたたましく犬が吠えた。

お国はぎょっと顔をあげると、道のあときわを見廻したが、いつの間にか家の間近に来ているのに気がついた。

また、けたたましく犬が吠えた。何んとなく異様なその啼声《なきごえ》に、お国はふいと胸を打たれるような気がして、急がしくあたりを見廻したが、その時、ついと道をそれて、傍の物影に吸いこまれた人の姿に気がついた。

まあ、あの人、わたしのあとをつけて来たのじゃないかしら。……お国は急に怖《おそろ》しくなった。娘の本能がこのごろの物案じをも蹴ってしまって、お国は夢中で駆け出すと転げるようにわが家の格子をひらいた。

厳重に戸締りをして、心張棒《しんはりぼう》をかってしまうと、お国はいくらか気が落ちついたが、それでもまだ心臓がドキドキと鳴っている。しばらくお国は表の気配に気をくばっていたが、別に足音も聞えない。

それではやっぱり自分の気のせいだったかと、ほっと安堵の吐息をもらすと、上り框《かまち》から這いあがった。手探りで行燈《あんどん》に灯をいれると、長火鉢のうえで冷え切っている白湯《さゆ》を、湯呑茶碗に汲んでぐっと飲み干した。

いくらか気が落着くと、今度は無性に淋しくなった。父のいない家の中が、いまさらのようにがらんと駄々っ広《びろ》くて、自分の影法師が妙に気になった。

お国は立って、奥の仕事場の戸をひらいた。そして、行燈を持って、何んの気もなく仕事場に踏みこんだが、とたんにきゃっと叫んで行燈を落した。

幸い、行燈は灯も消えずに、白茶けた光を仕事場の中にひろげている。その光の中に、男がひとり、虚空をつかんでのけぞっているのが、恐ろしい悪魔のようにお国の瞳にとびこんだ。

男は一太刀ばっさり斬られたらしく、仕事場の床に、黒いものが流れて無気味な光を放っていた。

不思議な男

「娘さん、これは、どうしたのだえ。おまえ、この男を知っていなさるのかえ」
「いいえ、知りません。存じません。いままで見たこともないお人でございます」

お国はうっかりそう答えてから、あれえと叫んでうしろに飛びのいた。あまりの恐ろしさに、体を支える力を失って、膝頭が飴のように崩折《くずお》れてしまった。

男が一人、いつの間にやら自分のうしろに来て立っているのである。算盤絞《そろばんしぼ》りの手拭いで頬冠《ほおかむ》りをして、黒紬《つむぎ》の袷《あわせ》の裾を七三に端折っている。膝も足首も細かったが、それでいて、どこか筋金入りの体を思わせる身の科《こなし》だった。丈は低くて、大人か小人かわからないような不思議な男だったが、頬冠りの下から覗いている瞳は異様に鋭かった。

「それじゃ、おまえさんの親戚の者じゃないんだね」

「ちがいます。ちがいます。どうしてこんな人が、ここで殺されているのか、わたしには見当もつきません」

「妙だな。こいつは何か曰《いわ》くがありそうだ」

男は仕事場にとび下ると、斃《たお》れている男を抱き起した。

「やあ、こいつは見事な斬り口だ。よほど手練の者にやられたと見える」

不思議な男は死骸をはなすと、素速い眼で仕事場のなかを見廻した。船大工らしいいろんな道具が、広い仕事場の中にごたごたしている。壁には、妙に複雑な図面だの絵だのが掛けてあった。

「娘さん、おまえさんのお父《とっ》つぁんは船大工だね」

「はい」

「名前は？」

「與兵衛《よへえ》と申します」

「與兵衛……？　おお、與兵衛といやァ、あの湖龍斎《こりゅうさい》さんじゃないかえ」

「はい……」

不思議な男は、ふいにはたと両手を打った。

湖龍斎與兵衛——その名をこの男は、知っていると見えるのだった。

「しかし、その湖龍斎なら、たしか遠島になっている筈だが……」

「いえ、あの、それがちかごろひそかに呼び戻されたのでございます」

お国はそういいながら、大人か子供かわからない、この不思議な男の挙動をぼんやり眺めていた。それにしてもこの人は、いったいどこから入って来たのだろう。表の格子にはたしかに心張棒をかっておいた筈だのに……。

不思議な男は暫らく独楽鼠《こまねずみ》のようにくるくると仕事場の中を探し廻っていたが、ふとお国の方を振りかえると、

「娘さん、この仕事場の中から、何か失くなっているものはないかえ」

お国はそういわれて、改めてあたりを見廻した。

「はい、あの、そういえば父が大事にしておりました手文庫が……」

「それだけかえ……」

「はい……」

男は壁のそばに立ち寄って、そこに掛けてある図面をしさいらしく見ていたが、やがて、死骸のそばへ引きかえすと、もう一度、男の体を抱き起した。そして、虚空をつかんだ死骸の指を、一本一本ひらいていたが、すると、指のあいだから、ポロリと紙屑がこぼれ落ちた。

不思議な男は素速くその紙屑をひらいてみたがそれはどうやら手紙の断片のようであった。男はちらとそれに眼を走らせると、もう用事はないというふうに腰をのばして、

「娘さん、おまえの名は何んというのだえ」

「はい、あの……お国と申します」

「お国さんか。それじゃお国さん、俺と一緒に行こう」

「あれ、どこへ参りますので」

「どこへって、おまえまさかこんな死骸と同じ家に寝るわけにゃいくめえ。何も心配する事はねえのさ。おまえを待っている人がある」

「あれ、わたくしを……」

「菊水の紋所の旦那がよ。はははは、そういえばおまえにも思い当るところがあるだろう」

男ははじめて笑った。

人懐っこい笑い声だった。お国はもう、少しも相手が怖くなくなっていた。いうまでもなくこの男は、菊水兵馬の腰巾着、かまいたちの小平だった。

名人船大工

「ともかく、與兵衛を一刻も早く探し出さねば相成らぬ。せっかく島より呼び戻し、黒船をも見せ、いよいよこれから、船を作らせようという間際になって盗まれては、こちらの苦心も水の泡じゃ」

「はい、それでは與兵衛は盗まれましたので」

若い与力《よりき》の三枝伊織は、蒼白い顔で小栗豊後守《おぐりぶんごのかみ》の面《おもて》を振り仰いだ。うつむいたまま、額で見る眼付きである。

「ふむ、盗まれたとしか思えぬな。自ら姿をくらますいわれはないからな」

町奉行小栗豊後守は、額に深い皺を刻んでいる。

この頃では、幕府のあせりがいよいよ眼に見えて来ていた。海からせまって来る憂いと、足下から頭をもたげて来た若い逞ましい力とのあいだに板挟みになって、何んとかそれを切り抜けていく方法を考えねばならなかった。

それには、幕府はこの二つに対抗する力を持たなければならなかった。新しい武器には、新しい武器で対抗するより方法がない。

そこで思いついたのが、自分たちの手で、黒船に対抗するだけの船を作れないものかということだった。

いまから考えれば、滑稽であったかも知れない。科学の根底を忘れて、一足飛びに異国の武器に対抗しようというのだから、はじめから無理なことはわかっていた。

しかし、幕府の役人は真剣だったし、また、これを嗤《わら》う権利は誰にもない筈だ。たとえ身のほど知らずであったとはいえ、こういう真剣な探求心が、百年後のこの国を築きあげたのだから。

幕府はこの船作りの方便として、湖龍斎與兵衛を島から呼び戻した。與兵衛はいまの言葉でいえば、天才的な造船技術者だった。黒船が渡来するまえから、かれは自分の工夫になる、いろいろな機械をこしらえて、それを船に備えつけた。

その船は、帆の力も、漕手も使わずにひとりで船が走るのである。そういう船を、はじめてかれが隅田川で走らせた時、人々は切支丹《きりしたん》の邪法とばかりに驚き怖れた。幕府では、すぐにその船を取潰させた。そして與兵衛は、遠島になった。先駆者のしいたげられること、この時代より甚だしいのはなかったのである。

だが、時代は急激にうつった。頑迷な幕府の役人にも、與兵衛を必要とする時代が来ていることがわかった。

そこで與兵衛を島から呼び戻すと、かれに船を作ることを命じた。それも、普通の船ではいけなかった。黒船に対抗しうる優秀船でなければならなかった。そのために與兵衛を役人に仕立てて、久里浜へ送った。黒船をひそかに見学させるためである。こうした苦心が、そろそろ実を結んでもよい時分になって、急に與兵衛が姿をくらましたのだから、幕府の役人があわてたのも無理はない。

「昨夜もな、手先の者を與兵衛の住居へ忍びこませた。何か手懸りはないかと思ったからだが、今朝になってみると、その男は與兵衛の仕事場で殺されていたそうだ」

小栗豊後守は眉をしかめて、吐き捨てるように呟いた。

「はい、その噂なら私もうすうすと聴いておりましたが……すると與兵衛を盗んでいったものが……」

「そうらしい。だが、それが何人であるか一向見当もつかぬのでな。與兵衛の娘にも当ってみたが、これまた父の行方については、一向心当りがないようだ」

「それで私に御用というのは」

「されば、その方の手で、ぜひとも與兵衛の行方を探して貰いたい。探し出して連れ戻すのじゃ。まさか殺されてはいまい」

「は」と、手をついたものの、伊織は当惑顔に、

「しかし、まったく心当りがなくては……」

「いや、心当りのないことはない。今朝ほど、妙な手紙を目安箱に投げこんでいったも

のがあってな」

目安箱というのは、庶民の訴えを聴くために、特別にしつらえられた箱である。誰でも思ったことを書いて、これを箱の中に投込んでおけばよかった。

「そして、その妙な手紙と申しますのは」

「これだ……」

小栗豊後守の取り出したのは、小さな紙片だった。そこには唯《ただ》一行。


與兵衛は安房に。


そして、その下には菊水の印がついていた。

「あっ、これは……」

「どうやらまた、兵馬が糸を引いている様子だな」

「すると、あの男が與兵衛をかくしたのでございましょうか」

「まあ、しかし、それならばわざわざ與兵衛の居所を知らせて来る筈はあるまいが……、どちらにしても、一応、騙されたと思って、安房へ行ってみる気はないか」

「参りましょう。兵馬というのは妙な人物です。敵かと思うと、必ずしも敵でない場合もあります。あの男は何か、われわれよりよほど大きなことを考えているようなところがあります」

小栗豊後守は妙な顔をして、伊織の顔を眺めていたが、ふと皮肉な微笑を口許にうかべると、

「その方は、だいぶあの男に傾倒しているようだな。はははは、まあ、よい。無駄足をふむつもりでいってみるがよかろう」

三枝伊織は奉行所から退《さが》ると、すぐに旅支度をととのえた。

白木長者

屏風のような鋸山《のこぎりやま》の連山を越えると、鏡ヶ浦の静かな海が、文字どおり鏡のようにひらけて来る。

那古《なこ》、船形の観音を越えると、やがて北條、その先には館山の岬が、静かな内海を抱いている。

その日、那古観音の茶店で憩《やす》んだ三人連れが、茶店の婆さんをとらえて、こんなことをきいていた。

「婆さん、この辺に白木長者というのがある筈だが、知ってはいないか」

「ええ、存じておりますとも。白木長者の名を知らないで、どういたしましょう。この辺きっての物持ちでございますもの」

「ははあ、つまり網元か何かな」

「さようで。代々網元でございますが、いまの長者の勘右衛門様というのは、ちかごろ気がふれたという評判でございます」

「気がふれたというと？」

「さあ、わたくしも詳しいことは存じませぬが、ちかごろ何を思ったのか、館山の岬に大きな板囲いをして、職人などもだいぶ入っている様子でございます。何やら普請《ふしん》をなさるということでございますが、どうですか、あんな海べりに普請をしてどうするのでございましょう」

婆さんの話をきいて、三人づれは顔を見合わせていた。この三人づれというのは男が二人に女一人、男の一人は武士で、一人は町人だった。女はまだ年も若く、これまた町家の娘と見られたが、この取り合いがいささか妙なので、婆さんはなんとなくうろんに感じた。

「そして婆さんえ。その勘右衛門という長者は、いった幾才ぐらいだえ」

「さあ、四十二、三でございましょうか。もとは気の大きい、いい旦那衆でございましたが、ちかごろは何かに憑かれたようで、それはそれは気があらくなったとか申しております」

「いや、有難う、それじゃわれらもちょっとその普請場とかいうのを覗いてみようかな」

若い武士が冗談らしくいうと、

「滅相もない。うっかり普請場に近寄ると、とんでもない眼にあいますよ。それはそれは厳重な取締りだそうで……」

婆さんは、真顔になって反対した。

「いや、いまのは冗談だ。それじゃそろそろ参ろうか」

茶店を出ると、娘が不安らしい顔で若い武士を振り仰いだ。

「あの……それでその普請場というのに、父がいるのでございましょうか」

「ふむ、どうやらそうらしいな。白木長者というのはよほどの人物にちがいない。だが、一体どういう目的かな」

独り語のように呟いたのは、いうまでもなく菊水兵馬だった。

お国もちかごろ漸《ようや》くこの人がわかって来たような気がした。相手は何んともいわなかったが、言葉つきなり声音から、この人こそ、柳原堤の易者にちがいないと思いはじめている。どうしてあんな真似をしていたのかわからないが、悪い人でないことだけはあきらかだった。あの時、自分の口からもいったとおり、きっと救いの主になってくれるに違いない。そうでも思っていなければ、よりどころのないような、頼りないこの頃の自分の心だった。

北條から館山へ入ると、白木長者の噂はますます高かった。

海沿いの不思議な普請場について、小首をかしげない者はなかったが、白木長者の威令が、この界隈《かいわい》一帯にゆき渡っていると見えて、うっかり詮索らしい口吻を洩らすと、袋叩きにでもあいそうな状態だった。

北條から、館山へ通ずる街道筋の旅籠《はたご》に草鞋《わらじ》を脱ぐと、

「で、旦那、これからどうします」

と、小平がほの暗い行燈《あんどん》のかげで、膝を進めた。

「そうだな。これは真正面からはむつかしそうだ。ひとつその方の奥の手で、瀬踏みをして貰うかな」

「ようがす。やっつけましょう。普請場のなかで、何んの普請をしているか覗いて参りましょう」

飯をかきこむと、小平は気軽に腰をあげて、ふらりとどこかへ出かけたが、明方頃になってかえって来たときには、すっかり眼のいろが変っていた。

黒船つくり

「旦那、大変だ。あの普請場の中には、黒船が出来かかっているんですぜ」

「なに、黒船が……」

たいていのことには驚かぬ兵馬も、これにはすっかり度肝《どぎも》をぬかれてしまった。

「小平、冗談をたいがいに申せ。その方、夢でも見たのじゃないか」

「いいえ、夢じゃございませぬ。それに旦那、驚いた事にゃ、普請場の中にゃ、眼色毛色の変った異人が、沢山閉じこめられている様子で……こいつはよっぽど大仕事でございますぜ」

それが事実とすれば、これはまったく一大事だった。兵馬にはとても信じることが出来なかったが、その信じられないようなことが、この内房州の一画で、進捗《しんちょく》しているのだった。

「ふうむ、そいつは妙だな。よし、もう一晩待って、今度は拙者が忍びこんでみよう」

そのつぎの晩、小平の手引きで普請場の囲の中に忍びこんだ兵馬は、殆んど自分の眼を信ずる事が出来なかった。

小平の言葉は、ほんとうだった。三方、絶壁にとりかこまれた入江の奥に、黒い巨体を横たえているのは、たしかに黒船にちがいなかった。それはかつて兵馬が、浦賀で見たものにくらべると、はるかに小型にはちがいなかったが、黒船は黒船にちがいなかった。かなり破損していた。そしてその破損の箇所を修理しているらしく、黒い人影が黙々と動いているのが見えた。

兵馬はそれを見ると、思わずふうむと唸ってしまった。

その夜はいったん宿へ引きあげたが、翌朝になると、妙な噂が兵馬の耳に入った。昨夜普請場へ忍び込んだ一人の賊が、白木長者の手に捕らえられたというのである。そしてその賊というのは、江戸から来た侍らしい……と、そう聞いて、兵馬は思わず小平と眼を見合わした。

「三枝伊織だな」

「そうらしゅうございますね。で、旦那、どうしたものでございましょう」

「致方《いたしかた》がない。こうなれば正面から乗込むよりほかにみちはない。まさか三枝を殺すようなことはあるまいが……」

白木長者の屋敷は、館山の丘陵の麓《ふもと》にあった。近在きっての豪家だけあって、その玄関の見事さは、冷いほど人を威圧するものがあった。兵馬が立って案内を乞うと、逞ましい若者がばらばらと、五、六名奥から飛出して来た。

「どういう御用でございますな」

若者の気組みには、人に譲らぬ鋭いものがあった。兵馬はおだやかに笑いながら、

「勘右衛門殿にそう申されい。與兵衛の娘国が、父に逢いに参ったとな」

若者はぎょっとしたように顔を見合せたが、すぐ奥へ引込んだ。やがて出て来ると、

「こちらへ」


案内されたのは、海を見晴らす座敷だった。やがて出て来た勘右衛門というのは、四十五、六の、強い人格のきざまれた顔をした人物だった。兵馬と、兵馬のうしろにひかえているお国と小平を鋭く見ると、すぐおだやかな微笑になって、

「よく、いらせられた。お国殿にはこのあいだ迎えを参らせたが、邪魔が入っての。使いの者が手をつかねてかえって参った」

「存じております。その手紙のきれはしを手に入れましてな。御存じでもあろうが、死人の手に握られておりました」

兵馬の鋭い視線を、勘右衛門ははじくように見返すとふいと眉をひそめて、

「あれは……、俺《わし》も話を聞いて驚いた。そんな手荒な真似をしろとはいわなかったのだが、気が立っている若者だから……」

「あの、父は無事でございましょうか」

お国がおずおずと訊ねると、

「もちろん、與兵衛どのは一心に、仕事に魂を投げこんでいられる」

「会いとうございます」

「そうじゃな。では……こちらへ参られい」

相手の様子があまり淡白なので、兵馬もいささか張合の抜けた顔色だった。長い廊下を渡ると、そこに広い板囲の仕事場があった。

「覗いて見られい」

三人が覗くと、奇妙な船の模型をいっぱい飾った部屋の中で、白髪の老人が憑かれたような眼のいろをして図面を引いていた。

「あっ、お父様」

與兵衛はその声で顔をあげたが、別に顔色を動かすでもなく、

「おお、娘か、よく来たな。いま忙しいから話はあとで……」

そのまままた絵図面のうえに眼を落した。

「どうじゃな。これで納得がついたかな」

勘右衛門は、おだやかに笑っている。兵馬にも漸くことのしだいがのみこめて来た。

与兵衛は、無理強《むりじ》いに押しこめられているのではなかった。いま、実物見本をまえにして、かれの天才的な技術者魂が、飢えたように白熱しているのだ。そこには、肉親をも忘れる欣《よろこ》びよりほかに何物もなかった。


「わかりました。しかし、ただ一言、あの黒船は……」

すると勘右衛門は突然、豪放な笑いをあげた。

「ははははは、あれか。あれはな、分捕ったのじゃて」

「分捕ったとは？」

「嵐にあってな、この沖を漂流しているのを無理矢理にここまで引いて来た。御公儀へお届けしようかと思うたが、届けて出れば御公儀のことだ。向うの言分どおりかえしてやらねばなるまい。それよりも俺の一存で引きとめて、分捕っておけば、何かとこの後、この国の役に立たぬものでもあるまい。露見すれば、俺ひとり死ねばすむことじゃて」

事もなげな勘右衛門の言葉を聞いたとたん、兵馬は突然、厳粛なものに打たれたような、鋭い痛みを全身に感じた。勘右衛門は朗かに笑うと、

「どうじゃ、貴公も後学のために船を見ていかれぬか。菊水——たしか菊水兵馬と申されたな。いやいや、驚くことはない。昨夜捕えた若い武士から名前はきいた。三枝伊織——そうだ。その人もいま黒船を見て歩いている筈じゃ」

勘右衛門はそう言うと、すたすたと前に立って歩き出したのである。

先駆者の旗

今戸焼の狸

「ねえ旦那」

と、かまいたちの小平が、思案ありげな顔つきでいった。

「どうした小平、さっきから妙に浮かぬ顔をしているじゃないか」

兵馬は読みかけの甲陽軍艦から眼をあげると、小平のほうをふりかえった。四谷鮫ヶ橋のかくれ家を出てから、ちかごろ新たに設けた深川六間堀のささやかな住居なのである。海にちかくて、潮の香りが高い。兵馬にはそれが嬉しくて、魂ののびのびするような気持だった。

小平はあいかわらず思案ありげな顔色で、

「世間では、よくあっしのような醜い面のことを今戸焼の狸のようだなどと申しますねえ」

だしぬけに妙なことをいい出したから、兵馬はあきれたような顔色で、

「はははは、何をいい出すかと思ったら、たあいもない。誰かにそんな事をいわれたのか」

「いえ、そういうわけじゃありませんので。その今戸焼の狸について、ちょっと妙なことがございますんで」

「止せ、止せ、そんな詰まらぬことを気にかけるには及ばんだろう。そのほうらしくもない」

「いえ、そうじゃねえんで」

と、小平はいくらかじれったそうに、

「今戸焼の狸ったって何も面のことじゃねえんで。どうもその……ちかごろちょくちょくあの人殺しが、その今戸焼の狸に関係があるんじゃねえかと思うんで」

妙なことをいい出したから、兵馬ははてなと小平の顔を見なおした。

このかまいたちの小平というのは、もとは江戸の鼠賊《そぞく》だけあって、江戸町内の事情には精通している。殊に町民生活の裏の裏をよく知っているので、おりおりは、兵馬の思いもよらぬような事件を探って来ることもある。

兵馬もいくらか興味を催した顔色で、

「小平、茶でも滝《い》れぬか。咽喉《のど》が乾いた。どうも潮風のせいか、よく咽喉が乾くな」

「へえ」

と、小平が器用な手つきで茶を入れると、

「ところで、その今戸焼の狸だが、それがどうしたというのだな。人殺しに関係があるというのは、聞き捨てならぬが」

「お話いたしましても、差支えございませんか」

「ふむ、聞きたいな。読書にもいささかつかれた。ちょっと一服しようよ」

「さようで」

と、小平は眼を反らすと、かっと障子にうつる西陽の色を眺めている。その障子に、庭に植えた芭蕉の葉がうつって、さやさやと風にゆれていた。

小平は、ふたたび眼を兵馬のほうにかえすと、

「一昨日のことでございましたがね」

と、話しだした。

「あっしは、柳原堤を歩いておりましたので。まだ朝早くのことで、人通りとてもございません。ところが、そこへ出しぬけに娘がひとり飛び出して参りました。年頃十八、九の、ちょっと小綺麗な娘でございましたが、それがいささか妙だというのは……」

その娘の飛び出して来たのは、柳原堤も外れにある、ぽつんと離れた一軒家の中からだったが、小平はその家が、だいぶまえから空家になっていることを知っているのである。いや、空家であるばかりではない。近所では、その家を化物屋敷とさえ呼んでいる。

そういう曰《いわ》くつきの家の中から、若い娘が、しかもこの朝っぱら、飛び出して来るのはいささか妙だ……そう思いながら、娘のほうへ近づいていくと、娘ははっとしたらしかった。一瞬、どちらへ行こうかというふうにためらっているらしかったが、それでも覚悟をきめたように、うつむき加減にこちらのほうへやって来た。

やがてふたりのあいだは、しだいに近づいて来た。よく見ると、娘は肩につぎのあたった着物を着ているが、なかなかどうしてよい器量である。小平はいよいよ妙に思って、すれちがう時、

「もし、おまえさん」

と、思わず声をかけたのである。

すると、それまでおどおどしていた娘は、まるで針にでもさされたように、

「あれえッ」

と、叫んでとびあがったが、その拍子に、何やらがちゃんと娘の胸から落ちたものがある。小平はおやと娘の足下へ眼をやったが、そのとたん相手の娘はひらりと身をひるがえして、一目散に逃げ出した。

「もし、おまえさん、何か落ちましたよ」

小平がうしろから声をかけても、娘はまるで聞かばこそ、雲を霞《かすみ》と飛んで逃げ、またたく間に柳原堤から姿を消したのである。小平はしばらく呆気《あっけ》にとられて、そのうしろ姿を眺めていたが、やがて娘の落して逃げたものに眼を落すと、

「それが、旦那、いまいった今戸焼の狸なんで、……むろん、落ちた拍子に、木っ葉《こっぱ》微塵に毀《こわ》れておりましたがね」

反射炉研究家

兵馬も興味を催したらしく、湯呑茶碗の底を撫でながら、

「なるほど、それからどうした。まさか話はそれだけではあるまいな」

「へえ、もちろんです。話はいよいよこれからなんで」

と、小平は膝を乗り出すと、

「あっしも、それが今戸焼の狸だと気がつくと、思わずはっと致しました。いえ、そのわけはいずれお話いたしますが、そこでまあ、毀れた狸のかけらを掻き集めると、念のため、さっき娘がとび出した化物屋敷へ入ってみたんです。すると驚くじゃありませんか。その空家の薄暗い奥座敷のなかで、男がひとり殺されているんで」

話が佳境に入って来たから、兵馬は茶をのむのも忘れて、

「なるほど、そしてさっきの娘が殺したのであろうか」

「いえ、それはよくわかりませんがね、でも、それにしちゃ時刻が少し合わないんで。と、いうのはその男はバッサリ袈裟がけに斬られているんですが、血糊はおおかた乾いております。してみると、殺されたのはそのまえの晩あたりとしか思えませんから、娘

が殺したとしたら、まさか朝まで愚図愚図している筈はないと思います」

「ふむ、それは道理だな。そして殺されたのはどういう男だ。まさか武士じゃあるまいね」

「へえ、おっしゃるとおりお侍じゃありません。町人でございますがね。着物の着こなし、髪の結いよう、どうやら職人らしく思われますが、ここにひとつ妙なことがございますんで」

「妙なことというのは」

「その死骸のそばにも、今戸焼の狸が、木っ葉微塵に砕けておりますので」

「ほほう」

兵馬は、思わず眼を丸くした。もう茶を飲む気など、すっかりなくなったと見えて、冷えた茶碗を下へおくと、

「旦那、もうひとつ滝れましょうか」

「いや、それより話をききたい。それからどうした」

「へえ、それからあっしは、木っ葉微塵になった狸のかけらを掻き集めてみましたが、すると毀れているのはひとつじゃありません。どうやら二つらしいのです」

「ふうむ、すると今戸焼の狸が、都合三つ出て来たわけだな。娘が落していったのと……」

「さようで、さようで。ところがまだもうひとつございますので」

小平の意味ありげな顔色に、兵馬は黙って瞳をすえている。謎のような小平の口吻《くちぶり》から察すると、この男は、まだまだいろいろなことを知っているらしい。

「実は……」

と、小平は眩しそうに兵馬の視線をうけとめながら、

「さっき、娘が今戸焼の狸を落したのを見て、あっしがはっとしたと申し上げたにゃわけのあることで……その四、五日まえにも、浅草の並木で人殺しがありました。殺されたのはそのへんにある茶飯屋の親爺《おやじ》でございますが、その時も、親爺のそばに、今戸焼の狸が木っ葉微塵となって砕けておりましたので」

「小平」

兵馬は俄《にわ》かにきっと形を改めたが、また思いなおしたように、にっと微笑《わら》いながら、

「その時も、そのほう現場にい合わせたのか」

「へえ」

小平は、すましたものである。

「現場というわけじゃありませんが、あっしが忍びこんだ時、そういう状態になっておりましたので」

「ふうむ」

と兵馬は深く息を吸いこみながら、それでもさりげなく、

「それにしても妙だな。その方が一度ならず二度までも、今戸焼の狸や人殺しにぶつかると申すのは」

「で、ございますから、これからその仔細をお話申そうと思うので」

「聞きたいな」

兵馬は、あくまでもあせらない。廻りくどい小平の話を徹頭徹尾《てっとうてつび》、辛抱強く聞いている。それというのが、小平がこういう話をきり出した以上、そこにはきっと深い理由があるにちがいないことを、兵馬はすでに察しているのである。単なる市井の殺人事件なら、何も小平がこんなふうに切り出す筈がなかったから。

小平もここにおいて兜を脱いだらしく、

「いや、恐入りました。旦那の辛抱強いのには呆れましたよ。こうなったらはじめか

ら、ざっくばらんにお話致しますが、旦那、聞いて下さい。こうなんで」

その昔、江戸の怪盗としてその名を知られた小平には、いまでもそういう仲間で顔が売れている。いまではすっかり足を洗っているが、当時の仲間にあえば、まんざら知らぬ顔も出来ない。会えば一緒に酒ぐらい飲むが、いまからひと月ほど以前、そういう仲間のひとり、草加の次郎吉という男にあった。

「ところでこの次郎吉の野郎ですが、向うでは知らぬ顔をしておりますが、あっしはちゃんと知ってるんです。こいつちかごろ八丁堀の手先になって、本職のかたわら、探りみたいなことをやっているんです。ところが、その次郎吉がいうのに……」

「兄哥《あにき》、ひとつ手を貸して貰いてえことがある」

「なんだえ、次郎吉、大仕事かえ」

「いや、それほどでもねえが、探し物だ。つまり今戸焼の狸を探し出して貰いてえのだ」

「……と、こういやがるんです。今戸焼の狸たあ、また変った探し物だと思ったから、あっしがいろいろかまをかけて訊いてみると、なんでもひと月ほどまえに、今戸焼の職人で、権兵衛という男の造った狸が七つ、江戸のどこかへ売りさばかれたが、そいつをひとつずつ探して欲しいといやアがるんです。あっしがいよいよ変に思って、根掘り葉掘り訊いていると、奴さん、しきりに言葉を濁しておりましたが、この探し物というのが、どうやら八丁堀の指図らしいんです」

「ほほう、八丁堀がのう」

兵馬は、いささか奇異の想いで、

「どうして、そんな物を探しているんだろう」

「さあ。そこです。あっしも変に思ったから、次郎吉のほうはいい加減にあしらって、その場はそのまま別れると、すぐさま今戸焼の職人で、権兵衛というのへ探りを入れましたところが、その権兵衛というのもひと月ほどまえに殺されているんです」

「なるほど、話はいよいよ出ていよいよ奇なりというわけだの」

「さようで、ところがもっと妙なことがございます。権兵衛が殺される少し以前、その住居へ町方の連中が大勢ふみこんで、そこに潜伏していた浪人者をひとり搦めとっております。その浪人者は、吟味中牢屋で死んだということですが、その人の名というのが

……」

兵馬はここまで話をきくと、俄《にわ》かにはっと思いあたるところがあるらしく、

「小平、小平、その御浪人というのはもしや……」

「へえ、さようで、旦那もすでに御存じのとおり、山縣《やまがた》勘左衛門さまでございます」

ここにおいて、小平の謎のような物語に、兵馬ははっと思いあたるところがあった。

山縣勘左衛門には、兵馬も二、三度会ったことがある。熱烈なる勤王家で、同時に海内有数の砲術家、反射炉の研究家としても、江川太郎左衛門とならび称せられた有為の才だった。

狂える悪魔

牢内で病死した砲術研究家山縣勘左衛門と、勘左衛門が身を寄せていた権兵衛のつくった七つの今戸焼、そこに何か深い関係があるのではなかろうか。

いや、それはむろんあるにきまっている。恐らくそれ等の秘密を、吟味中勘左衛門は、苦痛に耐えかね白状したのにちがいない。さればこそ、町奉公所では八丁堀の役人に命じて、必死となって、七つの今戸焼の行方を捜索しているにちがいない。

しかし、そうだとすると、権兵衛や茶飯屋の親爺、さてはまた柳原堤の化物屋敷で職人態の男を殺したのは何者だろう。お上お役人ならば、それほど残酷な事をする必要もなくまたする筈もない。それにまた、小平が途中で出会ったという、若い娘はいったいどういう素性の者だろう。

「時に小平、化物屋敷で殺された職人態の人物だが、それはどういう男かわからぬか」

「いえ、それはその後判明しました。そいつはもと権兵衛の弟子で、仙松と申した男だったそうで」

「なるほど、それで今戸焼の行方を三つまで探し出したわけだな。そして集めたところを何者かに殺された。下手人はその二つまでを毀したが、どうしたはずみか後の一つを見遁《みのが》して、そのままにしておいたところを、若い娘が見つけて持って逃げようと致したのであろう」

「へえ、なるほど、そういう都合になりますかねえ。しかし、旦那、これから先どうしたものでございましょう。今戸焼はあと三つあるわけですが、いまのところ皆目行方がわかりませんので」

「いや、今戸焼の行方も行方だが、それよりも……」

と、兵馬は思案して、

「私に少し思うところがある。そのほうから手をつけていったほうがよいと思う。小平そのあいだその方は、とにかく八丁堀の役人や、草加の次郎吉という男の挙動に気をつけていてはくれまいか」

と、兵馬は何やら深く思い込んだ様子であった。


その夜。兵馬はおそくまでかかって、どこかへ手紙を書いていたが、翌朝それを持ってぶらりとやって来たのは、麻布狸穴《まみあな》にあるさる老女の住居である。まえにも述べたことがあるが、ここは幕府にとっては治外法権みたいなところで、そこにはいつも、兵馬のような人物がごろごろしている。

兵馬はそういう一人に頼んで、昨夜したためた手紙を名宛のところへ持たしてやったが、その返事がやって来たのは、それから四日目のことである。

兵馬は、その返事を読むとにっこり笑って、

「小平、どうじゃ、今戸焼の狸の一件は、その後少しは進展したかな」

「ところが旦那、一向いけません。何しろ雲をつかむような探し物ですから、あっしも

すっかり音《ね》をあげました」

「どうだろう、八丁堀や草加の次郎吉のほうは」

「いや、あの方もあれっきり、探索の途が絶えたと見え、さっぱり五里霧中のようでございます」

「そうすると、こちらの方がまだ間にあうかも知れぬな」

兵馬はにっこり笑って、手紙を巻きおさめると、

「小平、参ろう」

「へえ、どこへ参りますので」

「なんでもよいから、私について来るがよい。だが、気をつけろよ。相手はいささか手強い男だ」

小平には、何が何だかわけがわからなかったが、相手は日頃信ずる菊水兵馬だ。無言のままついていくと、六間堀のかくれ家を出た菊水兵馬が、それから間もなくやって来たのは、麻布狸穴のかたほとり。

「小平、小平」

と、兵馬は小平を振りかえると、

「この辺に、筧《かけい》右門という浪人態の男が住んでおらぬか聞いてみよ。名前でわからずば、片眼の潰れた、物凄い形相をした人物だときいてみよ」

「おっと合点です」

かまいたちの小平は、尻が軽い。すぐ近所の酒屋へとんでいったが、間もなくかえって来ると、

「旦那、わかりました。名前のところはよくわかりませんが、たしかに片眼の物凄い面をした浪人者が、すぐこの裏に住んでいるそうです」

「よし」

きっと瞳をすぼめた菊水兵馬が、

「小平、気をつけろよ。相手は血に狂った男だ。いかなることを仕出かすかも知れぬぞ」

と、いつになく気がかりそうな顔色に、

「旦那、その筧右門というのはいったいどういう人物ですね」

「されば、筧右門というのは、先日牢死された勘左衛門殿とともに、高島秋帆《しゅうはん》殿の高弟であった。しかし、勘左衛門殿とちがって、あくまで腹黒き筧右門は、師のもとより

砲術の秘法を盗み出そうとして破門された。それに反して勘左衛門殿は、師のもとにあってあくまで研鑽《けんさん》つとめられた結果、立派に一流をたてられ、ちかごろは反射炉についても、一工夫編まれたとのこと、つまり勘左衛門と筧右門は、同門ながら雪と墨のような対蹠《たいしょ》的人物、勘左衛門殿が訴人されたのも、おおかた右門のしわざと思われる」

小平も町人ながら、そこは兵馬のお仕込みだけあって、高島秋帆というのが何者であるか、反射炉というのがどういうものか、それくらいのことはうすうす知っていた。

高島秋帆といえば、そのころ聞えた洋風の砲術家、また反射炉というのは鉄を製《つく》るには欠くべからざる装置であることくらい、町人ながらもわきまえているのである。

「勘左衛門殿は、熱烈な愛国者であった。現下の日本がもっとも必要とするものは、西洋風の武器にほかならぬ。だが、その武器を造るには鉄がいる。その鉄をつくるためには、どうしても完全な反射炉が必要なのだ。勘左衛門殿は、一意専心その反射炉の研究に身を捧げられた。そしてちかごろ、あらまし完成されたという噂もある。その反射炉の設計図が、勘左衛門殿の死後紛失しているのだ」

そこまで聞くと小平にも、すっかりわかったような気持ちだった。

「なるほど、それじゃその設計図は、権兵衛がつくった今戸焼の狸の中に……」

「それよ。私の考えも同じこと。そしてその設計図を血眼《ちまなこ》になって探しているのは、とりも直さず筧右門、権兵衛を殺し、茶飯屋の親爺を殺《あや》め、更にまた権兵衛の弟子を殺してまで、その設計図を手に入れようとしているのは、筧右門のほかにない。それ故《ゆえ》小平、必ずともに気をゆるしては相成らぬぞ」

時刻はすでに黄昏頃《たそがれ》、淋しい麻布狸穴のほとりには、漸《ようや》く逢魔《おうま》が時のかげが濃くなって、吹く風さえも血生臭いような心持ちだった。

——と、その時、人眼を忍ぶように向うのほうから、そわそわとやって来たひとりの娘。小平は素早くその姿に眼をとめると、

「おお、旦那」

と、さも驚いたような眼の色をして、

「ありゃたしか、この間、柳原堤であった娘でございますぜ」

「叱《し》っ」

兵馬もぎろりと眼を光らせると、

「声を立てるな。向うに姿を見せてはならぬぞ」

ふたりがそっと物蔭に、身をひそめているとも知らず、娘はそわそわあたりを見廻し、やがてひらりと飛びこんだのは、筧右門の住んでいる細い露地口、兵馬と小平はそれを見ると、たがいに眼と眼でうなずきながら、そっと娘のあとをつけ出した。

つづらの中

露地口は狭かったが、奥へ入ると案外広い。筧右門の屋敷は、崖を背に負った陰惨な住居で、庭には一面に草が生いしげっている。

娘はその垣根のそばまで来て、そっと前後を見廻すとひたと垣根に寄りそって、破れ目から中をのぞいている。

「おや、旦那、あの娘もどうやらここへ忍びこむつもりらしゅうございますぜ」

「叱ッ、黙っていよと申すに」

宵闇に、くっきりうかんだ娘の横顔を、兵馬はくい入るように眺めていたが、やがて何やら心に頷いている。

娘はしばらく中の様子を眺めていたが、やがてそっと垣根をわけて、屋敷のなかへ踏みこんだ。

兵馬と小平も、しばらく間をはかっておいて、ひそかに娘のあとから忍びこんだ。なかへ入ってみると、外から見た以上のあれかただった。ひろい屋敷うちは、陰惨な頽廃の色に包まれ、さながら化物屋敷だ。その化物屋敷の奥座敷に、ポッンとひとつ灯の色が見える。娘はとかげのように草のなかを這いながら、しだいにその灯の色にひき寄せられていく。そのあとをまた、兵馬と小平も這っていった。

やがて、灯のいろの見える座敷が、すぐまえに迫って来た。と、娘がふいと体をふるわせ、ぴたりと草の中に身を沈めたので、兵馬と小平もそれに倣《なら》って、草の中に息をひそめながら、じっと向うの座敷を見ると……。

そのとたん、小平は何んともいえぬ悪寒が背筋を走るのをかんじたのである。

座敷のなかにはひとりの男が、どかりと大胡座《あぐら》をかいていた。だが、その顔の何んという恐ろしさ。火薬にでも吹かれたと見えて、顔全体が薄暗い痣《あざ》につつまれ、片眼は潰れ、片頬は巾着の口をしぼったようにひきつっている。

筧右門なのだ。

右門は、ときどき光った眼であたりを見廻していたがその眼が床の間にあるつづらに向うと、ふいににやりと気味悪く笑った。何んともいえぬ気味悪い微笑なのだ。

「ええい、うるさい。静かにせぬか」

誰にともなく、叱りつけるような声なのである。

おや！　してみると座敷のなかに、誰かほかの者がいるのだろうか。しかし、見たところ、そこにいるのは右門ひとりだ。ひょっとするとこの気味悪い男、気でもちがっているのではあるまいか。右門はしばらくそわそわとしていたが、またチェッと舌打ちすると、

「ええい、やかましいわい。なに、ここを出してくれ？　ふふふふ、それほど出たくば出してやろう。だが、そこを出たが最後、もっと恐ろしいことが待っているぞよ。よいか」

酔ってでもいるのだろうか。右門はひょろひょろと立ちあがると、床の間のつづらのそばへいった。雁字絡《がんじがら》めに結えてある綱をといた。蓋をとった。――と、中からよろよろと立ちあがった男。小平はその顔を見ると、思わずぎょっと息をのんだのである。

「あっ、草加の次郎吉！」

「なに、それじゃあれが次郎吉と申す男か」

兵馬も意外ななりゆきに、ぴくりとして右門の様子を眺めている。向うのほうでは不思議な娘も、同じく一心に息をひそめている。

つづらから引きずり出された草加の次郎吉は、高手小手にしばられて、まるで木の葉のようにふるえている。髪は切れてざんばら髪、しかも、額からたらたらと血の流れているところが、何ともいえぬほど物凄い。

右門は、次郎吉を膝の下に組み敷くと、

「どうだ。出してやったが、これでよいか。うふふふふ。拙者のところへ忍びこんで、狸を盗み出そうとしてもそうはならぬ。さあ、いえ、誰に頼まれて、あの狸を盗みに参った。いわぬか。いわぬとこうだ」

背骨も砕けるばかりに殴られて、次郎吉はいまにも息の絶えそうな呻き声をあげている。

「ええい、強情な奴だ。これでもいわぬか。ええい、これでも申さぬか。よいわ。貴様が申さずとも、たいがいのことはわかっている。おおかた頼み手と申すのは、勘左衛門の小倅《こせがれ》、大八郎めにちがいあるまい。うふふふふ。よいよい、大八郎の奴がいかにじたばたもがいても、そうは参らぬ」

右門は次郎吉のからだを突き放すと、やがて床脇の袋戸棚をひらいて、取り出したのは三個の今戸焼の狸。そのとたん、向うにかくれている娘のからだが激しくふるえた。

最後の一つ

右門は舐めるように、三個の狸を眺めながら、

「うふふふふ。大八郎の奴、これを見たらさぞ涎《よだれ》を垂らすことであろうて。この狸のどれかに、おのれの親爺《おやじ》が心血注いで研究した、反射炉の設計図がかくされているのだからな。うふふふふふ」

そういう右門こそ、涎の垂れそうな口つきで、

「だが、これはもうおれの物だ。この狸を探し出すには、随分骨を折ったのだからな。骨を折ったばかりではない。人も殺《あや》めた。一人、二人、三人までの人の血を見た。だがそれだけの甲斐はあったというものだ。この設計図さえあれば、おれはどこへでも仕官

出来る。反射炉を作りたがっている大名は、いくらでも転がっているのだからな」

右門はペロリと、狼のように舌なめずりをすると、

「どれ、それではひとつお待ちかねの、設計図にお眼《まなこ》にかかろうか」

右門は刀の柄《つか》で、狸のひとつをがちゃんと割った。そして蚤《のみ》取り眼で、破片をひとつずつ調べはじめた。

「ない。……だが、まだ気を揉むことはないて。まだ、二つある。……この二つのどちらかにこそ……」

残りの一つを取りあげると、右門はそれを床柱めがけてはっしと投げつけた。白い破片が雲のような土煙とともに座敷中にとび散った。右門は、パッとそれに飛びつくと、狼のように四つん這いになって、畳のうえを探しはじめたが、設計図らしいものはやっぱりなかった。

「畜生ッ！」

右門の額にはべっとり汗がうかんでいる。

黝《くろ》ずんだ舌をだらりと出して、ぜいぜいと肩で息をしている。焦燥と息詰まるような窒息感で、全身が瘧《おこり》をわずらったようにがたがたとふるえている。やがて、病犬《やみいぬ》のよう

な凶暴な眼が、きっと残りのひとつに注がれた。

「この中にこそ……そうじゃ、この中にこそあるのだ。そうとも、ない筈はない。きっとこの中にある」

自分に言いきかせるように呟くと、すすり泣くような笑いをたからかにあげた。そして、やにわに、残りのひとつを取りあげたが、その時だった。

いままで草叢《くさむら》にかくれて、この様子をじっと眺めていた娘が、突然さっと身を起すと、暗闇のなかに艶めかしい虹をえがいて……あっという間もない。座敷のなかに跳び込むと、しっかとばかりに、右門の腕をおさえていた。

「わっ、誰だ、何者だ！」

だしぬけだった。あまり突然だったので、右門は愕然としてふりかえると、燃えるような娘の眼を見たが、

「おお、わりゃ大八郎だな」

これには小平も驚いた。いままで女だとばかり信じていたこの娘は、その実男であったのだろうか。

「いかにも、拙者は大八郎だ。右門、父の敵、覚悟」

きらりと抜いた懐剣が、遮二無二《しゃにむに》、右門めがけて突いてかかったが、相手は何しろ狼のような男だ。女のような大八郎の腕には、とても敵しかねたのである。

二、三合、やりはずしていた右門が、

「おのれ、生意気な」

さっと太刀を抜いたかと思うと、哀れ、大八郎は血煙立てて倒れていた。もしこの時、兵馬の放った手裏剣が、ぐさっとばかり右門の眉間に突っ立たなかったら、この太刀うけて大八郎はそのままはかなくなっていたろう。

「わっ！」と、ばかりに右門がうしろへのけぞるのと、兵馬と小平が礫《つぶて》のように、座敷のなかへ躍りこむのと、殆んど同時だった。

兵馬は右門のほうへ眼もくれず、大八郎を抱き起すと、

「大八郎殿、しっかりなされい。傷は浅い、しっかり致されよ」

「おお……そういうあなたは……」

「拙者か、拙者は……」

兵馬が大八郎の耳に口をつけて、何か囁くと、

「おお。それではあなたが兵馬様か……」

「これ、しっかり致されいと申すに。拙者の油断からこのようなことになって相すまぬ。しかし傷は浅いぞ。気をたしかに持たれい」

「有難うございます。しかし、私のことはどうでもよい。それよりも父の苦心の……」

「おお、小平、その狸を割ってみよ」

兵馬の言葉を待つまでもなく、小平はすでに残りのひとつの今戸焼を手にとっていた。はしっと砕くと、中からひらりと舞いおちたのは……。

「大八郎殿、喜ばれい。これこそまぎれもなく、おん父勘左衛門殿御苦心の、反射炉の設計図でござるぞ」

「あ、有難うございます。兵馬様、この設計図はあなた様におまかせ致しまする。何《なに》卒《とぞ》、国のために御用に立てて……そして、父勘左衛門のために、立派に先駆者の旗を立てて下さいませ。拙者は所詮助からぬ命……」

「なんの、これしきの傷……それよりも、さ、早く父の敵に止《とど》めを刺されよ」

「か、かたじけのう……」

大八郎は、兵馬に助けられて、匕首《あいくち》を握りしめながら、美しい頬ににっこりと喜びの微笑をうかべて、のたうっている右門のからだへにじりよるのだった。

最後の密使

上野脱走

いちど小歇《こや》みになっていた雨が、またばらばらと激しくなって来た。

大砲の音はやんでいたが、まだ時々、パチパチと豆を煎るような小銃の音が、遠くのほうから聞えて来た。上野を脱走した彰義隊の残党と、官軍のあいだに、まだほうぼうで小競《こぜ》りあいが行われているのである。

そういう音を聴きながら、もとの与力《よりき》三枝伊織は、真暗な道をひた走りに走っていた。連日の霖雨《りんう》でぬかった道は、泥をこねかえしたように膝までつかった。

「糞！　糞！」

走りながら伊織は時々、夢中になってそんな言葉を吐いていた。誰に向っていうわけでもない。何かしら激しい感情が、そういう言葉となって口から迸《ほとばし》り出るのである。

「糞！　糞！」

走りながら、伊織は叫びつづけている。額から流れる血が眼にしみて、体中が焔硝《えんしよう》臭かった。

伊織も今日の、上野の戦争に参加していたのである。彰義隊士の一員として、早くから上野の山に立てこもっていた伊織は、もとより今日の戦争は予期していたことであった。そして、はじめから味方に勝味のうすいことは知っていた。

それにも拘《かかわ》らず、かれの身うちにたぎっている、やむにやまれぬ衝動が、絶望的なこの戦闘に駆り立てたのだ。

（これで何もかもおしまいだ。これですっかり、天下がひっくり返ってしまうのだ）

伊織は走りながら、心の中で絶叫しつづけていた。熱いものがこみあげて、どうかすると涙ぐましい気持ちにさえなった。

この大きな事件のなかに、自分も一役かっているのだと思うと、たとえそれが敗北者の立場であったとしても、一種爽快な感じがこみあげて来るのである。

伊織はふと、さきほどの上野の戦争のさまを思いうかべた。敵のうち出す弾丸《たま》のために、ばたばたと倒れていった同僚の姿が眼底にうかびあがった。あたりは、血と煙と焔硝の匂いでいっぱいだった。そのうちに、官軍のうち出したアームストロング砲の砲弾が、吉祥閣に命中して火を発した。

この火事が、山に立てこもった彰義隊士の士気を、すっかり沮喪《そそう》させた。折から、黒門口が落ちたという報道や、輪王寺の宮がいずくともなく落ちさせられたという噂が伝わって、味方はすっかり浮足立ってしまった。こうして、統率を失った籠城軍《ろうじょうぐん》は、四分五裂して、てんでに山から落ちのびてしまった。

「糞！　糞！」

伊織はぎりぎり歯軋《はぎし》りしながら、まだ口の中で叫んでいる。

ここを死場所と覚悟をきめていたにも拘らず、いつの間にやら、自分も脱走者の中に入っているのが後めたく、恐ろしい感じだった。


伊織は、ひた走りに走った。

方角も何も、見定める余裕もなく走りつづけた。幸い日は暮れたし、雨は降るし、それに上野界隈の住民は、今日の戦争におびえて立ちのいているので、誰一人、見とがめる者はなかった。

伊織はこうして尾久《おぐ》村まで首尾よく落ちのびた。

（幾刻《なんどき》ごろだろう）

伊織は考えてみたが、見当もつかなかった。今日一日のことが、まるで長い夢のように考えられた。しかし、落着いて来ると、しだいに空腹をおぼえて来た。考えてみると、午《ひる》少しまえに握り飯を三つ食ったきり、朝から何も口に入れていないのである。

それに、雨に濡れそぼれた肌着の冷たさが、身にしみとおった。

（これは弱った。どこかで、腹ごしらえをしなくてはならぬが……）

伊織は立ちどまってあたりを見まわしたが、田も畠《はたけ》も連日の霖雨に水びたしになって、そのへん、家らしい物も見当らぬ。落胆すると同時に、伊織はまた、にわかに太股《ふともも》の傷が痛み出すのを覚えた。

「チョッ！」

伊織は舌打ちすると田川のそばへおりていった。そして、手拭に水をしめして、太股の傷に手当てをしようとするところへ、ふいにどこかで、

パン——、パン——。

と、筒音の響くのが聞えた。

「しまった！」

口の中で叫ぶと同時に、かれは身をひるがえして、二、三丁脱兎《だつと》の如《ごと》く走った。そこには幸い、かなり大きな竹藪があった。伊織は夢中で、その竹藪の中へもぐりこんだ。

――と、殆んど同時に、ぴちゃぴちゃと水を跳ねる音をひびかせて、五、六人の人影が藪の外へ現れた。

「たしかに彰義隊の一人だと見たがな」

「そうだ。どうやらあすこで傷の手当てをしていたらしい」

「どこへ逃げやがったろう」

官軍なのだ。……そう気がつくと、伊織は全身からびっしょりと冷汗が吹き出した。

「おい」

ひとりが声をしずめて、

「この藪の中じゃないかな」

「ふむ、そうかも知れぬ。よし、鉄砲をぶちこんでみろ」

言葉も終らぬうちに、

ダン――ダン。

と、五、六挺の鉄砲が一時に鳴って、弾丸《たま》は伊織の耳もとすれすれのところをうしろへ飛んだ。

「いないようだな」

「ふむ、いたら声ぐらい出すだろう」

「ええい、思わぬところでむだ弾丸《だま》を使ってしまった。もっとほかのところを探してみろ」

ぴちゃぴちゃと泥水を跳ねあげながら、しだいに遠ざかっていく足音を聞いた時、伊織はまるで夢のような気持ちだった。生死をのりこえた一種の虚無感が、しいんと身内にひろがっていって、敵の眼をうまくのがれたことを、嬉しいとも、有難いとも考える余裕さえなかった。

機転の銃声

「誰？　そこにいるのは？」

若い娘の声だった。暗い雨のなかに佇《たたず》んで、見すかすようにじっとこちらを眺めている。その白い、濡れた頬を見た時、伊織は思わず刀の柄《つか》に手をかけた。もうこれまでと思ったのである。

「誰？　そこにいるのは？」

娘は声をかけて、二、三歩こちらへ近づいて来た。

さっき官軍の眼をのがれてから、まだいくばくも経っていなかった。伊織は空腹にたえかねて、一番最初に眼についた農家の裏口から忍びこんで来たのである。

「誰、そんなところにつくばっているのは？」

娘は三度声をかけて、また二、三歩こちらへ近付いて来た。伊織はやれこれまでと思って、つくばっていた物かげから身を起した。

「お女中、ちと御無心が申したい」

「まあ！」

娘はのけぞるように二、三歩うしろへとびのいたが、伊織の姿を一瞥すると、すぐ何もかも察してしまった。

「あなたは……あなたは……」

「そうです。上野を脱走して来た彰義隊の者です。さきほどより空腹にたえかねております。何か食べるものを恵んで頂きたい」

いやといえば、斬っても捨てかねまじき気配だった。

だが、娘は案外落着いていた。

「ちょっと待って……」

と、いいかけたが、その時だった。またぴちゃぴちゃと足音をさせて、こちらへ近付いて来る足音が聞えた。足音にまじって、西国訛りで話しあう高らかな声が聞えた。

伊織も娘もそれをきくと真蒼になった。

伊織は、もうこれまでと思った。刀の柄に手をかけると、きっと唇を食いしばった。

だが、そのとたん、娘がとびついてかれの袂《たもと》をひいた。

「そこへ……」

「え？」

「その麦藁の中へ……」

土蔵の軒下に、刈ったばかりの麦の束が堆高《うずたか》く積んである。伊織は娘の言葉の意味を覚《さと》ると、

「忝《かたじけな》い」

とっさの間に、麦の中に身を沈めた。と、間髪を入れぬ直後に、さっきの五、六人連

れが、どやどやと裏口から踏みこんで来た。

「おお」

思いがけないところに立っている娘の姿を見ると、隊長らしいのが驚いたように足をとめた。

「お女中?……」

「はい」

「そんなところで何をしておる」

「はい、上野のお山の焼けるのを見ておりました。皆様、上野は落ちましたか」

「おお、落ちた。それについてわれわれは、落武者を詮議しているのだ。こちらの方へも、さっきひとり舞いこんだようであったが、お女中、このあたりに見えはしなかったか」

「いいえ」

「そうかな」

娘があまり落着きはらっているのが、かえって相手の疑いを招いたらしい。

「そんな筈はないが……たしかこちらへ走って来る姿を見かけたが……」

「それでも、わたくしは存じませぬ。おおかた、この家のまえを通って、向うのほうへ逃げたのではございませんか」

「隊長」

その時、突然、部下のひとりが言葉を添えた。

「この麦の中が怪しゅうございますぜ」

「なに？」

隊長も振りかえって、麦の束を見ると、

「よし、突いてみろ」

言下に二、三人が抜刀した。

ズバリ、ズバリ、麦のうえから刀を突きさした。しかし、幸い、伊織のからだまでは届かなかったらしい。

「いないのかな」

「もっと奥までついてみろ」


その時だった。

官軍のひとりが土蔵に立てかけておいた銃を手に取りあげると、娘はいきなり、表の方へ向って発砲した。

「あっ、何をする！」

「あれあれ、向うに誰か逃げて参ります。あなたがたの探ねていられるのは、いまの男ではございませぬか」

「何？」

一同は、娘の指さすほうへふり返った。この農家は、少し小高いところに立っているので、塀越しに、水にむくれあがった田圃《たんぼ》が、五月雨《さみだれ》のなかに蒼黒く光ってみえた。

「誰か見えたか」

「はい。怪しい者が……いま、向うの杜《もり》をまがって……」

「よし、追跡！」

隊長の命令一下、一同は銃を取りあげると、再び闇の中をまっしぐらに駆け出した。

伊織は麦の中からでて、

「忝い、そなたのおかげで、危ないところを助かりました」

「いいえ」

娘は無感動な声で、

「あなたの御運が強かったのでございます。そして、あなたはたしかに彰義隊の方でございましょうね」

「さよう。しかしそれが……」

「いえ、それならば、ぜひともあなたにはお会わせしなければならぬ方がございます。どうぞ、こちらへ……」

「何？　わたしに会わせる人がある？」

「はい、こちらへおいで下さいまし」

伊織は、怪訝《いぶかし》そうに首をひねった。彰義隊の落武者と知って、合わせる人とはいったいどういう人物だろう。

伊織はしかし、それ以上深く追究しようともしなかった。黙って娘のあとからついていくと、娘は伊織を、奥の座敷へ案内して、

「もし、おまえ様がお訊ねの、彰義隊の方をお連れ申しました」

と、声をかけてさらりと外から障子をひらくと、座敷の中からひとりの男がひょいとこちらを振りかえった。

そのとたん、二人の唇から、同時にあっという叫びが洩れたのである。

座敷の中にいた男――それは意外にもかまいたちの小平、あの菊水兵馬の腰巾着のような男であった。

奇　遇

「おお、貴様は……」

伊織にとっては、それこそ仇敵《かたき》のかたわれのような男だった。ことにいま、敗者としての自覚が鋭かっただけに、ここでこうしてこの男と顔を合せることは、たえがたい屈辱だった。

だが――。

小平の表情は、ちがっていた。いままでたびたび伊織を嘲弄して来たような、あの太々《ふてぶて》しい色は痕跡も見えなかった。かれはただ、あまり意外な邂逅《かいこう》に、あきれ果てたように伊織の顔を眺めていたが、やがてほっと溜息つくと、

「そうでしたか。旦那もやっぱり上野においででございましたか」

吐きすてるようにいうと、傷ましそうに伊織の変り果てた姿を眺めた。

「いや、お見事でございます。あっしゃ妙な因縁から、旦那とは敵味方に別れましたが、それでも旦那がこうして、立派なお働きをなすったのを見ると、心底から嬉しゅうございます」

「小平、それは皮肉か」

「皮肉？　どうしてでございます。小平だって男のはしくれ、こんなところで旦那にむかって、皮肉など申し上げるつもりはございません。あっしなんざ、世の中のことはよくわかりませんが、それでも、今日の彰義隊の働きは、お江戸の侍が最後の華を咲かせたのだと、嬉しく思っておりますよ」

「最後の華、――そうだ、これが江戸侍の最後の華かも知れぬな」

伊織もしみじみとした声となったが、やがてまたきっと言葉を改めると、

「しかし、小平、その方が彰義隊の残党に用事があるというのはどういうわけだ。官軍の屯所へつれていって、褒美の品にでもありつこうというのか」

また、持ちまえの皮肉が出た。しかし、小平は別に気になった風もなく、

「どう致しまして、そんなことではございませぬ。彰義隊の方にあったら、ぜひお報せ

してあげようと思っていることがございまして……」

　そこへさっきの娘が、握り飯に香の物を添えて持って来た。

「おお、お咲さん、ご苦労様。旦那どうぞおあがり下さいまし」

　握り飯の鉢を、伊織のまえに押しやると、

「それにしても妙な御縁でございましたねえ。この家は、あっしとは至って懇意な家でございましてねえ、ちと思う仔細あって、さきほどここへ訊ねて参ったのでございますが、ここで旦那にお眼にかかろうとは思いもよりませんでした」

「ふむ、しかし、その方の話というのは……」

「いや、それは食べながらでも話は出来ます。さぞ、御空腹でございましょう。まず腹《はら》拵《ごしら》えからなさいまし。まさか毒は入っておりませんから……」

　小平というのは、不思議な男だった。もとは江戸の鼠賊《そぞく》でありながら、途中から菊水兵馬の気性に惚れこんで、その手先となって働いていた。伊織の如きも、この男に何度苦汁をなめさせられたか知れないのだ。それでいて、どこか人懐っこい、憎めないところがあった。それに、この男の気性として、落目になった人間の弱身につけこんで、うまい汁を吸おうなどという気持の毛頭ないことは、よくわかっていた。

「よし、それじゃ御馳走になろうかな」

「さあ、どうぞ、そこにお茶もございますから」

立てつづけに五つ六つ握り飯を頬ばると、伊織もどうやら人心地がついた。

「いや、忝い。これでどうやら人間らしくなったわい」

伊織は笑いながら、

「さて、小平、それじゃいよいよその方の話というのを承ろうか」

「承知いたしました。だが、これはあっしの口からじきじき申し上げるより、ひとつ旦那がお眼にかかって、御用向きをお伺いなすった方がよろしかろうと思います」

「お眼にかかって……御用向きを……？」

伊織が不思議そうに小首をかしげるのを、小平はおっかぶせるように、

「さあ、御案内致しましょう」

小平は早くも席から立っていた。

「小平、どこへ参るのだ」

「まあ、いいから黙ってあっしについて来ておくんなさい。決して悪いようには致しま

せん」

小平は、さきに立って座敷を出た。

その家は、農家としてはかなり広い方であったが、それにも拘らず、どの部屋にも人影の見えないのが不思議だった。妙にひっそりとして、息をこらしているような趣きが、鋭く伊織の神経をつついた。

やがて小平は、とある部屋のまえまで来ると、ぴったりしまった障子のまえに手をつかえ、

「ええ、申し上げます。さきほど、御案内申上げました小平でございます。これならばきっと信用出来ると思われる、頼もしい御仁が見つかりましたから、その由言上《よしごんじょう》下《くだ》さいまし」

小平の言葉が終ると同時に、障子が中からすらっと開いたが、そのとたん、小平が伊織の袂《たもと》をひいて囁いた。

「輪王寺の宮様でございます。粗相があってはなりませぬ」

あっと心中叫ぶと同時に、伊織は廊下に平伏していた。

最後の挨拶

上野の戦争のあったのは、五月の十五日のことであった。

そして、上野を落ちのびさせられた輪王寺の宮が、ここかしこと隠れ家をかえさせられながら、首尾よく幕府の軍艦長鯨艦《ちょうげいかん》に御乗艦あそばされたのは、それから十日後の二十五日のことであった。

事をここまで運んだのには、小平の苦労もなみなみではなかった。

そのあいだ、伊織も終始小平と行動をともにしながら、いよいよこの男がわからなくなるのだった。

長鯨艦が無事に品川を抜錨《ばつびょう》して、奥州路へ向ったのを見送って、二人はほっとしたように顔を見合せた。

「小平、御苦労であったな」

「いや、これであっしも、肩の荷をおろしたような気持です。いくらかでも皆様のお力になれて、こんな嬉しいことはございません」

「いや、私からも改めて礼をいう」

「なに、旦那から礼をいわれる筋はありませんが……時に、旦那はこれからどうなさいます」

「ふむ、上野の戦争がこの生涯の終りかと思うていたが、まだどうやらしなければならぬことが残っているらしい」

伊織は、宮から奥州路の諸侯へあてた密旨を授かっているのであった。

宮様の方がさきに奥州路へお着きになるか、伊織の方がさきになるか、それはよく分らなかった。しかし、どちらにしても伊織は、奥州路でもうひと働きするつもりだった。

小平も、そのことはよく知っているので、

「いや、しっかりおやりなさいまし。まだまだ、旦那のお働きになる舞台はいくらでもございます」

「ふむ、その方にそういわれると、正直私も嬉しい。しかし、小平、その方はどうするつもりだ。とてものことに、私と一緒に行かぬか」

「旦那、それは御免下さいまし」

小平はわらって、

「あっしもそのうちに、奥州路へ参るかも知れませんが、その時には、官軍のだんぶくろをはいているかも知れませんぜ」

「ふむ、やっぱりそうか。小平、その方も実に不思議な男だな」

「ヘッヘッへ、これがあっしの気性でしてね、何かしていないと生きていられないんです。旦那、それじゃこれでお別れ致します」

品川で小平と別れた伊織は、すぐその足で千住口のほうへ急いでいた。

この十日あまり、小平と行動をともにしているうちに、伊織にはまた新しい生気がかえって来た。上野を脱走した時のような、暗澹たる気分は一掃されて、何かしら晴々としたものが身内に漲《みなぎ》っていた。

それは、自分にまだ残された使命のあることを自覚したところから来る、この世に対する希望だった。

それが善いことか悪いことか、伊織にもよく分らなかった。また考えてみようともしなかった。そんなことはどうでもよかったのだ。とにかく自分にもしなければならぬことがある……そう感ずるだけでも、あの救いがたい虚無感から抜け出すことが出来るのだ。

その翌日早く、伊織は千住の渡し場へさしかかっていた。

むろん服装《なり》はすっかり改めて、旅商人というこしらえだった。

伊織はこれで、首尾よく奥州路まで通り抜けることが出来ると思っていたが、それは大きな誤算だった。

上野が落ちると同時に、奥州路は俄《にわ》かに風雲急を告げていた。

官軍が奥州へ攻め入るだろうという取り沙汰がいたるところで取りかわされていた。殊に彰義隊の脱走者で、奥州へ逃げこむものが多かったので、その関門たる千住には官軍の屯所が設けられ、通行人が厳重に取り調べられていた。

伊織がしまったと思った時はおそかった。かれはまんまとその網にひっかかってしまった。

「いえ、もう決して偽《いつわり》ではございません。私は下谷に住いまする、香具師《やし》の與兵衛《よへえ》と申す者でございますが、この度の上野の戦争で、家財一式めちゃめちゃになりましたので、思いきって、二本松へ引っこむつもりでございます」

そういって抗弁したが、許されなかった。

「二本松へひっこむにしては、旅装が軽過ぎるではないか。それに、とかく物騒な奥州路へ逃げていくというのは心得ぬ」

「何にしても怪しいやつだ。いいからともかく屯所まで参れ」

伊織は、無理矢理に官軍の屯所までひきたてられた。

「隊長、怪しい男をひったてて参りました。どう致しましょう。ひとつ直接にお取調べになりますか」

部下に声をかけられて、

「おお」

と、こちらを振りかえった人物を見て、伊織はぎょっと息をのんだ。

「おお、あなたは……」

伊織も驚いたが、相手も驚いたらしい。筒袴のうえに、毛羅紗《けらしや》の陣羽織を着たその人物は、まぎれもなく菊水兵馬だった。

伊織はもう観念の眼を閉じていた。兵馬は一時の驚きが去ると、すぐ晴れ晴れとした顔になった。

「おお、これは珍しい。あなたとここで会おうとは夢にも思わなかった」

兵馬は部下を振りかえると、

「この御仁ならば、私がよく存知ておる。仔細のない方だから君たちは引きとるように」

と、人払いをしておいて、二人きりになると、いかにも懐しそうに側へすり寄った。

「三枝さん、よく生きていてくれましたねえ」

そういう語気には、何んの敵意もふくまれていなかった。真実、旧知に巡りあったような、嬉しそうな声音《こわね》だった。

「あなたのことは、彰義隊の脱走者から聞きました。あなたもあの上野に立てこもっていられたと聞いたので、どんなに心配したか知れません。その後、消息がないので、もしやあすこで討死されたのではないかと思っていました」

「そうです。すでに討死をするところだったのです。それをこうして死にきれなかったばっかりに、生き恥をさらしています」

いくらか自嘲的にいって、伊織はうなだれた。ここでこの男に会っては、百年目である。もう逃《のが》れるすべはあるまいと思った。

「いやいや、生きているということはいいことです。人間は、死に急ぎをしてはなりません。生きていれば、また国家のためにお役に立つことがあります」

悠然たる兵馬の風格を、伊織は憎いと思った。いや、憎もうと思った。しかし、何かしら憎めないものがそこにあって、自分でも割り切れぬ気持ちだった。

兵馬は相手のそういう複雑な気持ちを、さっきから見透しているように、急に話題をかえると、

「時に、三枝さん、あなたはどちらへ」

「奥州へ行こうと思っております」

伊織ははっきりと答えた。嘘をいっても仕方がないと思った。兵馬は眉をひそめて、

「奥州路へ……?　何か御用があるのですか」

「あるのです」

兵馬は何かいおうとしたが、すぐ気をかえたように、さりげなく、

「そうですか。じゃ……いっていらっしゃい」

「え?」

「三枝さん」

兵馬は急に体を乗り出すと、

「ほんとうのことをいうと、私はここであなたをひきとめたいのです。あなたが向うへいらっしゃる使命というのもたいがいわかっています。そしてそれが冗《むだ》であることもよくわかっているのです。天下の大勢はすでに決しました。これ以上、あなたがたが何事を計っても、決して元通りになることはないのです。だから、私はあなたを引き止めたい。しかし、私がこういったからとて、思い直すようなあなたではなし……」

「私は思いとまりません」

伊織はきっぱりと言った。兵馬はそれを聞くと、にっこり笑いながら、

「そうでしょう。だから私はひき止めない。あなたを無事に奥州路へ送ってあげます。だが、ここにひとつ条件があります」

「条件？」

「そうです。ひとつ私に約束して戴きたいのです。どんなことがあっても死に急ぎをしてはならないということを。……そして、天下の形勢というものが、動いていく世の中というものが、はっきりとあなた自身に納得が出来た時には、どうか菊水兵馬という者

の存在を思い出して下さい」

伊織は黙っていた。相手の言葉の意味が、まだよくのみこめなかった。兵馬は厳粛な顔をして、

「奥州では、いまに動乱があるでしょう。しかし、それはもう、天下を左右する力を持っていないのです。新政府の基礎は、きずかれました。今に新しい天下が始まるのです。その新しい天下には、人がいります。人物が沢山いります。それはいままでのような家柄だの門閥だのに左右されない、実際に働ける人――つまりあなたのような人がひとりでも余計にいるのです。どうか死に急ぎをしないで……そして、天下のことがはっきりきまって、あなた自身、気持ちの精算が出来たときには、どうか、もう一度私を訪ねて下さるだけの寛容を持って下さい。さあ、私のいいたいことはこれだけです。ここに官軍の手型があります。これを持っていれば、無事にどこへでも行けるでしょう。では、これが暫《しば》しのお別れです」

それから間もなく、千住の渡し舟に乗った伊織は、河の中からふと堤のほうを振りかえると、悠々と馬蹄を鳴らせて、馬を走らせている兵馬の姿が見受けられた。

兵馬も伊織のすがたを見ると、馬上から手を振って挨拶した。そして、そのまま堤の向うに姿をかくしたが、その後姿を見送っている時、伊織の胸には何やら温かいものが湧然とわいて来て、目頭が熱くなって来た。

奥州路にはしきりに戦雲が動いていたが、そのあたり、すがすがしい五月の朝だった。

本作品中に差別的ともとられかねない表現が見られますが、著者がすでに故人であることと作品の文学性・芸術性に鑑み、原文のままとしました。

（春陽堂書店編集部）

『菊水江戸日記』覚え書き

初　出

初出「講談雑誌」（博文館）

第1話　日蝕の歌　昭和17年1月号
第2話　江戸城秘図　昭和17年2月号
第3話　からす凧　昭和17年3月号
第4話　あけぼの鳶　昭和17年4月号
第5話　葉桜街道　昭和17年5月号
第6話　黄金虫　昭和17年6月号
第7話　白蝶系図　昭和17年7月号
第8話　謎の狐　昭和17年9月号　※「謎の「狐」」改題
第9話　黒船往来　昭和17年10月号
第10話　先駆者の旗　昭和17年11月号
第11話　最後の密使　昭和17年12月号

初刊本

菊水江戸日記　杉山書店　昭和17年9月
※1～8話および『菊水兵談』10、11話を収録

不知火奉行　出版芸術社〈横溝正史時代小説コレクション伝奇篇3〉
平成15年10月　※全話収録、「不知火奉行」「雌蛭」「雲雀」を併録

（編集・日下三蔵）

春陽文庫

菊水江戸日記《きくすいえどにつき》

<横溝正史 時代小説コレクション 2>

2023年9月25日 初版第1刷 発行

著者 横溝正史

発行者 伊藤良則

発行所 株式会社 春陽堂書店
〒一〇四―〇〇六一
東京都中央区銀座三―一〇―九
KEC銀座ビル
電話〇三（六二六四）〇八五五（代）

印刷・製本 ラン印刷社

本書のご感想は、contact@shunyodo.co.jp にお願いいたします。

定価はカバーに明記してあります。

ISBN978-4-394-90457-1　C0193